Linton Buckler

Determination

the beginning of the First Time

© 2021 Linton Buckler

Herausgeber: tredition GmbH
Autor: Linton, Buckler
Umschlaggestaltung, Illustration: Linton, Buckler
Lektorat, Korrektorat: tredition GmbH
Übersetzung: tredition GmbH

Verlag & Druck: tredition GmbH, Halenreie 40-44, 22359 Hamburg
ISBN: 978-3-347-31715-4
      978-3-347-31716-1
      978-3-347-31717-8

Bibliografische Information der Deutschen Nationalbibliothek:

Die Deutsche Nationalbibliothek verzeichnet diese Publikation in der Deutschen Nationalbibliografie; detaillierte bibliografische Daten sind im Internet über http://dnb.d-nb.de abrufbar.

Kapitel 1 – Ratch und sein blauer Lebensgefährte

Das Schicksal der Welt liegt nun in seinen Händen. Ratch ist ein besonderer 16-jähriger Junge im 18. Jahrhundert. Er ist ganz speziell, weil sein Leben vorgeschrieben ist. Gewissermaßen ist er so besonders, weil seine Lebenszeit zur Verbesserung der Welt dienen soll. Das ist seine Bestimmung, die ihm sein Schicksal auferlegt hat. Seine Handlungen werden darüber entscheiden, ob sein Nachfolger seinen Aufgaben in der sogenannten „zweiten Zeit", die das nächste Jahrhundert beschreibt, gerecht werden kann. Damit er sein Ziel bis zu seinem ersten Ableben erreichen kann, trägt er ein Drehbuch ähnliches Tagebuch mit sich herum, dass ihm seine Ziele voraussagt, aber nicht erklärt, wie er sie erreichen soll. Das ist seine Aufgabe. Sein Tagebuch ist nicht nur sein Leben, sondern auch ein Teil von ihm selbst. Weil er seine ganzen Erfahrungen und Erlebnisse in diesem Werk dokumentieren soll, kann sein Nachfolger dies zu seinem Vorteil nutzen.

Als einzigen Lebensgefährten bekommt er einen blauen Papageien. Eine von den Menschen zu der Zeit noch unentdeckte Art. Ratch hat die Gabe, seinen blauen Freund zu verstehen, weil er schon sein ganzes Leben lang mit ihm verbringt. Allerdings sind es nicht nur die Gesten, die er kennt. Er kann sich tatsächlich mit ihm unterhalten. Trotz dessen, dass sie sich schon ganz lange kennen, weiß Ratch nicht, wie er seinen Genossen nennen soll.

Sein Tagebuch und sein Freund sind nicht alle Dinge, die Ratch als Mittel zur Verbesserung der Welt von seinem Schicksal aus getroffen und bekommen hat. Ebenfalls ist er für das 18. Jahrhundert überdurchschnittlich intelligent. Dies ist nicht auf zuvor gelerntes Wissen durch andere Personen zurückzuführen, sondern auf den Wissensschatz, über den er schon seit Anfang seines Lebens verfügt. Man könnte sagen, dass er schlau auf die Welt kam, weil er nicht normal ist. Außerdem hat er unterschiedliche Augenfarben. Bei ihm kann man diese aber nicht so gut erkennen, weil nicht jedes Auge eine eigen Farbe hat, sondern weil sich die zwei Farben auf der selben Regenbogenhaut pro Auge befinden.

Mit diesen Segnungen und Gaben soll er nun die Erde zu einem besseren Ort machen. Allerdings wissen Ratch und sein blauer Lebensgefährte nicht, dass sie am vermeintlichen Ende ihrer Reise gerade Mal den ersten Schritt tun werden, um die „Welt zu retten".

Kapitel 2 – Die erste Schlacht

Es ist hell, aber neblig auf der offenen See. Irgendwo auf dem Atlantik treibt Ratch mit seinem Freund herum. Allein auf einem kleinen Stück Wrack lassen sie sich durch die Strömung ins Unbekannte ziehen. Ratch trägt nur ein einfaches Hemd aus Stoff und eine bescheidene Hose. Er liegt auf dem Holz und sein Papagei auf ihm. >> Ich frag' mich, wie lange wir hier noch so vor uns hintreiben? <<, fragt er sich selbst, aber nicht in Gedanken, sondern mit seiner Stimme, sodass sein Freund ihn hören kann. >> Wenn der Nebel endlich ne Fliege machen würde, dann könnte ich nach Land schauen, aber gerade kann ich nur so weit gucken und ebenso viel sehen, wie du. <<, antwortet er zu Ratch. >> Warum weiß ich eigentlich nicht, wie du heißt <<, wirft Ratch als eine Frage zu seinem Freund, die das Thema wechselt. >> Schließlich kennen wir uns jetzt schon 15 Jahre und ich weiß nicht, wie ich die ganze Zeit nie nach deinem Namen fragen konnte. *Du hast mich nie gefragt.* Und wie heißt du? *Weiß ich auch nicht.* <<

Ratch und sein Freund schließen ihre Augen, weil sie versuchen sich auszuruhen. Einen Moment lang, genießen sie die Stille, die sie umgibt. Plötzlich rollt ein großer Schatten über ihre Gesichter. Alle beide öffnen sofort ihre Augen und schauen mit der gleichen Kopfbewegung nach links, wo sie ein riesiges Schiff entdecken, das auf einmal neben ihnen erscheint. Ratch's blauer Freund stellt sich schnell hin. Gleich danach setzt sich Ratch aufrecht und stützt sich mit seinen Händen nach hinten ab. >> Ob die uns bemerkt haben? <<, fragt Ratch. >> Ich glaub' nicht, sonst hätten wir entweder schon was gehört, oder es stände jemand an der Reling. <<

Sie wollen auf keinen Fall ihre Chance verpassen gerettet zu werden, wollen aber auch kein großes Risiko eingehen von Piraten gefangen genommen, zu werden. >> Ich habe eine Idee. Du, mein blauer Freund, könntest mal aufs Deck fliegen und nachsehen, was das für Seemänner auf diesem Schiff sind, um sicherzugehen, dass wir nicht gleich von Piraten gefangen genommen werden. <<

Zuerst überlegt sein Freund, ob er das wagen sollte. >> Okay, ich mache es. <<, antwortet er schließlich mutig und selbstbewusst. Als er losfliegt guckt Ratch ihm noch nach.

Als der Papagei auf dem Deck ankommt, kann er zuerst nichts Ungewöhnliches entdecken. Eigentlich kann er niemanden sehen, was es etwas sonderbar und somit auch ungewöhnlich macht. >> Ähhh, hallo? Ich komme in Frieden. <<

Er bleibt kurz nach der Reling stehen und guckt sich um. Auf einmal erscheint ein Käfig von oben, der ihn gefangen nimmt.

Mittlerweile hat Ratch sich auf das Wrack hingestellt und guckt noch immer gespannt zur Reling und wartet auf ein Zeichen seines Freundes. >> Ratch, Hilfe. Hilf mir! <<, sind die Worte, die er hören kann. >> Hallo? Hallo! Mein Freund!? <<

Während er weiter an dem Schiff vorbei treibt, sieht er, wie sich eine Tür in seiner Höhe an der Seite des Schiffes, direkt vor ihm, langsam öffnet. Sie macht auch laute knarrende Holztürgeräusche, weswegen er es ebenfalls hört. Ratch schaut mit einem langsam herabsinkenden Blick von der Reling zur Tür. Ohne zu zögern bindet er sich sein Tagebuch um und entscheidet sich durch sie ins Schiff zu gelangen. >> Halt durch, ich rette dich! <<, rief er noch, bevor er schließlich das Schiff betrat.

Mittlerweile sieht man den armen Papageien in einem Käfig, der ihn zwar festhielt, aber der ihm nicht zu klein ist. Ein Junge, der etwa so groß ist wie Ratch, trägt ihn mit beiden Händen zur Kapitänskajüte. Während er den Weg zur Kajüte geht, merkt man, wie das Schiff lebendiger wird, indem man immer mehr Piraten auf dem Schiff herumlaufen sieht. An manchen Punkten des Schiffes brennen ein paar Laternen, um die Grenzen vom Rumpf erkenntlich zu machen, während sie durch den dicken Nebel ihrem Kurs folgen >> Hey, lass mich hier raus du Barbar. <<, rief Ratch's Freund zu dem Jungen, während er in dem kleinen Gefängnis herumgetragen wird. Eigentlich hat er nicht wirklich was gegen Käfige. Er hat nur ein wenig Angst nicht bei Ratch, noch dazu alleine zu sein. Auf dem Weg kann man sehen, dass auch in der Kajüte Kerzen brennen, oder es zumindest künstlich erzeugtes Licht gibt, obwohl es draußen hell ist. Vor den Türen, die zum Käpt'n führen, macht der Junge halt. Zwei Piraten stehen vor der Tür. Ein junger, dunkelhäutiger, dünner Mann und ein junger, weißer, dicker Mann.

>> Ahoi Aryo und Atanasio. Ich muss den Käpt'n sprechen. <<, sagt der Junge zu den beiden.

>> Was willst du beim Käpt'n, Bernardo? <<, möchte Aryo mit einem misstrauischen Gesichtsausdruck von ihm wissen. >> Ich habe einen Vogel direkt hier auf dem Deck gefangen. <<

Aryo und Atanasio gucken sich kurz gegenseitig an und nicken einmal. >> Na gut kleiner, du kannst zu ihm. <<, spricht Atanasio zu Bernardo.

Sie öffnen die Türen zum Käpt'n für ihn. Bernardo schreitet hindurch.

Währenddessen befindet sich Ratch im Schiff. Er lässt die Tür offen, durch die er hinein gelangt, weil er so noch etwas sehen kann. Ratch hört Steine, die herum zurollen scheinen. Er glaubt, dass er sich über dem untersten Deck, der Bilge, befindet. Das macht auch Sinn, weil Steine in der Bilge zur Stabilisierung des Schiffes genutzt werden. Wenn seine Theorie also stimmt, dann befindet er sich auf dem Deck, wo Waffen und andere Fracht, wie

Lebensmittel aufbewahrt werden. >> Das hier sind Kanonenkugeln. Dann könnte es gut sein, dass die Fässer dort, Pulverfässer sind. <<

Er entdeckt eine Treppe, die zum nächsten Deck führt. Genau das will und braucht er, weil er schließlich seinen blauen Weggefährten um jeden Preis retten will. Ratch steigt die Treppe hinauf. Eine Bodentür aus Holz versperrt ihm den Weg nach oben. Er versucht sie aufzuklappen. Mit jedem Versuch, sie zu öffnen, probiert er es mit mehr Kraft. >> Komm schon. Warum... willst du... nicht... aufgehen? <<, sagt er zu sich selbst, während er versucht, sie aufzubekommen. Allerdings weiß er nicht, dass sich über ihm Piraten befinden. Einer von ihnen bekommt Ratch's Aktion mit. Er unterbricht seine Versuche, weil er jemand hören kann, der misstrauisch reagiert. >>Versenk' mich doch, was ist da los? <<

Ratch hört die Stimme und begibt sich schnell von der Treppe runter. Er versteckt sich hinter ihr. Außerdem vernimmt er mit seinen Ohren, wie jemand von oben, etwas wegnimmt, bevor danach die Bodentür geöffnet wird. So, wie sie aufgeht gibt Ratch kein Laut mehr von sich. >> Hallo!? <<

Der Pirat lässt die Bodentür offen und geht die Treppe vorsichtig hinunter. >> Ich weiß, dass hier jemand ist. Ich hab' gesehen, wie du versucht hast, die Klappe zu öffnen. Wenn du nicht willst, dass die ganze Crew hier sucht, dann zeigst du dich besser. <<

Was dem Pirat am Ende der Treppe schnell auffällt, ist das die Tür, durch die Ratch in das Schiff gelangte, weit offen steht. Er begibt sich sofort dorthin, um zu kontrollieren, ob er jemand sehen kann. Das Einzige, was er erblickt, ist das Stück Wrack, auf dem Ratch sich befand, das langsam im Nebel verschwindet. Draußen scheint niemand zu sein, weshalb der Pirat die Tür schließt. In diesem Deck ist nicht besonders viel Licht, aber immer noch genug, um relativ viel zu erkennen. Der Pirat beginnt eine Art Patrouille in diesem Bereich zu laufen, wobei er alles untersucht. Jeden Winkel des Lagerraums, jede Ecke und Kante. Von der Treppe aus in Richtung Bug, untersucht er alles. Ratch überlegt, ob es schlauer wäre sich zu zeigen und zu ergeben, um eine mögliche Verhandlung mit dem Piraten, oder der ganzen Crew einzugehen. >> Solltest du mich dazu verleiten, die ganze Crew hier runter zu bringen, werden wir alle mit einem Tötungsbefehl nach dir suchen und keine Gnade walten lassen, wenn wir dich finden,... um unseren Auftrag nicht zu gefährden. <<

Ratch hat eine Idee. Der Pirat geht in Richtung Bug. Ab dem Moment, indem er Ratch den Rücken zukehrt, greift er das Seil der Treppe, welches als eine Art Geländer dient, und zieht sich hoch. Während er sich hochzieht, dreht er sich gleichzeitig und schwingt sich somit erfolgreich über die Leine, auf die Treppe. Das hört der Pirat und dreht sich um. >> Ahoi Schrubber. <<, begrüßt Ratch den Piraten, als sie sich in die Augen schauen. Gleich danach steht Ratch so schnell auf, wie er kann und rennt die Treppe hinauf und durch die Bodentür hindurch. >> Heey! Bleib hier, hörst du!? <<, schreit der Pirat ihm hinterher, während dieser versucht Ratch zu fangen. Allerdings ist er nur ein wenig zu langsam, weshalb Ratch genug Zeit übrig bleibt, um die Tür zu schließen und sich drauf zulegen, ohne Rücksicht zu nehmen, ob eventuell noch andere Piraten die Situation mitbekommen. Aber er hat Glück. Allerdings nicht viel. Er befindet sich nur in solch einem Rahmen der Zeit, die es ihm ermöglicht, geradeso die Tür zu blockieren. Denn als er das tut, hört er schon, wie die nächsten Piraten zu kommen scheinen. >> Was war das?! <<, fragen sich zwei Piraten, während sie sich verwundert angucken. Ratch steht schnell auf und versucht gerade in die entgegengesetzte Richtung zu rennen, aus der er die anderen Piraten gehört hat. Noch bevor er sich verstecken kann, entdecken ihn die zwei und schreien: >> Stopp! <<

Ratch rennt weiter bis einer der zwei, eine Kugel in seine Richtung abfeuert, um als Warnschuss zu sagen, dass er stehen bleiben soll. Daraufhin hält Ratch so schnell an, wie er kann. Er hebt die Hände hoch und dreht sich langsam um. >> Schön langsam, Sprotte. <<, ermahnt der eine Pirat Ratch mit einer auf ihn gerichteten Waffe, während der andere, der geschossen hat, gerade nachlädt.

Nun läuft Bernardo in die Kapitänskajüte. So wie er stehen bleibt, so schließen sich auch die Türen hinter ihm. Überall hängen Käfige mit anderen Vögeln. Der Papagei schaut sich um. >> Käpt'n? <<,, spricht Bernardo ihn an. Dieser sitzt gerade vor einem Tisch und schreibt etwas auf ein Zettel. >> Ahoi Bernardo. <<, begrüßt ihn der Käpt'n. >> Ich, äh, habe einen... ähm Vogel direkt auf dem Deck gefangen. <<

Der Käpt'n bewegt sein Kopf aus seiner geduckten Haltung langsam aufrecht, während er seine Augen, noch am Anfang seiner Bewegung, schnell auf Bernardo und Ratch's Freund fixieren lässt.

Er schaut sich den Papageien genauer an. Er wundert sich. >> Beim Klabautermann. Ähm, Bernardo sag mir eins... hast du so einen Vogel schon mal gesehen? <<

Bernardo sieht sich das sonderbare Geschöpf noch einmal genauer an. Als er der Meinung ist, dass er so einen Vogel noch nie gesehen hat, antwortet er: >> Nein, Käpt'n. Schätze noch nie. <<

Der Käpt'n sieht noch ganz verwundert und fixiert auf den Papagei, bevor er sich rührt und etwas sagt. >> Nun denn. Es könnte ja auch sein, dass das ein Zeichen ist. Durch meine überragende Führungskraft, exotische Fluggeschöpfe zu fangen und ohne jede Rücksicht auf die Tiere selbst zu nehmen, scheint Mutter Natur, oder mein Schicksal, mir einen Gefallen tun zu wollen, indem sie mir ein noch nie zuvor da gewesenes und besonders seltenes Exemplar zukommen lassen, welches ich dann für sehr viel Geld verprassen kann. <<

Bernardo reagiert etwas verwundert. >> Aber gibt es in diesem Geschäft nicht auch Normen? <<

Der Käpt'n reagiert gelassen. >> Weißt du Junge, was bedeuten Normen in diesem Geschäft für Leute, wie uns? Schließlich leben wir ja alle... he he, vogelfrei. Hier geht's nur ums Geschäft. Ich würde nie auch nur einen Gedanken an diese falschen Aktivitäten verschwenden, wenn ich wüsste, dass sich das alles hier pekuniär, also von der Auszahlung her, nicht mehr als absolut lohnen würde. Nie war es so einfach mit einem Geschäft wie diesem so viel Reichtum zu erlangen. Besonders nicht, wenn man seine reichen Privathändler hat, so wie ich, he he he. <<, antwortet er als Bernardo fragt. >> Und jetzt hör auf Fragen zu stellen Kleiner und bring mein Schatz zu mir. <<

Bernardo beginnt, langsam und vorsichtig zum Käpt'n zu laufen. Während er das tut guckt er sich Ratch's Freund an und erkennt die Unsicherheit in den Augen des armen Tieres. >> Bitte nicht. <<, spricht der Papagei in einem Flüsterton zu Bernardo, der ihn aber leider noch nicht verstehen kann. Bernardo setzt den Käfig auf dem Schreibtisch des Käpt'ns ab. >> Sehr schön. Aus nächster Nähe betrachtet, siehst du ja sogar noch besser aus, als aus der Ferne. Es ist wirklich interessant. Tatsächlich kommst du mir aber noch nicht einmal jetzt bekannt vor. Ich mein,... vorhin das... war ja eigentlich nur gescherzt, also bis auf die Sache mit dem Geschäft. Aber jetzt, wo ich dich so, aus der Nähe beobachtet, besser erkennen kann, muss ich sagen, dass du tatsächlich fremd auf mich wirkst, mein kleiner blauer Freund. <<

Der Käpt'n hat sich förmlich über den Käfig gelehnt und schaut von oben auf den Papageien hinunter.

>> Und du siehst umso hässlicher aus. <<, spricht der blaue Freund zu dem Käpt'n, mit dem Wissen, dass er ihn sowieso nicht verstehen kann. Bernardo steht vor dem Tisch und läuft einen Schritt zurück. Mit seiner rechten Hand fasst er sich an seine linke Schulter und fährt seinen ganzen Oberarm von oben bis unten ab, weil er sich unsicher ist, ob es doch ein Fehler war, damals bei diesem Geschäft einzusteigen.

>> Hey, äh Bernardo, häng' ihn gleich da vorne hin. <<, sagt er und zeigt schon währenddessen auf einen freien Haken, der zwischen zwei Käfigen hängt. Bernardo nimmt den Käfig wieder auf und trägt ihn zu dem Platz, wo er ihn aufhängt.

>>'Tschuldigung, ist nichts persönliches. <<, spricht Bernardo zu dem Papagei und schaut ihn dabei mit einem schlechten Gewissen an. Er lässt den Käfig aber schließlich los und dreht sich um, um zurück zum Käpt'n zu gehen.

>> Danke Kleiner, das wär' dann alles. <<, spricht der Käpt'n, während er selbst schon längst wieder auf seinen Zettel stiert und weiterschreibt. Bernardo begibt sich zurück zum Eingang und zögert bevor er hindurch geht. Er sieht sich noch einmal alle Vögel mit einem schnellen Blick durch die Kajüte an und läuft dann mitfühlend durch die Türen. Aryo und Atanasio schließen die Türen hinter Bernardo wieder.

Ratch steht ein wenig besorgt vor den Piraten, die immer weiter auf ihn zukommen. >> Also. Wie bist du auf unser Schiff gekommen? <<

Er zögert und schaut sich die beiden abwechselnd an, bis er antwortet. >> Auf einem Wrack. <<, antwortet er gelassen. >> Auf einem Stück Wrack? Wie soll ich das denn verstehen? Etwa, dass du auf einem Stück Wrack hierher getrieben wurdest... zu unserem Schiff... in diesem Nebel? Ja. <<, antwortet Ratch gleich danach auf die Frage und zudem noch selbstsicherer, als er vorher war. Aber auch, weil die Piraten nach der fraglichen und unsicheren Feststellung, die von Ratch bestätigt wurde, verwirrt waren und es immer noch sind, was man an ihrer Körperhaltung und ihrem verwunderten Gesichtsausdruck erkennen kann, den sie so abrupt von gefährlich und bedrohlich, auf verwirrt und fraglich ändern. Außerdem hörten sie auf, auf Ratch zuzulaufen, was ihn auch selbstsicher macht. >> Von wo kommst du? <<, fragt der eine zu

Ratch schließlich, als sie aufhörten sich anzugucken, um weiter Fragen zu stellen.

>> Ich kann und werde darüber noch keine Auskunft geben. So steht es hier drin, so steht es geschrieben. <<, erzählt er den Piraten, während er auf sein Buch zeigt. Die Piraten gucken mit dem gleichen Gesichtsausdruck, aber mit einem überraschenden Gefühl auf das Buch. >> Was ist das Junge? Ein Regelwerk, das dir verbietet Auskunft über deine Herkunft zu geben? Mehr ein Lebenswerk, als ein Regelwerk. <<, antwortet Ratch dem Piraten, ganz ruhig und gelassen. Er will den Piraten weiterhin erklären, warum er, ihnen ihre Frage nicht beantworten will. >> Aber trotzdem... *ABER trotzdem bin ich der Meinung, dass wir dich sofort töten könnten. Schließlich bist du hier ein blinder Passagier, der unseren Auftrag gefährden könnte.* <<, fällt der eine Pirat, Ratch ins Wort. >> Yarr, wir dürfen ihn nicht töten. Du weißt doch was der Käpt'n befohlen hat, was wir mit solchem Gesindel machen sollen. *Ach ja stimmt. Jeglichen Besitz von ihm nehmen, zur Kajüte bringen und ab ins Kleinverlies mit der kleinen Made, he he hee.* <<

Der Pirat lässt sein letztes „he" ausklingen, bis seine Stimme verstummt.

Sie gucken sich kurz an und laufen gleich danach weiter auf Ratch zu. Als sie über der Klappe stehen, hören und fühlen sie, wie jemand von unten dagegen hämmert und schreit. >> VERDAMMT NOCH EINS! ÖFFNE SOFORT DIE VERDAMMTE TÜR, HERRGOTT!<<

Man sieht die Piraten von vorne, wie sie ihren Blick von Ratch abwenden und auf die Tür fixieren, welche sich genau unter ihnen befindet.

>> Beim Klabautermann. <<, sagen beide Piraten schließlich synchron. Sie sind dabei, gerade die Blockade beiseite zu räumen, um deren Kameraden zu retten. Diese Situation nutzt Ratch, um wegzurennen. Natürlich merken sie das. >> Oh nein, nicht mit mir

Freundchen. <<, sagt der eine Pirat mit normaler Stimme, während er mit seiner Einhandwaffe auf Ratch zielt. Er richtet die Waffe genau auf ihn, aber will ihn nur anschießen, um ihn flügellahm zu machen. Kurz bevor der Pirat den ganzen Abzug mit seinem Zeigefinger nach hinten ziehen kann, um auf Ratch zu feuern, stößt der Pirat, der befreit werden will, die Klappe so heftig auf, dass die Klappe die Pistole trifft, wodurch der Schuss nur knapp daneben geht. Durch den Türrahmen, durch den Ratch rennen will, sieht er, wie am linken Rand vom Rahmen, ein Einschussloch erscheint und einzelne Holzsplitter wegfliegen. Er schreckt zusammen und guckt sich die Stelle an, während er weiter läuft. Dadurch verliert er seine nicht zu vernachlässigende Frontsicht aus den Augen und merkt nicht, dass sich gleich nach dem Rahmen eine dreistufige Holztreppe befindet. Er guckt wieder nach vorn und sogleich auch nach unten, weil er sich fragt, wo der Boden geblieben ist. Schlussendlich stürzt er und stößt sich seinen Kopf so, dass er sofort ihn Ohnmacht fällt.

Ratch's Freund sitzt im Käfig und denkt nach, wie er ausbrechen könnte. Während er überlegt, schaut er sich seine gefangenen Kumpanen an. Er entdeckt Vögel, deren Arten er schon mal in verschiedensten Situationen gesehen hat. Bei ihm befinden sich Tukane, Kanarienvögel, Kardinal Vögel, verschiedenste Papageienarten, Eulen wie der Fleckenkauz und sogar eine Fledermaus. Links von ihm ist ein Riesentukan und rechts von ihm ein Kanarienvogel und ein Graukardinal. >> Wow. <<, hört der Papagei. Er dreht sich um und sieht die zwei Vögel, die ihn bestaunend, also mit großen Augen, angucken. >> Ähhm... glaubst du, was ich glaube. Denkst du, was ich denke und vor allem, siehst du, was ich sehe? *Äh ja, glaub' schon.* <<

Er guckt die zwei Vögel an und fragt sich, ob sie wissen, dass er sie hören kann. >> Ich glaub' er kann uns hören. *Echt? Dann denken wir wohl nicht dasselbe.* <<

Der blaue Vogel spricht sie an. >> Ähm Hi. Wer seid ihr? *Oh, wir mein Freund sind wie du... gefangen in diesen Gittern, der Herzlosigkeit.* Also eigentlich meinte ich eure Namen. *Unsre was?* <<, der Graukardinal flüstert dem Kanarienvogel zu: >> Er meint, wie wir gerufen werden. <<

Während die zwei miteinander sprechen, guckt Ratch's Freund sie abwechselnd an. >> Ach so. Ähm... wir haben so etwas nicht. Man sagte zwar schon oft Kanarienvogel und Graukardinal zu uns, aber noch nie etwas, na ja, persönlicheres. <<

Der Papagei versteht, und antwortet: >> He, dann seid ihr genauso wie ich, namenlos... und gefangen. <<

Nachdem er seinen letzten Satz spricht, guckt er mit einer Kopfbewegung zum Boden. Er schaut nicht gerade herunter, sondern mehr schräg in die Ecke von seinem Käfig. Der Kanarienvogel und der Graukardinal springen auf und kommen näher zum Gitter. >> Ja aber weißt du nicht, wer du bist? *Meinst du mein Namen?* Nein, mehr dein Erscheinungsbild. <<

Der blaue Vogel guckt sich selbst an, als sage man ihm, er hätte da einen Fleck. >> Meinst du mein Gefieder? *Ja, genau.* Dein Gefieder ist es, was dich so selten macht. Manche sagen zwar, dass du nur eine Legende bist, aber dich gibt es wirklich. <<, fährt der Graukardinal das Gespräch des Kanarienvogels fort. >> Aha, äh... ja. Und warum nennt man mich so? *Nun ja, wir wissen es zwar besser aber, die Menschen sagen, es gibt dich nicht. Angeblich bist du nur eine ausgedachte Figur aus einer Geschichte, ein Fabelwesen. Aber wie schon gesagt, wissen wir es besser. Wir haben viele deiner Art gesehen. Tief im Amazonas-Dschungel.* Was, ihr meint, ich also... äh. Es gibt noch mehr von mir? Ich bin nicht der Einzige meiner Art? *Ja. Aber eigentlich nahmen wir an, dass du das schon weißt und eher über die Sache mit den Menschen überrascht sein wirst, also wie sie über euch denken.* <<

Er ist so verblüfft, dass er gar nicht mehr lauscht, was die beiden netten Vögel ihm eigentlich sagen, weil er gerade versucht zu realisieren, dass es noch mehr von seiner Art da draußen gibt. Der Kanarienvogel spricht den Papageien an, als er merkt, dass er ihm nicht länger zuhört. >> Ähh, Hallo? Bist du noch da? <<

Ratch's Freund wacht aus seinen Gedanken auf. >> Was, ähh ähm ja... Ich war nur kurz äh... *Schon gut.* <<, erleichtert ihn der Kanarienvogel. Der blaue Freund erzählt, was über sich. >> Also wisst ihr... ich bin mit einem Menschen hier. *Echt?* <<, wundern sich daraufhin die beiden Vögel, als sie die Reaktion erhalten. >> Ja echt! Wir sind hier auf einmal gelandet, weil dieses Schiff aus dem Nichts zu uns kam. Na ja, wir sind eher aus dem Nichts zum Schiff gekommen, aber trotzdem. <<

Er beginnt immer motivierter und fröhlicher zu sprechen, weil er erfahren hat, dass er nicht der Einzige seines Gleichen ist. Während er vor Freude nicht mehr aufhören kann zu reden, schaut er sich den Käfig genauer an. >> Er hat gesagt, dass er zu mir kommt, um mich zu retten und wenn er da ist, kann er uns auch alle befreien. Aber es muss doch einen Weg geben aus diesem Gefängnis raus zukommen. <<

Er untersucht das Schloss. >> Hach. Wieso kann es kein ganz banaler Schieberegler sein. <<

Er versucht das Vorhängeschloss zu knacken. >> Komm schon, komm schon. *Vergiss es, die haben die Käfige zu fest abgeschlossen.* Ja, aber wenn ich vielleicht... <<

Alle bleiben still stehen, als sie einen Schuss hören. >> Wow, was war das? <<, fragen sich die zwei Vögel.

Der Käpt'n, der gerade noch am Tisch sitzt, hört den Schuss, der abgefeuert wird. Er guckt so schnell von seinem Papier zu den Türen, dass man denken könnte, er erschrickt. Ohne seinen Kopf zu rühren, bewegt er seine Augen hektisch in mehrere Richtungen, weil er überlegt, was das gewesen ist. Nach längerem Überlegen, steht er schnell auf und geht nachschauen, was passiert ist.

Der Riesentukan ist durch den Schuss aufgewacht. >> Ahh, endlich bist auch wach. Wir dachten schon du verschläfst die ganze Reise. <<

Er reibt sich förmlich den Sand aus den Augen, während er sagt: >> 'Tschuldige Jungs, bin nur kurz eingenickt. Oh, wer bist du? *Das, mein Lieber, ist er.* Wer? *Na er. Du kennst doch die Geschichte von ihm.* Du meinst die blauen Papageien. *Ja.* Wow, ich hätte nie gedacht, dass ich mal jemanden wie dich hier antreffen würde. <<

Bevor der blaue Vogel reagiert, hofft er, dass der Schuss nichts mit Ratch zu tun hat.

Er räuspert sich und antwortet dann: >> Hi, ich habe gerade erst erfahren, dass es mehr von mir gibt. <<

Der Graukardinal und der Kanarienvogel erzählen dem Riesentukan alles, über was sie so gesprochen haben, seitdem sie Ratch's Freund kennenlernten.

Bernardo hat den letzten Schuss gehört und rennt sofort nach unten. Als er ankommt sieht er, wie viele Piraten um jemandem herum stehen. Er drängelt sich an allen Piraten vorbei und sieht einen Jungen auf dem Boden herum liegen. Es ist Ratch. Bernardo steht jetzt vor dem bewusstlosem Ratch und staunt. Der Käpt'n hat die Unruhe mitbekommen, als Bernardo die Kajüte verlassen hat und gesellt sich nun auch noch mit dazu. >> Was, verdammt noch mal! Was ist hier los? Wieso ist niemand mehr auf seinem Posten? Selbst der Steuermann fehlt. <<

Er spricht seine Sätze zu Ende, als er nach seinem Letzten erstaunt verstummt. >> Oh. <<, gibt er noch leise von sich, um kenntlich zu machen, dass auch er Ratch bemerkt hat. >> Trotz dessen, dass wir hier einen bewusstlosen und gleichzeitig auch blinden Passagier an Bord haben, ist das noch lange kein Grund, warum sich alle von ihren Posten wegbegeben. Ihr habt alle Anordnungen in solch einem Fall von mir erhalten und jetzt ist es an der Zeit, ihnen Gefolge zu leisten. <<

Alle staunen immer noch auf Ratch. Sie haben zwar erfahren, was sie tun sollen, wenn so etwas passiert, doch niemand hätte damit gerechnet, dass es heute, an so einem nebligen Tag von statten gehen würde. Dass sie einen blinden Passagier haben, ist aber nicht der Grund für die andauernde Aufregung. Es ist die Bewusstlosigkeit, die Ratch gleichzeitig zu bieten hat. Der Käpt'n ist weniger verwundert und merkt, dass ihm niemand zuhört. >> ALLE ZURÜCK AUF IHRE POSTEN! <<, ruft er so laut, sodass jeder denken könnte, ein Echo von diesem Geschrei gehört zu haben. Allerdings scheint das einfach nur die spätere Realisierung des Befehls zu sein, die jeder weggetretene Pirat vernimmt. Alle reagieren sofort auf sein Kommando und rufen im Chor: >> Aye, Aye Käpt'n! <<

Zumindest sagen es die meisten im Chor. Ein paar sprechen es erst später aus. Ohne Orientierung wollen sie alle zurück, weshalb manche sich gegenseitig anrempeln und beschimpfen. >> Argh, pass doch auf du Nichtsnutz. *Ich werd' dich gleich Kielholen lassen, wenn du nicht selber aufpasst, du Freibeuter.* Was?! Du bist doch selber einer.

Der Käpt'n wartet bis alle außer drei weg sind. >> Ah, Idioten. <<

Er dreht sich zu, Ratch um und spricht in einem leisen Ton zu ihm. >> Wie sonderbar, dass an einem Tag ein blinder Passagier bewusstlos auf diesem Deck liegt, und mir ein Papagei in die Hände fällt, den ich noch nie zuvor gesehen habe. <<

Der Käpt'n wird von dem Piraten unterbrochen, der Ratch zuerst gesehen hat und ihn versuchte zu bekommen. >> Wissen sie, als er hier hochkam, war er noch bei Bewusstsein. <<

Der Pirat kann die Mimik vom Käpt'n nicht sehen, aber als der eine Pirat das sagt, zieht er ein Gesicht, das aussagt, ob er ihn für einen Idioten hält. >> Glaubst du etwa, ich bin ein Idiot? Was, ähhäh.... das wollte ich damit nicht sagen ich... <<

Der Käpt'n unterbricht ihn. >> ...Ich bin nicht der, der sich von einem Bengel hat einsperren lassen. *Woher wissen sie...* Ich, mein Kamerad, weiß so einiges von euch und über dieses Schiff und ihr, seid die glücklich ausgewählten Küstenschiffer, die jeglichen Besitz von ihm nehmen, mir überreichen und ihn in den Kerker werfen, kapiert? <<, spricht er zu den drei Piraten, die auf diesem Deck ihren Posten haben. Bernardo hält sich noch immer dort auf. Er ist geblieben, als die Crew wieder zurück auf ihre Posten gegangen sind. Aber er hat die Gelegenheit genutzt, um sich zu verstecken. Also weiß er jetzt auch, dass sie Ratch in den Kerker werfen wollen. Er guckt ein wenig über die Kante der Holzkiste, hinter der er sich versteckt hält. Als der Käpt'n zurück nach oben in seine Kajüte geht, duckt Bernardo sich, um nicht von ihm gesehen zu werden. Er wartet bis die Piraten ihn wegtragen.

Ratch wacht auf. Das Erste was er sieht, ist ein Gefängnis von innen. Er realisiert, dass er jetzt festsitzt. Doch anstatt auszurasten, herumzuschreien und zu rufen, dass sie ihn rauslassen sollen, bleibt er ganz ruhig in der Position liegen, in der er aufgewacht ist. Das Erste was er macht, ist zu kontrollieren, was er noch alles hat. Er merkt, dass sein Tagebuch fehlt. >> Hm, na toll. *Suchst du zufällig dein kleines leeres Buch?* <<, spricht auf einmal eine Stimme aus dem Nichts zu ihm. Ratch guckt sich um. Aus dem Dunkeln hervor, tritt der Käpt'n. Als er vor den Gitterstäben stehen bleibt, sieht Ratch ihn mit einem nicht wirklich verwunderten Gesicht an. Die Stimmung an sich ist ruhig. >> Sag' mir eins, Fremder. Woher kommst du? *Aus dem Nebel bin ich auf einem Stück Wrack zu eurem Schiff getrieben.* He, nein nein. Ich möchte nicht wissen, WIE du hier her gekommen bist, sondern woher. <<

Der Käpt'n betont das „WIE" besonders, um die Antwort, die er von Ratch erwartet, so klar und genau, wie möglich zu halten und um klar zu machen, dass das seine Frage nicht beantwortet. Doch was er nicht weiß, ist, dass die Antwort von Ratch die Frage tatsächlich richtig beantwortet hat, zumindest so weit, wie Ratch diese Frage aktuell beantworten würde. >> Sie sind wahrscheinlich der Käpt'n auf diesem Schiff, schätze ich. Demzufolge würde ich sagen, dass sie nicht der Schlauste an Bord sind, weil es in Notsituationen, wie zum Beispiel einer bevorstehenden Schlacht so ist, dass der Steuermann, oder der Quartiermeister, oder irgendjemand ihnen ins Gewissen reden würde, wenn sie einen Befehl geben, der die Crew und das Schiff in dieser von mir besagten Notsituation nicht zum Sieg führen würde. Dieser jemand würde mit dieser Nachfrage nicht nur ihre Führungsqualitäten als Käpt'n in Frage stellen, sondern auch wissen wollen, ob sie überhaupt wissen, was man in solch einem Moment als Käpt'n unternimmt und befiehlt. Aufgrund solch einer möglichen Situation in ihrem Leben, zeige ich Verständnis dafür, dass sie aus meiner Antwort, nicht ihre Antwort herausgehört haben und werde ihnen deshalb verständlich erklären, dass ich ihre Frage sehr wohl mit dem „Woher" beantwortet habe. <<, erklärt Ratch ganz schnell, sodass der Käpt'n beinahe nur ein paar Wörter verstanden hätte. Während dieser Erklärung, sieht man manchmal den Käpt'n, welcher ganz verwundert von der Ausdrucksweise von Ratch ist. >> Wenn sie sich an meine Antwort erinnern, habe ich vom Nebel gesprochen, aus dem ich zu euch trieb. Nun ja, da haben sie ihre Lokalbestimmung und somit auch einen Ort, wenn auch ziemlich allgemein, woher ich komme. <<

Der Käpt'n schaut noch verwunderter, als vorhin, sobald Ratch fertig ist zu antworten. Er versucht, nur die Hälfte zu verstehen und zusammenzufassen. >>Versteh' ich das richtig, du kommst aus dem Nebel? <<

Das war sie. Die Zusammenfassung, die der Käpt'n in Form einer Kurzantwort aus Ratch's Geschichte verfasst hat. >>Aye, Käpt'n. <<, antwortet Ratch, als wäre dieser Käpt'n sein wirklicher Käpt'n. >> Sehen sie. Sie haben nun mit der Antwort, die ihnen nichts sagt, ihre Frage gerade selbst beantwortet. <<

Der Käpt'n ist fürs Erste sprachlos, weil er sich so fühlt, als ob man ihm das Wort im Mund umgedreht hat. Schlussendlich kommt er dann aber darauf zurück, worauf er ursprünglich hinaus wollte und immer noch will. Er blinzelt einmal unbewusst und dann bewusst ein zweites Mal. Während er bewusst blinzelt, schüttelt er ein wenig seinen Kopf und fängt an, von seinem eigentlichen Thema zu sprechen, wie als würde er gerade aus einem Tagtraum aufwachen. >> Ha. Ich will wissen, ob der sonderbare blaue Vogel zu dir und deinem seltsamen leeren Buch gehört. *Das tut er, ja. Wieso?* In meiner Kajüte erschien er so plötzlich, wie du bewusstlos auf diesem Deck. <<

Ratch erfährt aus dieser Antwort, dass er sich immer noch auf demselben Deck befindet, wie zuvor. >> Nun, ich hatte gehofft, dass du mir etwas über diesen Vogel erzählen kannst. Genau so wie über dieses leere Buch. <<

Als der Käpt'n das Buch erwähnt, schmeißt er es sogleich durch die Gitterstäbe zu Ratch. Er nimmt sein Tagebuch und blättert durch. Er kann seine Ziele sehen. >> Wow, Bis heute habe nicht gewusst, dass ich der Einzige bin. *Der Einzige was?* <<, will der Käpt'n wissen, weil er Ratch hört. >> Der Einzige, der verstehen kann, dass man genug Fantasie braucht, um die Dinge in diesem Buch zu sehen. <<, antwortet Ratch, so gekonnt und ohne Probleme mit dieser Lüge, als wäre es die Wahrheit. In Wahrheit aber, wusste er bis heute nicht, dass er der Einzige ist, der die Ziele und Bestimmungen sehen und lesen kann. Das erklärt, warum das Buch auch ein Teil von Ratch selbst ist. >> Kannst du mir etwas über den Vogel sagen, oder nicht. *Natürlich kann ich das. Schließlich habe ich ja wahrheitsgemäß gesagt, dass er zu mir gehört, als sie mich danach fragten.* <<

Der Käpt'n überlegt noch kurz, welche Fragen er eigentlich stellen will und beginnt dann zu fragen. >> Gut. Ich möchte wissen was das für ein Vogel ist und woher er kommt. *Nun ja,... er ist gewissermaßen ein Papagei, ein blauer Papagei. Wir kennen uns seit 15 Jahren und in dieser Zeit konnten wir herausfinden, was er für ein sonderbares Tier ist.* Sonderbar? Inwiefern ist er... „sonderbar"? *Ich kann mit ihm reden. In meinem Leben habe ich mitbekommen, dass es nicht so üblich ist, mit Tieren sprechen zu können. Allerdings kann ich nur sagen, dass ich ihn seit meinem Beginn der Lebenszeit bei mir als Freund und Kupferstecher habe, weshalb ich über seine Herkunft genauso wenig preisgeben werde, wie über meine. Was ich aber immer mal wieder betonen möchte ist, dass ich die Freundschaftssache und „Lebensgefährten" Aussprache nicht so meine, dass man es möglicherweise falsch verstehen würde. Und genau diese Richtung der Bedeutung meine ich nicht. Nur um hier mal für klare Stimmung zu sorgen. Ich merke, dass wir vom Thema abschweifen.* Oh, wenn du mir nichts über sein Aufenthaltsort verraten möchtest, dann lass ich dich hier verrotten. <<

Der Käpt'n erhebt langsam seine Stimme, weil er nicht seine erwünschten Informationen erhält. Er spricht diesen letzten Satz zu Ende und begibt sich von dem Gefängnis weg. >> Und ich dachte, sie lassen sie über die Planke gehen. <<, spricht Ratch noch leise vor sich hin, während der Käpt'n verschwindet. Doch dieser bekommt mit, dass er was sagt und dreht sich zu ihm um. >> Was?! <<, schreit der Käpt'n, weil er glaubt, dass Ratch ihn sonst nicht mehr hören könnte. Ratch wird lauter, weil er ahnt, dass was auf sie zukommt. >> Ist das heute nicht ein UMWERFENDER Tag, Käpt'n?! <<, spricht Ratch zu ihm und betont das Wort: „UMWERFEND" besonders hervorgehoben. Der Käpt'n denkt sich nichts Besonderes und geht weiter. Plötzlich schaukelt das ganze Schiff, als hätten sie etwas gerammt. Daraufhin fällt der Käpt'n zu Boden. >> Oh, Oh. <<, spricht Ratch noch leise, weil er merkt, dass sie etwas bedroht.

Das Schaukeln merken auch die Vögel. In der Kajüte spürt man es so stark, dass die Käfige hin und her schaukeln und manche krachen ebenso gegeneinander. >> Was ist denn jetzt los? <<, fragt sich der Graukardinal, während das ganze Schiff schaukelt und kippelt. Alle Vögel sind besorgt und gucken hektisch hin und her, weil sie nicht wissen, was gerade passiert.

Die Crew schreit herum und geht in Angriffsformation. Sie bereiten sich auf eine Schlacht vor. Alle rennen verzweifelt und schnell auf dem Deck herum. >> ALLE MAN IN ANGRIFFSFORMATION! <<

Neben dem Steuermann steht der Quartiermeister. >> Wo ist der verdammte Käpt'n?! <<, fragt er den Quartiermeister lautstark.

Der Käpt'n liegt noch immer auf dem Boden, aber er rappelt sich auch schnell wieder auf. >> Was zum verdammten Henker? <<, fragt er sich, während er wieder aufsteht. Taumelnd steht er auf, weil das Schiff noch schaukelt. Er guckt ein weiteres Mal schnell zu Ratch. >> Was zum...? <<

Er ist verblüfft. Aufgrund seiner Zeit, die ihm zum Realisieren bleibt, merkt er zügig, dass er nach oben muss. Daraufhin rennt er so schnell, wie er kann zur restlichen Besatzung.

Der Käpt'n kommt oben an und sieht, wie alle auf dem Deck herumrennen und sich in Angriffsformation begeben. Er bewegt sich schnell zum Steuermann. >> Was in Gottesnamen geht hier vor?! *Das wissen wir nicht Sir! Aber wir haben etwas oder wurden vermutlich gerammt!* <<

Alle müssen sich anschreien, weil die Stimmung auf dem gesamten Schiff so unglaublich hektisch, angespannt und laut ist, weil alle in Panik versetzten Piraten herumschreien. >> Das kann doch nur was mit diesem Jungen und dem Vogel zu tun haben. <<, sagt der Käpt'n zu sich selbst.

Im nächsten Moment hören sie ein fernes Schussgeräusch einer Kanone. Auf einmal hören alle nur noch ein seltsames Geräusch, als ob etwas mit unheimlich schneller Geschwindigkeit auf sie zu geflogen kommt. Schon im nächsten Moment pfeift genau so, wie sie kracht, eine große Kanonenkugel mittendurch die Kajüte vom Käpt'n. Sie fliegt von Heck in Richtung Bug und reißt alles mit sich, was in der Kajüte steht. Die ganzen Tische, kleinen Truhen aus Holz, Schriftstücke, einfach alles außer den Käfigen, weil sie in der Luft hängen, werden zerstört. Das ganze Zeug zerspringt in lauter Einzelteile und Holzsplitter fliegen nur so durch die Gegend. Einige Teile sind so klein, dass sie in manchen Käfigen landen. Die Kugel bahnt sich ihren Weg weiterhin durch die ganze Kajüte und macht auch nicht vor den Türen halt. Sie zerschmettert sie regelrecht. Der Käpt'n, der neben dem Steuer steht und orientierungslos versucht, den Angreifer ausfindig zu machen, sieht von oben herab, wie die Kugel durch die Türen gebrettert kommt und den Großmast beschädigt.

Ratch liegt immer noch im Gefängnis und fragt sich, wie es seinem gefiederten Freund geht. Er sieht Bernardo auf ihn zu rennen, der vor dem Kerker stehen bleibt. >> Hey, du bist doch der blinde Passagier, oder? Aye. Okay, hör' zu. Hast du ein Ziel. Ich kann dir versichern, dass ich immer ein Ziel habe. <<

Bernardo ist begeistert und freut sich ein wenig, dass er jetzt vielleicht nicht mehr für sein Käpt'n arbeiten muss. >> Also, wenn ich dich befreie, darf ich dann mit dir kommen? <<

Während sich die beiden unterhalten, treffen immer mehr Kanonenkugeln auf das Schiff.

Ratch's Freund befindet sich in keinem Käfig in dem ein Holzsplitter gelandet ist. Dafür ist aber einer in dem Käfig des Riesentukans gelandet. Er denkt über die aktuelle Situation nach und hat eine Idee. >> Hey. Äh. Dürfte ich mir das mal kurz haben? <<

Der Riesentukan schaut sich den Holzsplitter genauer an. >> Was? Du meinst das Holzstück? *Ja. Ich hab' ne Idee.* Okay, hier hast du es. *Danke.* <<

Er bekommt den Splitter und versucht damit das Schloss seines Käfigs zu knacken. >> Komm' schon, komm schon. <<

Der Papagei versucht es immer weiter.

Der Käpt'n hat inzwischen herausgefunden, dass die Angreifer von hinten zu kommen scheinen. >> Wendet das Schiff um neunzig Grad und bemannt alle Kanonen! Auf mein Kommando Feuern, klar?! *Aye, Sir!* <<

Als der Käpt'n dem Steuermann befiehlt, auf sein Kommando zu warten, läuft er los, um sich den gefangenen Ratch vorzunehmen.

Ratch hat nichts dagegen, sein Team um ein Mitglied mehr zu erweitern. >> Klar. Wenn du willst, kannst du mit uns kommen. *Uns?* Ja. Ich bin nicht alleine hier. Mein Freund, der ein blauer Papagei ist, begleitet mich schon mein ganzes Leben lang. *Er gehört zu dir?* Ja, wieso? *Weil ich... Weil ich ihn gefangen hab'.* Das warst du? *Bitte, ich habe ihm nicht wehgetan.* Hmm... Okay. Ich verzeihe dir, weil ich nicht nachtragend bin und weil du uns helfen willst. *Puh! Danke.* <<

Bernardo ist erleichtert, weil Ratch ihm das nicht übel nimmt. >> Also weißt du, wo der Schlüssel ist? *Von wa... Ach ja, der*

Schlüssel. Warte hier, ich hole ihn schnell. Ich warte... kann ja schlecht weglaufen. «

Als Bernardo gerade den Schlüssel holt, sieht Ratch den Käpt'n, wie er nach unten kommt, um mit ihm zu reden. Glücklicherweise verläuft eine Holzwand bis kurz vor Ratch's Gefängnis, weshalb er Bernardo nicht ausfindig machen kann, solange sie sich nicht vor dem Kerker von Ratch begegnen. Während er auf Ratch zuläuft, erblickt er ebenfalls, wie Bernardo zurückkommt. Allerdings achtet er gerade nicht nach vorne, weil er auf die Schlüssel guckt, um zu kontrollieren, ob es auch die richtigen Schlüssel sind. Genauer gesagt schaut er, ob an dem Schlüsselbund der richtige Schlüssel ist. Weil Ratch beide sieht und er weiß, dass der Käpt'n Bernardo erwischen würde, wie er Ratch versucht zu befreien, schlägt er mit seiner Handfläche gegen die Gitterstäbe des Gefängnisses. Bernardo hört dies und bleibt stehen, weil er denkt, dass irgendwas passiert sein könnte. Aber als er Ratch sieht, der nicht in seine Richtung guckt, glaubt er, dass alles OK wäre. Bernardo läuft weiter. Ratch bemerkt auch dies und schlägt noch mal gegen das Gitter. Diesmal realisiert Bernardo, dass er eine Gestik meint. Für ihn soll sie bedeuten, dass er anhalten soll, weil Ratch's Hand eben wie eine „Stopp Hand" aussieht, die Ratch nur an die Gitterstäbe presst, damit der Käpt'n, der auch in seine Richtung guckt, keinen Verdacht schöpft. Bernardo bleibt nur aus Reflex und Instinkt stehen, aber trotzdem versteht er die Gestik von Ratch nicht. Einige wenige Momente später sieht auch Bernardo den Käpt'n, was ihn dazu verleitet, dass er sich hinter den nahe gelegenen Fässern versteckt, damit er ihn nicht entdecken kann. In diesem Augenblick denkt Bernardo darüber nach, was Ratch ihm eigentlich sagen wollte, und es kommt ihm so vor, als ob er mit der Gestik meinte, dass er stehen bleiben soll. Also hat er sie am Ende doch verstanden. » Nun, ich weiß zwar nicht, ob du was mit diesem Überfall zu tun hast, aber ich schwöre BEI GOTT, dass ich es nicht zulassen werde, dass ich meine Fracht und meine Gefangenen verliere. «

Die Situationen bleibt angespannt, weil das Schiff immer noch bombardiert wird. Auf einmal rasen jetzt auch schon Kanonenkugeln durch die unteren Decks.

Der blaue Papagei versucht immer noch das Schloss zu knacken. In der Zeit fliegen drei weitere Kugeln durch die Kajüte, die aber glücklicherweise keinen Käfig zerfetzen. Plötzlich hört er, wie das Schloss ein Geräusch von sich gibt. Er bewegt das Holzstück noch ein bisschen weiter und schließlich kann er das verruchte Eisen, das zwischen seiner Freiheit und ihm steht, knacken. >> Ja. Endlich! Wuhu! <<

Die drei Vögel staunen. >> Ay, caramba! <<, reagiert der Riesentukan. So schnell wie er kann, fliegt Ratch's Freund aus dem Käfig heraus. Die Vögel merken, wie sich das Schiff wendet. Auf einmal hört es auf, dass Kanonenkugeln durch die Kajüte zischen. Das gibt ihm einen Moment Zeit, um nach etwas zu schauen, wie er alle anderen Vögel befreien könnte. Zunächst versucht er es weiterhin mit dem Holzsplitter, aber als dieser schließlich zerbricht, sucht er nach einer weiteren Möglichkeit, als er einen kurzen Zeitpunkt später die Truhe auf dem Boden liegen sieht. Es ist eine kleine Holztruhe, die ein wenig zerkratzt ist. Überall drum herum liegen einzelne Holzsplitter und andere kaputte Teile aus Holz, wie zum Beispiel ein Tischbein oder ein Stück von einer Schublade. >> Wartet kurz, ich hab' ne Idee. <<

Er sieht die Truhe und fliegt zu ihr. Kurz nachdem er dort gelandet ist, dreht er sie um, damit er weiß, ob sich eventuell ein Schlüssel darin befindet, mit der er die Käfige aufschließen könnte.

Der Käpt'n legt seine Hand auf seine Waffe, als möchte er sie gleich ziehen, um Ratch zu erschießen. Tatsächlich zückt er die Pistole und richtet sie auf ihn. Ratch macht keinen Gesichtsausdruck, als hätte er Angst. >> Hast du keine Angst,

Bursche? *Ich wüsste nicht, warum?* << Der Käpt'n schmunzelt nur noch kurz bevor er den Abzug drücken möchte. Doch als er fast Ratch erschossen hätte, kam ein Pirat von oben. >> Käpt'n! Wir sind bereit zu feuern. <<

Er dreht sich zu dem Piraten um und gibt den Befehl. >> Volle Breitseite! << Der Pirat versteht den Befehl schon beim ersten Mal und rennt wieder nach oben. Auf dem Deck sieht man nur noch, wie er den Befehl an die Crew weitergibt, kaum nachdem er überhaupt oben angekommen ist. >> VOLLE BREITSEITE! <<

Gleich nachdem er es ausgesprochen hat, feuert das Schiff eine ganze Salve Kanonenkugeln in die Richtung, in der sie den Angreifer vermuten. Nach dem Angriff stoppt auch die Attacke von der anderen Seite. Es ist ruhig.

Der Papagei, der seinen Kopf näher zum Boden hält, um kleinste Einzelteile bei seiner Suche aus dem Weg zu räumen, hebt seinen Kopf an und wundert sich über die Stille, wie alle anderen. >> Was ist denn jetzt los? <<, wundert sich der Graukardinal. >> Wien' nicht. Vielleicht machen die nur ne Pause, oder so. <<, antwortet der Kanarienvogel.

Der Käpt'n steht noch immer vor Ratch und zielt auf ihn. >> Hörst du das? <<, fragt der Käpt'n. >> Was? *Na die Stille. Es scheint, als hätten wir unsere Angreifer vertrieben.* Ich glaube nicht. <<, sagt Ratch noch und stellt sich an die Holzwand, welche hinter ihm ist und gleichzeitig der Rumpf des Schiffes ist.

Plötzlich erscheint ein riesiger Rammsporn, dem ein weitaus größeres Schiff folgt, wenn man es mit dem, auf welchem sich Ratch, die Vögel und Bernardo befinden, vergleicht. Mit einer unheimlichen Geschwindigkeit rast es auf sie zu.

>> Hast du noch irgendwelche letzten Worte? <<

Der Käpt'n beendet diesen Satz mit solch einem Lächeln im Gesicht, weil er sich sicher ist, dass er ihn gleich erschießen wird. Kaum als er das sagt, trifft der Rammsporn mit all seiner Kraft auf das Schiff. Die Wirkung ist so heftig und stark, dass sie nicht nur einen sehr großen Teil der Bilge zerstört, sondern auch ein gutes Viertel in den Rumpf einschneidet. Durch den Aufprall fliegt überall im Schiff die ganze Fracht und alles andere herum, was nicht niet und nagelfest ist. Ganze Holzbretter fliegen durch die Gegend, Fässer zerschellen an der Wand, Kanonen lösen sich von ihren Ketten los.

Noch bevor der Käpt'n ein zweites Mal die Möglichkeit hat, Ratch zu erschießen, erleiden alle auf dem Schiff die Wirkung des Rammsporns. Ratch wird, ohne viel durch die Luft zu fliegen, nur an die Holzwand gedrückt. Deswegen muss er auch nicht einen ganz so heftigen Aufprall spüren. Der Käpt'n wir regelrecht gegen die Gitterstäbe gedrückt. Er steht zwar auch nicht weit von ihnen weg, sodass er quer durch die Kante fliegen würde, aber er spürt noch so viel, dass es ein wenig weh tut. Außerdem ist der Druck so intensiv, dass in seinem Gesicht jetzt das Muster der Stäbe zusehen ist. Bernardo fliegt zwar weit nach vorne, aber gegen nichts dagegen. Er fängt sich ab.

Die Käfige schaukeln so heftig, dass sich fast alle von ihrem Haken loslösen. Ratch's Freund guckt sich überall um, weil er ganz oft sieht, wie eben die Käfige herunterfallen und auf dem Boden landen. Der Käfig mit dem Graukardinal und dem Kanarienvogel fällt auch nach unten. Sie versuchen durch Fliegen nicht vom Käfig heruntergezogen zu werden. Allerdings schaffen sie das nicht. Der Käfig holt sie schneller ein, als dass es ihnen gelingen könnte, nicht getroffen zu werden. Als der Käfig landet, versuchen beide wieder zu fliegen, bevor sie den Boden erreichen. Leider schaffen sie auch das nicht rechtzeitig. >> Ahhhh! <<, schreien beide. Beim Aufprall landet der Graukardinal auf dem Kanarienvogel. Der Riesentukan hat mehr oder weniger Glück. Sein Käfig bleibt zwar hängen, aber dafür wird er herumgeschleudert. >> Oh... Oh mein Gott. Ich glaub' mir wird gleich schlecht. <<

Ratch sieht, wie der Käpt'n und Bernardo auf dem Boden liegen. Bernardo scheint noch bei Bewusstsein zu sein, aber der Käpt'n nicht mehr. Allerdings überprüft er trotzdem, ob Bernardo ansprechbar ist. >> Hörst du mich? *Aye.* Gut. Der Käpt'n scheint bewusstlos zu sein und der Schlüssel liegt hier. *Warte, ich hole ihn.* <<

Bernardo steht ein bisschen taumelnd auf, weil er gerade einfach ohne Vorwarnung durch die Luft flog. Er holt den Schlüssel. >> Ich habe noch nicht gefragt, wie du heißt. Also, wie ist dein Name? *Bernardo. Und du?* Ratch. *Ist das eine Kurzform von einem Namen?* Nicht soweit ich weiß. <<, unterhalten sie sich, während Bernardo Ratch befreit. Als er frei ist wollen, sie schnell fliehen. Doch dann, fällt Ratch noch etwas ein. >> Warte Bernardo. Ich hab' ne Idee. <<

Ratch's Freund fliegt auch durch die Luft, aber nur ein wenig. Denn mitten im Flug bremst er sich ab. Im Standflug sieht er tatsächlich, wie ein Schlüssel durch die Gegend fliegt. Er fängt ihn und probiert gleich an einem Käfig aus, ob dieser nun passt. Der Käfig an dem er den Schlüssel ausprobiert, ist der, mit dem Riesentukan. >> Uuund... ja! Er passt wirklich. <<

Er öffnet den Käfig. >> Nach ihnen werter Herr. *Oh, wie aufmerksam.* <<

Beide fliegen wieder zurück auf den Boden. Der Papagei schlägt einen Plan vor. >> Okay, du befreist mit dem Schlüssel alle Vögel, die hier unten liegen und ich werde, denen helfen, die oben hängen. *Ja aber wie, wenn es nur einen Schlüssel gibt?* Ich versuche deren Schlösser wieder, wie meins, zu knacken. Okay *dann los.* <<

Während des Überfalls, wird das Schiff schließlich geentert. Soldaten die sich mit Seilen auf dem Schiff abseilen, stürmen zum Angriff. Die Besatzung der Piraten ist zwar nicht gerade wenig, aber sie hat mit dem Kampf gegen die Soldaten schon ordentlich was zu tun. Man hört nur noch Geschrei und das Gefecht mit den Säbeln, die aneinanderschlagen.

Ratch merkt, dass das Gefängnis noch offen steht und der Käpt'n bewusstlos daneben liegt. Also war es klar was Ratch für eine Idee hat. Er und Bernardo hören, wie oben gekämpft wird. Davon lassen sie sich aber nicht stören. Sie gehen zurück zum Käpt'n und nehmen jeglichen Besitz von ihm. Abgesehen von der Kleidung, die haben sie, abgesehen vom Hut, nicht mitgenommen. Anschließend haben sie den Käpt'n zusammen in den Kerker gehievt und dann das Gefängnis wieder zugeschlossen. >> So jetzt sollten wir fürs Erste sicher sein, was zumindest diese Person angeht. <<

Beide hören, wie jemand die Treppe herunterkommt. Es ist einer der Soldaten. Glücklicherweise können die zwei sich rechtzeitig vor ihm verstecken, sodass der Soldat sie nicht finden kann.

Als der blaue Papagei und der Riesentukan gerade dabei sind, die restlichen Vögel zu befreien, sehen sie Aryo und Atanasio, die im Türrahmen stehen. Sie fassen nicht, was sie da beobachten. >> Seh' ich das richtig, oder bilde ich mir nur ein, dass zwei Vögel andere Vögel aus den Käfigen befreien? <<

Aryo wundert sich genau so wie Atanasio. >> Wetten, dass der Käpt'n stolz auf uns sein wird, wenn wir ihm erzählen, wie wir alle Vögel wieder eingesperrt haben? <<

Den Vögeln stockt ein wenig der Atem. >> Oh nein. Nicht mit uns. <<

Sagt der Kanarienvogel. Kurz darauf beginnen die beiden Piraten auf die Vögel loszurennen, um sie wieder einzufangen. Was sie dabei nicht beachtet haben ist, dass ein Großteil aller Käfige jetzt ein kaputtes Schloss hat, weil sie vorhin geknackt wurden. Einige Vögel sind schon bereit loszufliegen, weil sie frei sind. Doch alle bleiben in der Kajüte, bis auch alle raus können. Sie helfen sich also gegenseitig. Aryo und Atanasio peilen zuerst Ratch's Freund und den Tukan an, weil sie zuvor ein Teil der Vögel befreit haben. >> Showtime <<, sagt der Graukardinal noch, bevor der ganze Spaß beginnt. Jetzt müssen die zwei Vögel den anderen helfen und darauf achten, dass sie nicht von den beiden gefangen genommen werden. Aryo peilt den blauen Papagei an und Atanasio den Tukan. Als Ratch's Freund von seinem Verfolger beinahe eingeholt wird, weicht er aus, indem er seine „Schloss-Knack-Aktion" unterbricht und gerade noch so den zuschnappenden Armen von Aryo ausweichen kann. Er fliegt schnell zu einem Tischbein, welches dort auf dem Boden in der Kajüte liegt. Noch im Flug greift er es und flattert wieder nach oben. Es ist nicht besonders schwer, also hat er auch keine Probleme, es zu halten. Kaum nachdem er wieder weiterfliegt und in der Luft ist, dreht er sich um und wirft das Tischbein so, dass es sich nicht nur überschlägt, sondern Aryo auch voll an den Kopf knallt. Er wird dadurch zwar nicht verletzt, aber er hat sich ein wenig erschrocken. Die Zeit nutzt der Papagei, um zurück zum Käfig zu fliegen, wo er den Splitter hat stecken lassen.

Der Tukan hat gerade den Käfig mit der Fledermaus aufbekommen, als Atanasio versucht, den Vogel zu fangen. Sie fliegt sofort aus dem Käfig und direkt vor dem Gesicht von

Atanasio vorbei. >> Ahh! Eine Fledermaus. <<, kreischt er vor Angst. Er nimmt die Hände vor sein Gesicht. Als er sie wieder wegnimmt sieht er den Tukan nicht mehr. Dieser fliegt mit dem kleinen Käfig über ihm. Als der Vogel merkt, dass er sich nicht mehr rührt, weil er verwirrt ist, lässt er den Käfig nicht nur fallen, sondern drückt ihn gleichzeitig als zusätzliches Gewicht nach unten. Damit erreicht er, dass der Käfig nicht nur auf Atanasio landet, sondern auch, dass sein Kopf in dem Käfig steckt. Der Graukardinal und der Kanarienvogel sind über die Aktion erstaunt. >> Uhh! <<, sagen beide synchron und machen einen Gesichtsausdruck, als ob Atanasio ihnen leidtut, obwohl sie das nur ironisch meinen und in Wahrheit genau das sehen wollen. Der Tukan steht noch immer auf dem Käfig oben drauf. Als er wegfliegt, um weitere Gefangene zu befreien, taumelt Atanasio nach hinten und merkt nicht, dass er gleich umfällt. Er ist zu sehr damit beschäftigt, seinen Kopf von dem Käfig zu trennen. Jetzt hat der Vogel abermals einen weiteren Augenblick, um den restlichen Vögeln zu helfen.

In der Zeit sieht Ratch's Freund seinen Feind wieder auf sich zu rennen. Doch er schafft es das Schloss zu knacken, bevor er diesmal geschnappt werden konnte. Er fliegt schnell weiter nach oben, wo ihn Aryo nicht mehr erreichen kann. Das ist ein Vorteil, den er nutzt, um von Käfig zu Käfig zu gelangen, damit er versuchen kann, weitere Schlösser zu knacken. Aryo folgt ihm zu jedem Käfig und rennt dabei die ganze Zeit. Er merkt nicht, was alles vor ihm liegt, weil er nur nach oben zu Ratch's Begleiter guckt. Da kommt ihm eine Idee. Er kontrolliert die ganze Kajüte, oder vielmehr noch das, was von ihr übrig ist, ob er eventuell eine Stolperfalle bauen könnte. >> Hey, äh... Tukan! *Ja.* Ich habe eine Idee, wie wir sie vielleicht loswerden könnten! <<

Trotz dessen, dass sie sich in einem Raum befinden, müssen sie sich noch gegenseitig ihre Sätze zurufen, weil das Geschrei von draußen zu laut ist und sie sich gleichzeitig darauf konzentrieren müssen, dass sie nicht geschnappt werden. Mittlerweile fliegt der Tukan zusammen mit dem Papageien auch schon in der Höhe, dass Aryo und Atanasio sie nicht mehr erreichen können. >> Also, ich habe mir überlegt, dass wir eine Stolperfalle legen und weit nach oben hin und her fliegen. Sie gucken nur auf uns und nicht auf den Boden. Wenn wir das schaffen, ohne dass sie das mitbekommen, ist die Chance groß, dass sie fallen. *Okay. Aber was machen wir dann, um sie loszuwerden?* <<

Während sie reden, sieht man immer wieder die Hände von Aryo und Atanasio, die probieren, an die Vögel heranzukommen. Sie versuchen es mit Springen, mit Anlauf und viel Anstrengung. Doch sie schaffen es nicht. Aryo hat keine Lust mehr und nimmt einen leeren Käfig. Er schmeißt ihn nach den Vögeln. >> Da vorne hängt ein... HEY! Pass doch auf du Rüpel! <<, schimpft der Papagei, weil der geflogene Käfig sie nur knapp verfehlt. Jetzt müssen sie auch noch ausweichen. Allerdings sind Aryo und Atanasio so von Ratch's Freund und dem Tukan besessen, dass sie die anderen Vögel, die sich auch noch in der Kajüte befinden, komplett vergessen. >> Also da vorne hängt ein Seil, wenn wir es schaffen, dass sie nebeneinander auf den Boden fallen, können wir sie vielleicht fesseln. *Das könnten wir versuchen.* <<

Der Papagei wendet sich nun an alle anderen Vögel. >> Hört mal alle her. Wir haben einen, ah... weg, weg mit dir! <<

Fast hätte ihn Atanasio bekommen.

>> Wir haben einen Plan wie wir sie wahrscheinlich loswerden. Dazu brauchen wir aber alle eure Hilfe. Wenn wir es sagen, dann fesseln wir die beiden! OK!? <<

Zuerst ist sich die Menge an Tieren nicht sicher, aber schließlich willigt sie ein. >> Okay, dann lasst es uns angehen. <<

Ein Pluspunkt, den die beiden Vögel zu ihrem Plan dazu erhalten ist, dass jetzt alle Tiere kreuz und quer durch die Kajüte fliegen und Aryo und Atanasio verwirren. Sie flattern dicht an ihren Gesichtern vorbei. Beide wissen nicht mehr wirklich, was sie jetzt machen sollen. Atanasio hat immer noch den Käfig auf dem Kopf. Inzwischen hat er aufgegeben, zu versuchen, den Käfig abzubekommen, weil er es nicht geschafft hat.

Ratch und Bernardo haben sich hinter der Treppe versteckt, die nach oben führt. Das Versteck ist nicht ganz so offensichtlich, weil die, die die Treppe herunterkommen erst nach hinten gucken müssen. Dafür ist es aber offensichtlich, dass der Käpt'n im Kerker liegt. Der Soldat tritt näher, um sich anzugucken, ob er tot ist. Plötzlich erwacht dieser dann aber und realisiert erst später, dass er sich im Gefängnis befindet. Eigentlich schreckt er mehr auf, als dass er aufwacht. >> Ahhhh! <<

Daraufhin erschreckt sich auch der Soldat, weil er vom Käpt'n kein Lebenszeichen mehr erwartet hätte. >> Ahh! <<

In Folge dessen zückt der Soldat seine Pistole, aber schießt nicht. Er zielt nur auf den Käpt'n.

Bernardo und Ratch gehen weiter zur Seite, wo ein Holzbrett steht. Der Käpt'n guckt jetzt in ihre Richtung, also müssen sie sich besser verstecken. Doch glücklicherweise hat das Brett ein kleines Loch, durch dass sie durchgucken können, um zu sehen, was da hinten vor sich geht. >> Na sieh einer an. Jetzt weiß auch er, wie man sich in solch einer Situation fühlen kann. <<, flüstert Ratch leise zu Bernardo als sie beobachten, was da drüben passiert.

>> Weißt du, wo der Käpt'n dieses Schiffes ist? <<, fragt der Soldat. >> Wo der Käpt'n ist? Ja ich weiß, wo er ist. I... <<

Er hört auf zu sprechen und denkt an einige Worte von Ratch. In Gedanken vernimmt er nur „...nicht nur ihre Führungsqualitäten als Käpt'n in Frage stellen...", ...was man in solch einem Moment als

Käpt'n unternimmt und befiehlt...". Er fängt seinen Satz neu an. >> Ich bin nur ein Gefangener in diesem Verlies... auf diesem Schiff. Bitte haben sie Gnade Sir und schießen nicht auf mich. <<

Der Soldat hört ihm zu.

>> Oh, der Käpt'n kann also doch gewieft sein. <<, wundern sich Bernardo und Ratch. Sie sehen weiterhin zu, wie er sich als Gefangenen ausgibt.

>> Warum bist du hier? <<, fragt der Soldat den Käpt'n. >> Ähh... unser Schiff wurde während einer Durchreise von England nach... Brasilien überfallen. Ich bin der einzig Überlebende meiner Besatzung. Meine Kameraden und mein Schiff liegen jetzt vermutlich schon am Meeresgrund. Bitte lassen sie mich frei. Ich tu' auch alles, was sie wollen. <<

Der Soldat fängt schon an, nach dem Schlüssel für den Kerker zu suchen, als der Käpt'n noch gar nicht fertig war, seine Sätze zu Ende zusprechen. In der Zeit kommen weitere Soldaten nach unten, die sich auch in die unteren Decks begeben.

>> Es scheint so, als ob unsere Crew nicht mit diesen Soldaten mithalten kann. <<, fällt Bernardo auf. >> Ich weiß zwar nicht, woher die auf einmal alle kommen, aber sie scheinen zu gewinnen. <<, reagiert Ratch. Der Soldat, der den Käpt'n befreien möchte, findet die Schlüssel an einem Holzpfosten hängen. Es ist ein Schlüsselbund, an dem drei große Schlüssel sind, die alle durch einen riesigen Ring zu einem Schlüsselbund zusammengefasst werden. Beide Jungen entdecken noch keine Möglichkeit, wann sie sich raus schleichen können, um aufs obere Deck zu kommen. >> Hey Ratch. *Ja.* Weißt du, wie wir hier wieder rauskommen? *Nein leider noch nicht, aber ich schau' schon.* <<

Er guckt nach einem Moment, einem Augenblick, nach einer Möglichkeit, in der sie schnell die Treppe hinauf rennen können, um aufs obere Deck zu kommen. Ratch ist zwar bewusst, dass oben auch viele Soldaten sind, aber es besteht immer noch die Chance, dass sie durch die Crew abgelenkt sind, weshalb sie auch vom Schiff entkommen könnten. >> Bernardo, vielleicht haben wir Glück und wir können mit ihnen verhandeln. Die Idee hatte ich schon bei eurem Schiff, aber weil ich mir nicht sicher war, ob ihr Piraten oder tatsächlich einfache Seeleute seid, habe ich mein blauen Freund aufs Deck geschickt, damit er sehen kann, wie ihr so drauf seid. <<

Bernardo erinnert sich an den Moment, an dem er den Papagei gefangen genommen hat und schließt schlussendlich diese Erinnerung mit seinen eigenen Worten ab. >> … Und dann habe ich ihn eingesperrt. Hey, ähh tut mir wirklich leid, dass ich das gemacht habe. <<

Bernardo entschuldigt sich noch mal, weil er jetzt noch mehr Verständnis für Ratch hat, aufgrund dessen, dass er jetzt auch in so einer hilflosen Situation ist und weiß, wie man sich dann fühlt. >> Passt schon. Ich sag' dir was. Wenn eine Person ein Fehler begeht, der jemanden auf dem Weg zu seinem persönlichen Ziel hindert, aber nicht vollständig daran scheitern lässt, noch sein Ziel zu erreichen - jetzt auf uns bezogen - dann sollte der Gehinderte dem Fehlermacher so schnell wie möglich verzeihen. Das hat zwei Vorteile. Erstens, du vermeidest unnötigen Stress und Konflikte. Mit anderen Worten, gehst du einen möglichen Streit aus dem Weg. Das ist gut, weil du die Zeit, die du dadurch sparst in verschiedene Dinge investieren kannst. Zum Beispiel ins „wieder aufstehen und weiter vorangehen", oder in "eine Pause machen und danach weiter vorangehen". Zweitens, regst du dich nicht - ebenfalls unnötig - auf. Dafür wirst du später dankbar sein, weil du länger lebst. Na ja, wobei der letzte Punkt bei „Zweitens" eher so eine Sache ist, an die ich glaube, aber wissen tu ich es nicht. <<

Bernardo ist über die Information von Ratch verblüfft, aber verstanden hat er sie zu einhundert Prozent. >> Okay <<, ist die Reaktion, die von ihm kommt. >> Ich kann mich immer noch nicht entscheiden, ob ich die Verhandlung, oder den Fluchtversuch anstreben soll. <<

Ratch überlegt, was wohl besser wäre, aber während er nachdenkt, überlegt er sich nebenbei auch eine Strategie, wie, oder vielmehr wann sie entkommen können. Die Soldaten, die in die unteren Decks gerannt sind, kommen nicht mehr hoch. Sie sind noch unten und scheinen mit den anderen Piraten zu kämpfen. Zumindest hört man nur wieder das Aneinanderschlagen der Schwerter. >> Ich wunder mich, wieso uns noch keiner gefunden hat. Schließlich reden wir und wenn man genau nachdenkt, dann kann man auf die Idee kommen, hier nachzusehen.

Inzwischen helfen alle Vögel mit, die Stolperfalle zu bauen. Nacheinander hängen sie mit all ihrer Kraft alle anderen Käfige, die schon leer sind, ab und lassen sie fallen. Währenddessen retten Ratch's Freund und der Riesentukan alle anderen Vögel. Diesmal gelingt ihnen das auch. Nachdem sie damit fertig sind kümmern sie sich um das lange Seil. Alle anderen Vögel fliegen so schnell und unberechenbar durch die Kajüte, dass Aryo und Atanasio sich unsicher fühlen. Sie merken nicht, dass jetzt das Seil sie gleich zum Stolpern bringen wird. Als der Papagei und der Tukan es straff ziehen, fliegen sie nahe dem Boden los. Kurze Zeit später erreichen sie die Beine von Atanasio und Aryo. Das allein genügt aber nicht, um sie zu Fall zu bringen. Der Tukan ruft nach Hilfe. >> Hey Freunde! Könntet ihr uns zur Hilfe kommen?! <<

Er meint den Graukardinal und den Kanarienvogel. Die beiden fliegen los. Die Vögel zielen direkt auf die Gesichter von Aryo und Atanasio. Schon als sie kurz vor ihren Visagen sind, schrecken die beiden Piraten zurück. In wahrstem Sinne des Wortes. Denn bei ihrem Schreck, schrecken sie nicht nur zurück sondern gehen wirklich instinktiv nach hinten, wo das Seil auf sie wartet. Die zwei Vögel am Boden spannen es noch mal extra, kurz bevor Atanasio und Aryo drüber stolpern. Ihr Plan geht auf. Sie fallen zu Boden, und anstatt wieder aufzustehen, bleiben sie liegen und schlagen ihre Hände auf den Köpfen übereinander zusammen. Sie fürchten sich. Diese einmalige Gelegenheit nutzen alle Vögel, um die beiden Piraten zu fesseln. Der Kanarienvogel ist, genau wie alle anderen Vögel, sehr froh darüber, dass sie wieder frei sind. Sie sind noch glücklicher, weil alle frei sind und nicht nur noch leben, sondern auch gesund sind. Inzwischen haben Aryo und Atanasio keine Chance mehr. Sie alle helfen mit und haben großen Erfolg. Die Stimmung der Fröhlichkeit steigt mit jeder Sekunde an.

Bernardo und Ratch haben sich immer noch hinter dem Brett versteckt und warten bis sie entkommen können. >> Weißt du was Bernardo, ich entscheide mich für die Flucht. <<, sagt Ratch entschlossen. >> Aye, ich folge dir. <<

Die beiden sehen, wie der Käpt'n von dem einen Soldaten befreit und nach oben gebracht wird. >> Wir haben nur gewartet. Jetzt haben wir 'ne freie Bahn. <<, merkt Bernardo an. >> Stimmt. Es scheint so, als ob Geduld in den meisten Fällen durchaus ganz gut ist. <<

Jetzt sieht sie keiner mehr, weshalb sie raus können.

In der Zeit haben die Vögel die zwei Piraten erfolgreich gefesselt. Jetzt ist wirklich jeder bereit wegzufliegen. >> Auf in die Freiheit! <<, ruft der Graukardinal, bevor alle in die Freiheit fliegen. Sie verlassen die Kajüte.

Ratch und Bernardo rennen die Treppe schnell nach oben. Alle treffen sich und finden wieder zusammen. >> RATCH! <<, ruft der blaue Papagei, als er ihn wiedersieht. Dieser hört das und guckt schnell in die Richtung, von der er seinen Namen vernimmt. Der Käpt'n befindet sich noch auf dem Deck und wird gerade von dem Soldaten aufs andere Schiff eskortiert, als er plötzlich Ratch erblickt. Trotz dessen, dass er sich als Gefangenen ausgibt, hat er eiserne Fesseln um die Hände bekommen. >> Ich fasse es nicht. <<, sagt der Käpt'n und ist sehr darüber erstaunt, dass sowohl Ratch und Bernardo, als auch die Vögel frei sind und sich niemand um sie schert. Ratch und sein Freund beginnen aufeinander zu zufliegen, beziehungsweise zu zurennen. Weil die beiden sich freuen, kommen ihnen die Momente, in denen sie auf sich zubewegen, wie in Zeitlupe vor. Alle kämpfen währenddessen und überall liegen abgespaltene Schiffsteile und Holzstücke herum. Dazu ist es noch neblig. Aber das beachten sie für den Moment nicht. Daraufhin zieht der Käpt'n schnell die Klinge aus der Schwertscheide des Soldaten und versucht auf Ratch und seinen Kumpanen loszugehen. Die beiden bemerken das nicht. In der Zeit, in der der Käpt'n auf sie zurennt, holt er mit beiden Armen aus. Ratch und der Papagei fallen sich in die Arme. >> Beinahe habe ich befürchtet, dass ich meine Familie verloren hätte. <<, spricht Ratch mit geschlossenen Augen, der froh ist wieder bei seinem gefiederten Freund zu sein. >> Und ich habe mich gewundert, was das für ein Schussgeräusch war, bevor das alles hier angefangen hat. <<, spricht der blaue Papagei.

Die beiden lassen sich los. Ratch's Freund stellt seine neuen Kameraden vor, die er kennengelernt hat. >> Ratch. Wenn ich vorstellen darf, das sind ein Tukan, ein Kanarienvogel und ein Graukardinal. Wir haben uns kennengelernt, als wir in der Kajüte waren. *Ist das der Mensch, von dem du gesprochen hast?* <<, fragt der Graukardinal den Papagei. >> Ja das ist er. <<

Alle anderen Tiere sind schon weggeflogen.

Ratch wendet sich persönlich an die anderen Vögel. >> Es freut mich eure Bekanntschaft zu machen. <<

Plötzlich bemerken alle, wie der Käpt'n angerannt kommt. Inzwischen wäre es zu spät zu reagieren, weil er jetzt nur noch zuschlagen muss. Doch dazu kommt der Käpt'n nicht mehr, weil ihm der Soldat in die Hand schießt. Deswegen lässt er das Schwert fallen und geht zu Boden. Sie gucken ihm nur alle nach, wie er zusammensackt. Er ist nicht bewusstlos, doch er schreit auch nicht. >> Ich glaube wir sollten eventuell weitere Gespräche auf später verschieben. <<, meint Bernardo zu allen anderen. Der Soldat sieht Ratch und staunt erst mal, bevor er was sagt. Allerdings nicht lange. >> Da ist er. <<, spricht er leise, als wäre das große Schiff nur wegen Ratch gekommen.

Mit einem kleinen Dolch rennt er anschließend auf ihn zu. Ratch nimmt das Schwert, welches der Käpt'n hatte und macht sich bereit zu kämpfen. Zwischen den beiden gibt es ein Gefecht. Der Soldat greift aktiv an, während Ratch eher passiv pariert. In einem Moment, in dem der Soldat mit einer zustechenden Bewegung Ratch verletzen will, kann dieser den Arm greifen und für einen Augenblick festhalten. In der Zeit, in der Ratch ihn hält, tritt er gleich danach das rechte Bein des Soldaten. Daraufhin schlägt Ratch ihn mit dem Schwert, was den Soldaten nicht tötet, aber verletzt. Er fällt hin. Immer mehr Soldaten werden auf die Mitstreiter aufmerksam. Gut ist nur, dass sie ein wenig Zeit haben, die sie nutzen, um zu fliehen. >> Schnell! <<, ruft Bernardo, weil er hinter sich noch andere Soldaten und auch Piraten kommen sieht. Sie alle rennen und fliegen so schnell sie können zum Steuer. Sie versuchen sich mit den Waffen, die dort liegen, gegen ihre Gegner durchzusetzen. Inzwischen hat Bernardo auch ein Schwert. Sie gucken abwechselnd zum rechten und linken Aufstieg zum Steuer, während sie weiter langsam nach hinten gehen. Sie erblicken, wie die Piraten von links und die Soldaten von rechts kommen. Es sind nicht viele, aber immer noch genug, um die beiden zu beschäftigen. Manche Soldaten und Piraten greifen sich auch wieder gegenseitig an, sobald sie sich auf vor dem Steuer begegnen. >> Äh, Ratch. Hast du eine Idee? <<

Er braucht nicht nachzudenken, um zu sehen, dass die Situation mehr als kritisch ist. >> Ich übernehme die von links und du die v... von rechts? <<

Ratch beginnt den Satz wie ein Plan, den er vorschlagen möchte. Aber er beendet ihn wie eine Frage, als er merkt, dass es nicht viel Sinn machen würde. Die Vögel könnten zu ihrem eigenen Schutz wegfliegen, doch sie bleiben bei Ratch und Bernardo. Alle bewegen sich langsam auf sie zu. Es kommt zu keinem Kampf, denn plötzlich ertönt ein lautes Trommelgeräusch. Zuerst ist nur eins zu hören, aber dann kommen mehr von diesen Geräuschen dazu. Alle hören auf zu kämpfen. Jetzt spielen auch ein paar Trompeten mit. Das große Schiff, welches immer noch im Rumpf des anderen Schiffes steckt, löst sich los und sinkt ein wenig ins Wasser ab. Allerdings ist es so riesig, dass niemand dessen Deck sehen kann. Zuerst schien es nur größer, weil es durch das Rammen des anderen Schiffes ein kleines bisschen in der Luft gelegt wurde. Die Instrumente machen immer noch Töne, während von diesem Schiff Planken ausgelegt werden. Über sie rennen viele Soldaten, die alle Gewehre in den Händen halten. Geordnet überqueren sie das Wasser mithilfe der Planken und stellen sich dann in einer Reihe nebeneinander an der Reling mit Blick zur Mitte des Schiffes auf. Die Trommeln erzeugen ein Trommelwirbel und die Trompeten begleiten sie mit einem konstanten Ton. Sie werden immer lauter. Plötzlich schweigt alles. Über eine Planke tritt nun ein Mann mit einem langsamen, aber nicht zu lahmen Schritttempo. Während er hinübergeht liest er von einem ausgerollten langen Zettel verschiedenste Sätze ab. >> Im Namen des obersten Herrschers mit dessen von euren niederen Wenigkeiten zu nutzende Anrede Sir ist, wird dieses Schiff mit samt seiner Besatzung unverzüglich und unwiderruflich als Eigentum seines gutgeschrieben. Dies geschieht mit sofortiger Wirkung und ohne derartigen Unstimmigkeiten, wie sie gerade stattfanden. Dies ist keine Bitte, kein Vorschlag und auch kein Angebot. Die Beschlagnahmung und Enteignung der hier gelagerten Fracht, sowie die Zwangsrekrutierung zum Soldaten der

Piraten ist eine Pflicht. Für alle, die sich gegen diese Norm versuchen zu wehren und durchzusetzen wartet die sofortige Todesstrafe. Es wird keine Gnade geben. Entscheidet euch den Dienst anzunehmen und unter britischen Flagge zu segeln, oder wählt den Tod. Trefft eure Entscheidung jetzt. <<

Kurz nachdem der Redner fertig ist, richten die Soldaten ihre Gewehre auf die Piraten. Diese lassen ihre Waffen fallen. Ratch und Bernardo werden von ein paar Soldaten nach unten gebracht. Die Vögel inklusive Ratch's Freund fliegen zur Sicherheit nach oben in die Luft. >> Versammelt euch nun zu einer Reihe und bringt mir eure Entscheidung. <<

Alle Piraten stellen sich in einer Schlange an. Wenn sie ihre Lebensdauer verlängern wollen, dann müssen sie eine vertragsähnliche Vereinbarung auf einem Zettel unterschreiben. Im Falle, dass sie ihr Leben als Pirat nicht aufgeben wollen, bekommen sie die Kugel. Alle sind nicht einverstanden, haben aber die Zwangsrekrutierung unwillentlich akzeptiert, um nicht zu sterben. Die letzten beiden waren Bernardo und Ratch. >> Oh Neulinge. Ich wette, dass ihr euch sehr schön in der Kombüse machen werdet. <<

Kein Pirat hat sich den Zwangspflichten entzogen. Alle wurden zwangsrekrutiert. Die Vögel schauen von oben herab, wie alle auf das andere Schiff laufen. Selbst der Käpt'n ist nun ein Soldat. Auf dem Schiff wird die ganze Fracht beschlagnahmt und auf das größere gebracht.

Kapitel 3 – Willkommen auf der Voiless

Am Anfang liest der Redner wieder etwas vor. Während er das tut, wird er von leisen Schlägen zweier Trommeln begleitet. >> Willkommen auf der Voiless. Dies ist das stärkste Kriegsschiff auf den sieben Weltmeeren und im gesamten Meeresraum. Mit einer Besatzung von nicht weniger als 960 Mann und einer Kanonenbestückung von 120 ist es geradezu uneinnehmbar und wurde auch in den ersten von 6 Rängen in der Rangliste der Kriegsschiffe eingeteilt. Ich bin der erste Offizier Percéval Martinez und werde euch eurer Arbeit zuweisen. <<

Alle Neuankömmlinge auf dem Deck stehen still da, während sie Percéval zu hören.

>> Stellt euch nun in einer Reihe auf! <<

Sie ordnen sich zu einer Reihe an. Ein Soldat bringt den meisten Piraten die Uniformen. Nur Ratch und Bernardo bekommen keine, weil sie von Martinez persönlich in den Dienst der Kombüse eingeteilt werden. Die Vögel landen oben auf einem Querbalken von einem Mast und wissen nicht, ob sie noch etwas tun können. Die gesamte Fracht wurde auf die Voiless gebracht. Die Trompeten und die Trommeln fangen wieder an zu spielen. >> Werdet nun Zeuge, wie euer kleiner schändlicher Versuch, frei zu leben, zur Nichte gemacht wird. <<

Alle blicken fragwürdig zum „kleinen" Schiff. Während die Fracht auf die Voiless geladen wurde, haben die Soldaten auf dem Schiff mehrere Sprengfässer platziert. >> Ladet die Kanonen nach! <<, ruft der erste Offizier. Man sieht, wie Kanonen aus dem Bug herausragen. >> Feuer! <<

Kurz darauf feuern die Kanonen einmal. Die riesigen Kugeln zischen los und brechen mitten durch den Rumpf des kleineren Schiffes durch. Sie fliegen so schnell, dass sie nichts bremsen kann. Sie rasen durch alles durch und als sie auf die Sprengfässer treffen, gibt es einen heftigen Knall, gefolgt von einer noch heftigeren Explosion. Zunächst explodiert nur der Mittelteil des Rumpfes vom Schiff, doch einen kurzen Augenblick später treten die anderen Explosionen ein. Es kracht und brennt überall. Sie sind so stark, dass sie das ganze Schiff zerreißen. Nacheinander erscheinen überall Explosionen am ganzen Schiff. Die Instrumente untermalen das Ereignis noch mehr. Bei der heftigsten Explosion, bei der das ganze Schiff nicht nur in zwei Teile zersprengt wird, sondern auch alle Masten umknicken und man deutlich erkennen kann, dass es jetzt sinkt, spielen die Trompeten und schlagen die Trommeln am lautesten. Percéval guckt nur mit einem zufriedenen Blick auf die Zerstörung. Sein fieses Grinsen wird größer, umso mehr das Schiff zerstört wird. Das Feuer, das auf dem Wrack lodert und brennt erzeugt viele Funken und einen immensen Rauch, der kilometerweit nach oben aufsteigt. Kaum nachdem man an der Reling stehen muss, um zu sehen, wie das Schiff sinkt, setzt die Voiless ihren Kurs. Ratch und Bernardo werden nach unten geschickt, um ihre Aufgabe vom Koch entgegenzunehmen.

Die Vögel sitzen immer noch auf oben auf einem der Maste. >> Oh nein. Ich weiß nicht, was ich tun soll. Schon wieder ist er weg und wir können nicht weitermachen. <<

Die anderen Vögel wundern sich, was der blaue Papagei mit „weitermachen" meint. >> Was meinst du mit „weitermachen"? <<, fragt ihn der Tukan. >> Nun ja. Ratch und ich haben eine Aufgabe... ist ne lange Geschichte. Aber wenn wir dauerhaft neu gefangen genommen werden, kommen wir nie voran. <<

Die Vögel überlegen, was sie tun könnten. >> Also ich schätze das es erst mal das Beste wäre, wenn wir hier warten. <<, schlägt der Kanarienvogel vor. >> Hmm... ja. Okay. <<

Alle sind einverstanden, dass sie abwarten, was passiert. Das klügste wäre also zusehen, wohin die Voiless treibt.

Das Erste, was Bernardo und Ratch machen müssen ist, den Boden der Kombüse zu schrubben.

Sie fangen ihre Arbeit im hinteren Teil der Küche an. >> Und dass ihr mir ja kein Fleck überseht, meine Lieben, hehehe. <<, sagt die grauhaarige Köchin die unter absonderlichen hygienischen Bedingungen das Essen zubereitet. Bernardo hat einen Mobb mit einem langen Besenstiel und Ratch bekommt einen einfachen Handschrubber. Zusammen nutzen sie nur einen Eimer. >> Arrgh, ich glaub' wir kommen hier nie wieder weg. <<

Ratch hört Bernardo zu. >> Wenn man bedenkt, was mir heute schon so passiert ist, und ich meine den ganzen Tag, dann könnte man das hier als eine Art Fortsetzung sehen. Aber ich bin zuversichtlich und glaube daran, dass wir noch irgendwann hier rauskommen werden. <<

Während Bernardo den Boden weiterhin wischt, schafft Ratch den Eimer mit verdrecktem Wasser zu einer Luke, aus der er es aus dem Schiff ausschütten kann.

Ratch's Freund sieht, wie ein Eimer aus dem Schiff entleert wird. Er überlegt sich, dass er lieber kontrolliert, um zu bestätigen, was er denkt. Er fliegt los. >> Hey, wo willst du denn hin? *Ich guck nur kurz was, bin gleich wieder da.* Okay! <<

Er fliegt nach unten, um nachzusehen.

Ratch begibt sich von der Luke weg, als sein Freund gerade ankommt. Die Vögel gucken von oben zu. >> Ratch! <<, flüstert der Papagei so laut dass er es noch hören kann. Schließlich dreht er sich um und staunt ein wenig. Bevor er zurück zur Luke geht, guckt er zur Kontrolle noch mal hinter sich, um zu sehen, ob die Köchin gerade schaut, oder nicht. Sie befindet sich auch in der Kombüse, aber sie hat nichts mitbekommen. Daraufhin sagt er Bernardo Bescheid und winkt ihn zu sich, während er zurück zur Luke schleicht. >> Wie hast du mich gefunden? <<, möchte Ratch wissen, obwohl er sich als einzige Möglichkeit denken kann, dass er ihn gesehen hat, als er den Eimer entleerte. >> Ich habe gesehen, wie du den Eimer entleert hast. <<, antwortet sein Freund. Deswegen guckt ihn Ratch mit einer schiefen Kopfhaltung und fast komplett zugekniffenen Augen an, als er merkt, dass er mit seiner spaßigen Vermutung recht hatte. Bernardo stößt mit hinzu. >> Aha, bist du nicht der, der mich weggesperrt hat? *Also, er kann dich nicht verstehen.* <<

Bernardo guckt verwundert abwechselnd zu Ratch und seinem Freund. >> Was kann ich nicht verstehen? *Ihn selbst kannst du nicht verstehen.* <<, antwortet Ratch zu Bernardo und spricht dabei über seinen Papageien. >> Er hat gesagt, ob du nicht der bist, der ihn weggesperrt hat. *Ach so ja. Tut mir wirklich leid, dass ich das gemacht habe, wirklich.* <<

Nun guckt Ratch seinen Freund an, um zu sehen, ob er die Entschuldigung annimmt. >> Okay. Ich verzeihe dir. <<

Ratch wendet sich wieder an Bernardo. >> Er nimmt deine Entschuldigung an. <<

Plötzlich taucht die Köchin hinter den beiden auf. >> Warum seid ihr nicht bei der Arbeit?! <<, fragt sie verwundert. Die beiden drehen sich schnell zu ihr um. Daraufhin entdeckt sie den Papagei. Der Graukardinal, der Kanarienvogel und der Tukan stoßen dazu. >> Was ist denn hier los? <<, fragt der Kanarienvogel. Auf einmal bleiben alle ruhig, weil sie mitbekommen haben, dass sie von der

Köchin entdeckt wurden. Sie kann es nicht fassen. Sie steht mit einem erstaunten Blick vor ihnen und rührt sich nicht. Das Einzige, was sie macht, ist ein wenig zu zittern. >> Geht es ihnen gut? <<, fragt Ratch. >> V-V-Vögel. Ahh Vögel! Raus ihr garstigen Viecher! Hier gibt's nichts zu sehen. Raus, Raus mit euch! <<

Sie verscheucht alle indem sie eine Waffe nimmt, die sie einstecken hat. Allerdings zittert sie so sehr, dass sie es erst nicht schafft zu schießen, um jemanden zu treffen. Als sie feuert, waren schon alle Vögel verschwunden und zusätzlich ging der Schuss daneben. Deswegen hat sie auch nicht durch die Luke geschossen, sondern nur an den Rand. Sie hat also das Schiff getroffen. Als die beiden Jungen noch versuchen zu verstehen, was hier eigentlich passiert, gehen die Türen der Küche auf. Es war Percéval Martinez mit zwei weiteren Soldaten. >> Was ist hier los? <<, möchte er wissen.

Die Vögel fliegen schnell zurück auf den Querbalken, auf dem sie vorhin auch schon saßen. >> Was zum Teufel war mit der denn nicht in Ordnung? <<, fragt der Graukardinal.

Martinez sieht die Köchin mit der Pistole stehen. Sie zielt immer noch auf die Luke, als wären die Vögel noch da. Er wundert sich. >> Bursche. <<

Er meint Ratch. Dieser zeigt auf sich, um zu wissen, ob Percéval von ihm spricht. >> Ja du, mitkommen. Der andere verweilt hier. <<

Offenbar, ist er mit den zwei Soldaten nicht in die Kombüse gekommen, weil der Tumult stattfindet, sondern weil Ratch ihn begleiten soll. Er zögert nicht, als er Martinez folgen soll, aber er fängt langsam an zu laufen. Am Anfang guckt er Bernardo noch kurz verwundert ins Gesicht. Sie verlassen die Kombüse. >> Wo werde ich jetzt hingebracht? *Du Bursche, bist der Grund, warum wir überhaupt in See gestochen sind. Ihr verfielt nicht der Voiless zum Opfer, weil es der Besatzung nach eurer Fracht verlangte. Alles hier geht nur vonstatten, weil „er" es haben will.* Wer will was haben? *Du wirst von der wichtigsten Person des gesamten Schiffes erwartet.* Dem Käpt'n? *Aye, dem Käpt'n.* Gut, dann hätten wir den potentiellen „Wer" geklärt, aber was will der Käpt'n von mir? *Nun, das wirst du selbst herausfinden. Wenn er dich zurückschickt, wirst du sofort von zwei Soldaten zur Kombüse eskortiert.* <<

Während dem Gespräch begeben sich Percéval und Ratch mit samt den Soldaten über das oberste Deck.

Der Papagei und der Tukan unterhalten sich. Daraufhin erblickt der Kanarienvogel Ratch. >> Hey sagt mal, ist er das nicht... dort unten? <<

Er tippt Ratch's Freund an. >> Ähh... was? Oh ja. Das ist er... glaube ich. <<

Die Vögel bewegen sich nicht. Sie gucken nur von oben herab. >> Ja, das scheint er wirklich zu sein, aber warum geht er zur Kajüte des Käpt'ns, wenn er doch eigentlich im Küchendienst eingeteilt ist? <<, wundert sich der Tukan. >> Ich schätze mal, dass er von den anderen, neben ihm, dorthin begleitet wird. Die Frage ist nur, wieso. <<, antwortet der Graukardinal.

Nach dem Gespräch zwischen Percéval und Ratch befinden sie sich vor der Tür zum Käpt'n. Das Schiff ist so groß, dass die Kajüte der Voiless mehrere Decks hoch ist.

>> Bevor du die Kajüte betrittst, wird dir bekannt gegeben, wie du dich zu verhalten hast. Du sprichst nur, wenn er dich auffordert. Sobald du gehen sollst, stehst du unverzüglich auf und verlässt die Kajüte. Erhebe dich nicht vom Stuhl, ohne dass er es will. Willigst

du ein, diesen Bestimmungen folge zu leisten? *Ja ich willige... ein.* Gut. «

Als Zeichen, dass er jetzt rein darf, guckt Percéval die zwei Soldaten an und nickt ein Mal. Diese öffnen daraufhin die Türen zur Kajüte. Ratch schreitet hindurch. Gleich danach schließen die Soldaten die Türen wieder. Es herrscht völlige Stille. Er guckt sich in der ganzen Kajüte um. Überall sind Gefäße aus Gold. Gemälde von Generälen und Offizieren verschiedener Größen hängen in der ganzen Kajüte. In einer Vitrine steht eine Feder, welche besonders zu sein scheint. Ratch tritt näher an die Vitrine heran und liest die Aufschrift, die verrät, was das ist. » Dies ist die „führende Feder" der Drei. «

Der Käpt'n ist noch nicht da. Ratch sieht in die Mitte der Kajüte, wo ein großer langer Tisch steht. An anderen ausgewählten Stellen, stehen noch mehr Tische, die aber nicht so festlich geschmückt sind, wie der große. Unter ihnen breitet sich ein sehr lange und dicker Teppich aus. An dem großen Tisch stehen zwei Stühle. Der eine ist gepolstert und groß und der andere Stuhl ist kleiner. Er hat auch eine Lehne, wie der andere, aber weil er nicht am Tischende, sondern am Rand des Tisches steht, glaubt Ratch, dass es der Stuhl ist, auf den er sich setzen soll. Anschließend setzt er sich auf den Stuhl. Während er da sitzt, passiert nichts, weil es ruhig ist. Auf dem Tisch stehen verschiedenste Dinge. Er ist mit Tischdecken gedeckt und zusätzlichen Süßigkeiten geschmückt. Doch auch andere Dinge, wie Münzen und Karten liegen auf ihm darauf. Ratch guckt sich noch ein wenig um, als plötzlich die Türen aufgehen. Er schaut schnell in die Richtung. Ein großer alter Mann, der komplett in Weiß gekleidet ist, tritt hinein. Er trägt eine weiße Uniform. Seine Haare sind wie Strähnchen, abwechselnd grau und weiß. Auf der Uniform befinden sich sehr viele und unterschiedliche Abzeichen, die alle an seinem Mantel hängen. Außerdem ist er auch in weißen Hosen gekleidet, die in seinen schwarzen Stiefeln stecken. Über der Uniform, trägt er einen langen Umhang, der ebenfalls weiß ist, aber an den Rändern eine goldene Verzierung hat. Von der anderen Seite ist er schwarz. Sein Hut ist auch sehr speziell. Im Grunde weist dieser, wie die meisten Piratenhüte, eine ähnliche Form auf. Am äußeren Rand des Huts hängen kleine metallische Figuren und Symbole und baumeln herum. Mit einem langsamen Schritt schreitet er durch die Türen. Er hat einen weißen Gehstock, der am oberen Ende schwarz ist, bei sich. Er benutzt ihn nicht als Gehhilfe. Trotz dessen der Käpt'n Ratch sprechen möchte macht er einen unheimlich fiesen Eindruck, als ob er ihm was böses wolle. Nachdem er die Kajüte betreten hat, bleibt er stehen und guckt in Ratch's Richtung. Percéval kommt auch hinein und stellt den Käpt'n vor. >> Hergehört. Dies ist Henry Edward Marley Smith, der Käpt'n der Voiless. *Vielen Dank, Mister Martinez. Sie können jetzt gehen.* Ja wohl, Sir. <<

Während Percéval den Käpt'n vorstellt, wird Ratch, während Percéval den Namen sagt, etwas klar. Er hat ihn schon mal irgendwo gehört. Percéval verlässt die Kajüte und die zwei Soldaten schließen die Türen wieder. Der Käpt'n schaut Ratch für einen Augenblick länger in die Augen. Dann rührt er sich und beginnt loszulaufen. Während er geht, fängt er an mit Ratch zusprechen. >> Nun denn, ich darf wohl vermuten, dass du nicht weißt, warum ich dich hierher schicken ließ, stimmt das? <<, fragt der Käpt'n Ratch mit einer kratzigen Stimme.

Ratch guckt kurz nach links und rechts. In Folge dessen nickt er und antwortet. >> Aye, das stimmt. <<

Die zwei beginnen eine Konversation. Der Käpt'n fährt fort: >> Nun ich habe dich hierher bestellen lassen, weil du etwas hast. Gewissermaßen hast du das, was ich brauche, weil es mich zu etwas führt. *Reichtum?* Was, ach so, hehehe... nein. Ich verfolge nicht solche Ziele. So primitive kleine Dinge, die einem nur das Leben verbessern, solange man in Besitz dessen ist, sind schon lange nicht mehr meine oberste Priorität. Um genau zu sein ist es überhaupt keine Priorität meinerseits. Du scheinst nicht von hier zu sein, Ratch. *Sie kennen mein...* Ja ich kenne deinen Namen. Weißt du, wir sind uns vertrauter als du jetzt annimmst. Aber trotzdem glaube ich, dass du nicht von hier bist, weil du offenbar noch nichts von mir und meinem Status in der Welt gehört hast. «

Mittlerweile steht der Käpt'n am Heck des Schiffes und somit hinten an der Kajüte und guckt aus dem großen Fenster auf die See, während er redet. Ratch wundert sich, woher er ihn kennen sollte und schaut deshalb auch mit seinen Augen in verschiedene Richtungen, während er ein unsicheres Gesicht macht, obwohl er den Namen irgendwoher kennt. » Jeder weiß eigentlich, dass ich schon seit Längerem viel größere Ziele verfolge, als Geld, Gold und Silbermünzen. Wie dem auch sei, Ratch. Wie schon gesagt, hast du etwas, was ich brauche, dass mich zu etwas führt. *Und was wäre das „was", wenn ich fragen darf?* «, fragt Ratch, obwohl er sich schon denken kann, was es ist. » Es ist nichts anderes als dein Buch. Ich mag zwar der Käpt'n des stärksten Schiffes in allen sieben Weltmeeren sein und dazu noch mit meiner Company eine Kooperation mit der East-India-Company führen, doch all das hindert mich nicht daran die Legenden und Mythen näher kennenzulernen. Besonders nicht, wenn man die einmalige Chance erhält etwas gutes zu tun. *Sie wollen mit meinem Buch etwas erlangen, dass etwas Gutes ist, doch kapern dafür ein Handelsschiff und lassen den ersten Offizier vor der gesamten Besatzung mit dem Tod drohen, wenn sie sich nicht ihrer Crew anschließen.* Das war nur nebensächlich, wenn man betrachtet, dass wir eigentlich wegen dir hier sind. *Moment, wie wichtig bin für euch, dass ihr das stärkste Schiff verwendet und ihr persönlich an Bord seid, bloß um mich bezüglich einer Lage, wahrscheinlich zu einer Insel, zu sprechen?* «

Der Käpt'n kratzt sich kurz am Hinterkopf, weil er überlegt, was er jetzt sagen sollte. Gleich darauf dreht er sich zu Ratch um, begibt sich zu seinem Stuhl, auf den er sich setzt und danach weiter redet. » Sagen wir es mal so... Ich möchte kein Risiko mit der wahrscheinlich wichtigsten Tat meines Lebens eingehen. *Sie meinen, dass das alles hier das wichtigste Werk ihres Lebens ist?*

Potentiell ist es das, ja. *Und sie erhoffen von mir mein Buch?* Aye. *Was glauben sie, was sie darin geschrieben stehend finden?* Bedauerlicherweise besagt die Legende, dass nur eine Person aus diesem Werk lesen kann und das bist du, Ratch. *Also verstehe ich das richtig, sie wollen mich und mein Buch, damit sie zu einem Ort gelangen, der sie etwas Gutes tun lässt?* Ja so ist es. *Für wen genau wäre es denn gut?* Für die weltweite Gesellschaft und mich. <<

Ratch denkt nach. >> Wenn ich der Sache zustimmen sollte, frage ich mich, was dabei für mich rausspringt. *Sollte es dir gelingen, mich zu diesem Ort zu führen, erwartet dich unvorstellbarer Reichtum.* <<

Ratch macht einen Gesichtsausdruck, als würde er überlegen, doch eigentlich denkt er gar nicht nach. Er lässt sich mit seiner Reaktion nur etwas Zeit. >> Man kann mich nicht für das Geld der Welt erkaufen. Wenn sie eine Legendenleistung von mir erwarten, verlange ich die entsprechende Gegenleistung. <<

Der Käpt'n macht einen Gesichtsausdruck, als wäre ihm bekannt, was Ratch meint. >> Es scheint so als wärst du mit den Mythologien und seinen Geschäften vertraut, Ratch. Neu bist du auf jeden Fall nicht. *Natürlich ist es kein Neuland für mich Käpt'n. Ich lebe schließlich schon mein ganzes Leben lang nach meinem Schicksal und wurde gesegnet die Möglichkeit der Mythologie zu meinem Vorteil zu nutzen.* Du bist nicht nur ein Gesegneter. Außerdem besagt die Legende, dass der Mensch mit dem Buch der Schlüssel der Drei ist. *Der Schlüssel der Drei?* Aye, der Schlüssel der Drei. Es ist keine Mythologie mehr, nur noch eine Legende, nachdem man die wahren Taten nachweisen konnte. <<

Während der Käpt'n redet, steht er auf und geht zu einer Truhe, die golden und mit Diamanten bestückt ist. Er hebt seinen rechten Arm in eine horizontale Position. An dem Ärmel am Unterarm, befinden sich viele Schlüssel. Die einen sind kleiner und die anderen sind größer. Der Käpt'n schaut nicht lange und weiß, welchen Schlüssel er braucht. Er nimmt einen Kleinen ab und schließt damit die Truhe auf. Er öffnet sie langsam. Aus ihr holt der Käpt'n einen kleinen und goldenen Totenkopf heraus. Er gleicht dem eines Menschen. Während der Käpt'n das macht führt er sein Gespräch mit Ratch fort. >> Aber jetzt geht es nicht um den Schlüssel der Drei, sondern um unsere Vereinbarung. Die Gegenleistung kann ich dir zwar nicht verrichten, aber ich kann dir einen Teil abnehmen. Der erste und schwerste Schritt: die Beschaffung. <<

Der Käpt'n legt den Totenkopf auf den Tisch. Er legt ihn so hin, dass er Ratch ansieht. >> Jede andere hätte den Reichtum angenommen, doch du weißt, was du willst. *Ich weiß nicht nur, was ich will, ich weiß auch, was ich brauche und tue. Also kann ich auch sagen, dass noch eine Karte fehlt. Damit wäre also nur die Hälfte der Beschaffung getan.* Es tut mir leid Ratch, mit mehr kann ich dir nicht dienen. Also haben wir eine Abmachung? <<

Diesmal überlegt Ratch wirklich, aber nicht lange. >> Aye, wir haben eine Abmachung,... <<

Der Käpt'n streckt schon seine Hand aus. >>... wenn ich zu diesem Totenkopf als Gegenleistung zumindest einen Teil des Reichtums erhalte und Bernardo, sowie meine gefiederten Freunde und Wegbegleiter genau so behandelt werden, wie ich. *Was meinst du mit „behandelt"?* Damit berufe ich mich auf zukünftige Situationen an Land. Falls eure Soldaten mit mir umgehen sollten, als wäre ich etwas, dass man wie Dreck behandeln sollte, überlege ich vielleicht aus unserer Abmachung auszusteigen, falls sie bis dahin überhaupt schon erfolgreich beschlossen ist. *Na dann Ratch, so sei es.* <<

Die beiden schlagen ein und vereinbaren somit ihre Abmachungen. Ratch steckt den Totenkopf ein, entfernt sich vom Tisch und geht in Richtung Tür. >> Es gibt noch etwas, dass ich dir sagen kann, Ratch. Deine Reise sollte, dort beginnen, wo der aktuelle Kurs Voiless aufhört. <<

Er dreht sich um, als der Käpt'n noch etwas zu sagen hat. >> LAND IN SICHT! <<, schreit eine Stimme von draußen, kurz nachdem der Käpt'n fertig ist seinen Satz zu Ende zusprechen. Ratch geht nach draußen, ohne was zusagen. Vor der Tür erwarten ihn auch schon zwei Soldaten. Diese bringen ihn zurück zur Kombüse.

Während Ratch und die zwei Soldaten übers oberste Deck laufen, können die Vögel ihn wieder beobachten. >> Da ist er schon wieder. <<, fügt der Graukardinal hinzu, während sie alle schauen.

Als Ratch wieder in der Kombüse ankommt, sieht er Bernardo, wie er an einem Kochtopf steht. Die Soldaten geben Ratch dort ab und gehen wieder. >> Ratch! Wo warst du? <<, fragt ihn Bernardo und geht auf ihn zu. >> Beim Käpt'n. *Und was hast du da gemacht?* Ich habe ein Gespräch mit ihm geführt. Außerdem konnte ich ein gewissen Fortschritt für mein Ziel erlangen. *Ziel... Welches Ziel?* Das Ziel nach dem du mich gefragt hast, als du vor mir außerhalb vom Kerker standest. Wo ist überhaupt die alte Köchin. *Sie hat mir gesagt, dass ich auf den Kochtopf aufpassen soll, solange sie nicht da ist.* So wie das kocht und sich keiner drum kümmert, geh ich davon aus, dass sie schon eine ganze Weil weg ist. *Ungefähr seit dem du weg warst, Ratch.* <<

Bernardo fällt der Totenkopf auf, den Ratch bei sich trägt. >> Hey äh, was hast du da? *Was, oh das. Kennst du dich mit Mythen und Legenden aus, Bernardo?* Ich habe nur mal ein paar Geschichten gehört. *Kennst du die Geschichten der Drei?* Der Drei was? <<

Ratch überlegt, was Bernardo meinte. Schließlich fiel ihm ein, dass er denkt, dass hinter dem Wort „Drei" noch ein Wort folgt. >> Also, da kommt nichts mehr. Es sind Geschichten der sogenannten Drei. <<

Bernardo versteht. >> Ach so... nein. Weder Geschichten, noch den Namen an sich. *Nun denn. Da muss ich dir wohl mal eine Geschichte erzählen. Zumindest eine Geschichte der vielen, die sie haben, die Drei.* <<

Die Köchin kommt aus einer Nebentür zurück in die Kombüse. >> Was ist denn hier los?! Du solltest doch auf den Eintopf aufpassen, Junge. Muss man denn heutzutage alles selber machen? <<

Der Köchin fällt auch auf, dass Ratch einen Totenkopf in der Hand hält. >> Was zum Teufel. Verwunschen, mythisch, verflucht und legendär. Was du da hältst ist der Schlüssel auf die Fragen, aller Bürger im Gebiet mit Roughlords Kontrolle. <<

Ohne sich zu bewegen, schauen Ratch und Bernardo sich in die Augen und überlegen, was die Köchin für ein Problem hat. Während die Köchin das sagt, verhält sie sich ungewöhnlich, weil sie komische Armbewegungen von sich gibt. Am Ende ihres Satzes steht sie mit ausgestreckten Armen nach oben in die Luft und guckt mit ihrem Kopf nach unten. Nachdem sie fertig ist, guckt Ratch an ihr vorbei und durch die Luke, weil er denkt, dass sie an etwas vorbei gesegelt sind. Er läuft zu ihr und guckt durch. Daraufhin sieht er eine große Insel. Auf einmal kommen sie zum Stehen und Ratch erblickt einen Hafen direkt vor ihnen. >> Bernardo, komm mal her. <<, sagt Ratch. Bernardo kommt an die Luke herangetreten und guckt durch. >> Wow, Land. *In der Tat.* Das erste Mal, dass wir endlich wieder an Land gehen können. Also ich meine, ich weiß nicht, wie lange du nicht an Land warst, doch ich kann sagen, dass ich es schon lange nicht mehr war. <<

Durch die Tür kommen zwei Soldaten. >> Hey! Ihr beiden. Mitkommen. <<

Die Jungen folgen den Soldaten. >> Schade, dass sie es nie freundlicher sagen können. <<, flüstert Bernardo zu Ratch.

Kapitel 4 – Das erste Mal Festland

S ie stellen sich an einer Schlange an. Die beiden wissen zwar nicht, was sie am Ende erwarten wird, aber an eines glauben sie. Sie glauben daran wieder Land betreten zu können. Am Ende des Schiffes sehen sie nur ein Licht. >> Bernardo guck mal da vorne. Ich glaube, dass ich schon das Tageslicht sehen kann. *Tatsächlich. Ich sehe es auch.* <<

Es hat sich eine Schlange gebildet, weil am Übergang zwischen Voiless und Hafen ein Mann wartet, der alle Passagiere nach ihrem Namen fragt. Als Ratch und Bernardo an der Reihe sind, gibt es eine kleine Verwirrung. >> Eure Namen, wenn ich bitten darf. *Bernardo und Ratch.* Und wer ist wer? *Er ist Bernardo und ich bin Ratch.* Bernardo mit doppeltem „R"? *Welches „R" meinen sie?* Das „R" in deinem Namen. *Ja, aber ich habe zwei „R's".* Ich meine das „R", das doppelt geschrieben wird. *Keiner meiner „R's" wird doppelt geschrieben.* WARUM sagst du das nicht gleich?! *Um sicher zu gehen.* Was? Na egal. Also dann, Akut, oder kein Akut? *Meinen sie, ob ich ein akutes Problem habe?* NEIN! Ich meine, ob du ein Akut über deinem Buchstaben hast. *Über welchem?* IRGENDEINEM! *Was ist ein Akut?* EIN STRICH! EIN VERDAMMTER SCHRÄGER STRICH ÜBER EINEM DÄMLICHEN BUCHSTABEN! *Nein habe ich nicht.* DANKE SEHR! Und nun zu dir und bete, dass du nicht auch so dumm bist. *Wie bitte?* Entschuldige bitte. Ich habe heute nur einen schlechten Tag, wissen sie. Ich wollte nicht unhöflich wirken. Es tut mir leid. Also... Ratch, richtig? *Aye.* Gut. Mit a,ä oder e? *Was?* DEIN Name. *Na dann würde ich sagen... so wie sie wollen.* Also hast du keine rechte Schreibweise? *Ich schon, aber mein Name nicht.* DEN meinte ich ja. *Schreiben sie ihn, wie sie wollen.* Wie würdest du ihn schreiben? *Mal so und mal so.* Warum schreibst du deinen Namen immer anders? *Na, um Abwechslung in meinen Namen zu bekommen. Ich meine, er wird immer gleich gesprochen, aber schreiben, kann ich ihn dafür ja verschieden. Schließlich spricht ihn niemand so aus, wie er gesprochen wird.* Und wie würdest du ihn jetzt schreiben? *Na ja... entweder mit a,ä oder e.* Soll das ein SCHERZ SEIN!? *Nein nein, keines Wegs. Ganz im Gegenteil sogar. Ich übe sie in Geduld und Ausdauer. Theoretisch könnte man sagen, dass ich versuche ihnen das Leben zu verlängern.* <<

Der Mann kneift die Augen zusammen und streift sich mit Zeigefinger und Daumen über die Augenlider in Richtung Nase. >> Immer wieder erstaunlich, wie man von einer einfachen Frage, nach dem Namen, zur Lebensverlängerung kommt.<<, bemerkt Ratch. >>Ich äh... Ich fang nochmal an, okay? *Okay.* Also... buchstabiere BITTE deinen Namen. *Großes R, kleines a, t, c, h.* <<

Der Mann hört Ratch zu und merkt sich die Schreibweise. Als Ratch fertig buchstabiert, schreibt der Mann seinen Namen sehr schnell auf. Er fährt das Gespräch fort, als er den Namen aufschreibt. >> Vielen Dank, ihr Burschen, dass ihr mir entgegenkommt und jetzt wünsche ich einen angenehmen Aufenthalt. <<, antwortet der Mann nur schwer und gereizt.

Ohne etwas zu sagen gehen Bernardo und Ratch weiter. Direkt nach dem Hafen bleiben sie stehen und gucken sich die Insel von diesem Standpunkt aus genauer an. Anstatt, dass die Insel breit wirkt, ist sie eher hoch. Sie besteht aus einem riesigem Berg. Die Bewohner auf dieser Insel haben sich an die Lage angepasst und ihre Häuser und anderen Gebäude bergauf gebaut. Man kann die Spitze der Insel zwar sehen, aber man kann nicht genau erkennen, was für ein Gebäude da oben steht. Während sich die beiden Jungen umschauen sehen sie tanzende Menschen, rennende Kinder und Menschen, die ihren alltäglichen Lebensgeschäften und Tätigkeiten nachgehen. >> Hier scheint es wirklich friedlich und entspannend zu sein. <<, bemerkt Bernardo, nachdem sie sich ein bisschen umschauten. Doch Ratch sieht mehr. >> Sieh genauer hin, Bernardo.

<<, sagt er. Bernardo schaut noch mal genauer und bemerkt etwas. Auf der gesamten Insel lauert es nur so von Soldaten, die auf der Insel Patrouille laufen und kontrollieren, dass alle ihrem zugeteilten Handwerk nachgehen. Sie sehen, wie die Soldaten den Kindern sagen, dass sie aufhören sollen, zu rennen und stattdessen ihren Eltern bei der Arbeit helfen müssten. Sie bestehlen einfache Zivilisten und drohen ihnen. >> Ich bin mir nicht sicher, ob die Briten das unterstützen, oder ob hier im Geheimen schmutzige Geschäfte, oder besser gesagt, allgemeine Normen so gut wie missachtet werden. Ich, für meinen Teil, hoffe es so, dass es letzteres ist. <<, flüstert Ratch zu Bernardo. Ein Soldat kommt auf die beiden zu. >> Habt ihr euch verlaufen? <<, fragt er sie. >> Äh... nein, haben wir nicht. Wir sind nur neu hier und gucken uns deswegen erst mal ein bisschen um. *Ach so ja. Wisst ihr eigentlich, dass man eine Gebühr bezahlen muss, hier an Land sein zu dürfen?* Was? Warum? *Nun, das sind die Regeln. Wenn ihr sie brecht, dann müsst ihr mit der Strafe rechnen. Was ist das zum Beispiel?* Meinen sie den Totenkopf? *Ja, den meine ich. Das könnte schon ein toller erster Start sein, wenn ihr hier legalen Aufenthalt genießen möchtet.* <<

Ratch ist sprachlos.

Daraufhin erscheint der Käpt'n hinter den beiden. Der Soldat beginnt sofort, sich wie der gnädigste Untertan zu verhalten. >> Verzeihung Sir, aber wir haben hier offensichtlich ein paar Neuankömmlinge, denen die Regeln noch nicht bekannt sind. *Ist schon gut. Ab sofort gilt ein neues Sondergesetz für die beiden Herrschaften hier. Sie sollen behandelt werden, wie die feinsten Ehrengäste. Und jetzt... wegtreten.* Ja wohl Sir. <<

Bernardo und Ratch drehen sich zum Käpt'n um. >> Siehst du Ratch. Ein kleiner Vorführeffekt, wie sehr ich zu meinem Wort stehe. <<

Anschließend wird er von einer Kutsche abgeholt. Bevor der Käpt'n einsteigt, hat er noch etwas zu sagen. >> Ach so ja, Ratch.

Das hätte ich fast vergessen. Ich erwarte euch morgen, wenn die Sonne am höchsten Punkt steht. Eure Unterkunft befindet sich in der Taverne, gleich da hinten. <<

Daraufhin steigt er ein und lässt sich hinfort kutschieren.

Jetzt stehen die beiden alleine da, als plötzlich alle Vögel zur Überraschung auftauchen. >> Ratch! <<, ruft der blaue Papagei. Die Vögel kommen von oben herab auf sie zu geflogen. Neben den beiden Jungen stehen zwei Holzfässer und eine kleine, verwitterte Holzwand, die auf einer kleinen grünen Grasfläche steht. Der Graukardinal und der Kanarienvogel landen auf der Kante der Holzwand. Der Tukan und Ratch's Freund landen jeweils auf einem der zwei Holzfässer. >> Hallo Kumpanen. <<, begrüßt sie der Tukan. >> Von wo seid ihr jetzt her gekommen? <<, möchte Ratch wissen. >> Nun, als die Piraten und Soldaten euch in die Enge getrieben haben und schlussendlich dann auch abführten, sind wir nach oben auf einem Querbalken von einem Mast auf dem großen Schiff geflogen. Von dort hat uns niemand gesehen. Also haben wir dort gewartet und geguckt, wo das Schiff hinsegelt. <<, erklären die Vögel alle abwechselnd. >> Genau. Und weil ihr sowieso auf diesem Schiff wart, wussten wir, dass das jetzt das Einzige ist, was wir tun können. <<, erklärt Ratch's Freund abschließend. >> Also Ratch, was ist unsere nächste Aufgabe? <<, fragt Bernardo. >> Ich wette es hat etwas mit diesem übelst fies und brutal aussehenden Schädel zu tun. <<, bemerkt der Kanarienvogel. >> Meine Freunde, lasst mich euch eine Geschichte erzählen. Aber es wäre besser, wenn wir dazu unsere Behausung aufsuchen, weil es langsam dunkel wird. *Haben wir denn eine?* Ja. Diese Bar, oder Taverne, besser gesagt dort drüben ist unsere Unterkunft für... weiß nicht wie lange. <<

Alle machen sich auf und gehen zur Taverne.

Als sie vor ihr stehen, hören sie einige Musikinstrumente, die gespielt werden. Alle stehen vor dem Eingang und gucken erst mal nach innen, um zu sehen, wie die Taverne eingerichtet ist. Die Menschen, die in der Bar sitzen haben sie alle noch nicht bemerkt. Schließlich gehen sie durch den Eingang. Direkt nach dem Eintritt bleiben sie stehen. Alle gucken sie mit einem ernsten Blick an. >> Ahoi, Leichtmatrosen. <<, begrüßt sie Bernardo. Niemand rührt sich. Ratch guckt sich um und sieht links von sich auf dem Boden ein Spucknapf. Er speit in ihn hinein. Nachdem er das tut, drehen sich alle wieder um und beachten sie einfach nicht mehr. >> Nicht besonders die Art von Menschen, die einen herzlich begrüßt, wenn man neu ist. <<, spricht Ratch zu Bernardo. Die Inneneinrichtung ist gemütlich eingerichtet. Es spielt entspannende Musik. Im zweiten Stock fehlt an manchen Stellen das Dach der Bar, damit man einen tollen Blick auf die Sterne hat und um die Gegend mit einem ruhigen Licht zu erhellen, sind viele Kerzen an unterschiedlichen Stellen angebracht. Von den meisten Kerzen fließt schon recht viel Wachs nach unten. Weit vor ihnen liegt die Theke der Taverne. Hinter der Theke ist ein Wandregal angebracht, in dem ganz viele Glasflaschen stehen. >> Da hinten sitzt keiner. <<, fällt dem Graukardinal auf. Alle begeben sich dorthin. Der Tisch hat zwar nur zwei Stühle, dafür steht er aber an der Wand. An ihr befinden sich kleine Pfosten die aus der Wand hinausragen. Auf denen machen es sich die Vögel bequem. Ratch setzt sich als Letzter an den Tisch. >> Also... Die Frage lautet, was unser nächstes Ziel ist. Nun, weil ein Ziel meinerseits immer mit meiner Bestimmung zu tun hat, ist auch dieses Ziel etwas, das mit meiner Bestimmung zu tun hat. Glücklicherweise konnte ich auf dem Schiff, namens Voiless, mit dem Käpt'n eine gute Verhandlung vereinbaren und abschließen. Ich erledige für ihn die Legendenleistung eines Mythos, den er nachjagt und ich erhalte, in dem Fall zugunsten für uns alle, eine gewisse Gegenleistung für meinen Verdienst. Laut den ersten Legenden braucht ein Mensch der fähig ist eine Legendenleistung abzuschließen, immer eine gewisse Gegenleistung als Ausgleich dessen, was er, oder sie, getan hat. Aber diese Gegenleistung darf nicht von irgendjemandem kommen. Sie muss von der Person erfüllt werden, die sich die Legendleistung des jeweiligen Menschen wünscht. Zu unserem Vorteil befinden sich gerade jetzt zwei Lebewesen an diesem Tisch, die im Stande sind solche Leistungen zu vollbringen. Eine davon bin ich. «

Die anderen hören Ratch zu, bis Bernardo fragt: » Und wer ist der andere, der dazu im Stande ist? «

Ratch sagt nichts und wendet seinen Blick nur zu seinem blauen Freund. Nun gucken alle ihn an. » Du bist es? «, fragt der Kanarienvogel verwundert. » Aye. Ratch und ich kennen uns nicht durch Zufall. Wir sind beide besonders und verfolgen das selbe Ziel. «, erklärt der Papagei. Ratch fährt fort: » Laut meinem Tagebuch hier, sind unsere Taten zur Verbesserung der Welt beziehungsweise der Natur vorgesehen. Zur Natur zählen auch die Lebewesen, also gehe ich davon aus, dass es am Ende auch den meisten Menschen gut geht... und besonders den Tieren. In der Vergangenheit angefangene Leistungen, resultieren in gegenwärtige Ergebnisse und bringen uns zukünftige Erfolge. Deshalb sollte man tolle Dinge so früh, wie möglich anfangen. Danach sind unsere Bestimmungen und unsere Leidenschaften gestrickt. Es ist unsere Leidenschaft, dass zu tun, was wir tun. Unsere Leidenschaft ist unsere Bestimmung. Deshalb tun wir, was wir tun. Wir handeln, wie wir wollen, weil wir sollen. Das bringt uns voran und verbessert das Gute. Und die Verhandlung mit dem Käpt'n hat uns wieder einmal weiteren Fortschritt verschafft. «

Der Tukan hat eine Frage. » Also, rettet ihr die Welt? «

Der blaue Freund antwortet für Ratch. » Wir machen den ersten Schritt. Niemand kann uns sagen, wie lange es dauern wird, um das sogenannte „Ende" zu erreichen. «

Immer dann, wenn die Vögel etwas sagen, fragt sich Bernado, was sie wohl sagen.

Ratch und sein Freund erzählen die weiteren Sätze abwechselnd.
>> Doch es heißt: Wer uns auf unserem Weg hilft, erhält entsprechenden Dank. Das Wort „entsprechend" bezieht sich hierbei auf „gerecht", oder aber auch auf „den Leistungen gerecht werden". Anders gesagt bekommst du größeren Dank und mehr Belohnungen, umso mehr du hilfst. *Der Grund für den Preis, den ein jener erhält, welcher nicht derartige Bestimmungen besitzt, wie ich und mein Freund, ist, dass er freiwillig Lebenszeit seinerseits opfert, die er hätte auch anderweitig nutzen können. Sozusagen ist er also hilfsbereit und wird als guter Mensch gesehen.* Jetzt habe ich nur noch eine und sehr wichtige Frage.

Ratch's Freund weiß schon, was jetzt kommt. >> Wollt ihr uns mit unsere Sache helfen? <<

Für einen kurzen Moment schweigt alles. >> Aye, Ich bin dabei. Egal was uns erwarten wird. <<, antwortet Bernardo. Danach folgen die Vögel. >> Ja, aber voll und ganz. Wir werden euch zur Seite stehen, komme was wolle. *Auf unsere Unterstützung könnt ihr sowas von zählen.* Wir sind dabei. <<, stimmen die Vögel schlussendlich noch mit ein. >> Da haben wir unsere erstes Team. <<, sagt Ratch zu seinem Papageien, während er ihn anguckt. Der Rest freut sich kurz. Daraufhin sprechen die beiden weiter.

>> So viel zur Vorgeschichte. Alles läuft mit Beispielen auf die aktuelle Situation und bringt uns jetzt zu diesem Prachtstück. <<

Ratch legt den Totenkopf auf den Tisch. Alle gucken ihn sich zunächst an. Die Vögel hüpfen alle auf den Tisch, um ihn sich genauer anzusehen. >> Und was hast du damit vor? <<, fragt der Graukardinal. >> Gut das du fragst. Es mag zuerst wie ein antikes Schmuckstück auf euch wirken, aber schon jetzt herrscht es über viel Macht. <<

Ratch guckt Bernardo an. >> Bernardo, wenn ich bitten dürfte, deine Hand auf diesen Schädel zulegen, dann bitte ich dich jetzt deine Hand auf diesen Schädel zulegen. *Warum?* Du wirst danach im Stande sein etwas zu beherrschen, von dem du wahrscheinlich nie gedacht hättest, dass du es mal könntest. *Okay.* <<

Zuerst zögert Bernardo, aber dann macht er es doch. Als er seine Hand auf die Schädeldecke ablegt, beginnt der Kopf zu leuchten. Bernardo's Augen beginnen weiß zu erstrahlen. Die Augenhöhlen des Schädels erstrahlen in goldenem Licht. Die Farben wechseln sich. Jetzt leuchten Bernardo's Augen golden und die Augen des Schädels weiß. Beide Farben erlöschen wieder. Bernardo hat wieder normale Augen. >> Wow, was war das? <<

Ratch's Freund erzählt ihm, was das war. >> Es war eine Art von Übertragung. <<

Bernardo reagiert. >> Ja schon, aber ich meine... Moment mal. Ich kann dich verstehen. <<

Ratch erklärt ihm, was es genau war. >> Ja, ab jetzt kannst du jedes irdische Lebewesen verstehen. Es war die Übertragung, oder der Wechsel von Unwissenheit zu Gold wertem Wissen. Deswegen auch die Farben Weiß und Gold, wobei „Weiß" meines Erachtens für Unwissenheit stehen kann. *Ja versenk' mich doch. Und wie lange wird das halten?* <<, fragt Bernardo. >> Für immer. Für immer und ewig. <<, entgegnet ihm der Papagei. >> Weil es über die Macht des Wissens verfügt, ist dieses Exemplar so schwer zu finden. Und wissen ist bekanntlich Macht. Es gibt nur ein Stück davon. Dieses hier. Es ist ein sogenanntes Unikat. Doch jetzt es mit Unwissenheit gefüllt. Derjenige, der es anfasst, wird dumm. Ich bin davon nicht betroffen, weil ich mit den Drei in besonderer Beziehung stehe. *Und wer sind die Drei?* Laut mehreren Sagen sind sie... übernatürlich gewesen. Allerdings sind sie es nicht mehr. Doch weil sie es mal waren, haben wir in unserer Welt viele Flüche, Legenden und Mythen. Und man weiß nie was was ist, solange es sich nicht um eine bekannte Geschichte handelt. Denn Fakt ist, dass alle Geschichten zu Mythen, Legenden und Flüchen, die von den Drei erschaffen wurden, wahr sind. Sie erschufen dieses Kuriositäten und die Geschichten dazu. Für die Verbreitung der Geschichten war dann die Weltbevölkerung verantwortlich. Das Gute ist, dass wir hier vor uns eines der bekanntesten Geschichtsstücke haben, die man sich nur vorstellen kann. Deswegen bestand auch kein Risiko, dass mit dir irgendwas böses passiert, Bernardo. Ich weiß, wo sich der Ort befindet, an dem dieser Schatz hingebracht werden soll. Es gibt aber noch eine Karte, welche beschafft werden müsste. *Aber hast du nicht gesagt, dass du weißt, wo der Ort liegt?* Ja, das habe ich. Die Karte dient nicht zur Lagebestimmung, sondern zum Lösen verschiedenster Aufgaben „auf" dieser Insel. << Ratch hebt das Wort: „auf" vor, damit deutlich wird, dass sich die Karte nur auf die Insel bezieht. >> Auf der Karte sind Abbildungen, die einem verraten, wie man was umgeht. Sie befindet sich demzufolge auf der Insel selbst. Allerdings ist die Insel nicht Bestandteil des Ziels vom Käpt'n. Zudem bringt uns die Reise mit ihm von unserem eigentlichen Fortschritt weg und hinzukommt auch, dass wir gegen das arbeiten, was wir theoretisch unterstützen wollen. Das Ziel des Käpt'ns ist die Auflösung, oder die Kontrolle aller Flüche, Legenden und Mythen. Würden wir ihm helfen, wären wir böse Geschöpfe der Natur. Deswegen ist der einzige Weg aus dem Problem ein Schiff und eine Crew, die uns zu unserem Ort bringen können. <<

Der Kanarienvogel fragt: >> *Wie können wir das schaffen, wenn hier alles von den Soldaten bewacht und überwacht wird?* Ich wüsste was. Wenn wir viele Menschen, darunter auch sicherlich Soldaten, bestechen und ihnen eine beträchtliche Belohnung versprechen, dann helfen sie uns vielleicht. <<, schlägt der Tukan vor. Eine Frau, die in der Bar zu arbeiten scheint kommt zum Tisch. >> Kann ich euch helfen? <<, fragt sie die beiden Jungen. >> Nein, wieso? <<, fragt Bernardo. >> Weil ihr hier jetzt schon ne Weile sitzt und nichts bestellt. *Wir sind auch nicht hier, um etwas zu bestellen, sondern, weil wir hier unsere Zimmer für die Nacht haben.* Moment? Seid ihr die Gäste, die der Marschall angekündigt hat? *Wenn die Ankündigung ein großes Zimmer beinhaltete, dann sicherlich.* <<

Die Frau beginnt schon munterer zu sprechen. >> Okay, äh... soll ich euch eure Zimmer zeigen? <<

Ratch, der sich während des Gesprächs zu der Frau gedreht hatte, schaut jetzt wieder zum Team und fragt: >> Was meint ihr? <<, fragt er. >> Also gegen die Koje hätte ich jetzt nichts. <<, sagt der Tukan. >> Ich könnte auch etwas Schlaf gebrauchen <<, sagt Bernardo. Ratch dreht sich wieder zu der Frau um. >> Ja, bitte. <<

Alle stehen auf und folgen ihr nach oben. Als sie oben ankommen hören sie das Geschrei von mehreren Männern, die sich gegenseitig beschimpfen. >> Oh nein. Nicht schon wieder. Entschuldigt mich kurz Jungs. <<

Die Frau geht nach unten und schreit die Männer schon zusammen, als sie die Treppe nach unten geht. In der Zeit schauen Ratch, sein Freund, Bernardo, der Graukardinal, der Kanarienvogel und der Tukan von oben auf die Situation herab. Ratch stützt sich mit seinen Ellbogen auf das Holzgeländer ab, welches am Rand des Gehweges befestigt ist, auf dem sie alle stehen. Der Papagei stellt sich neben ihm auf das Geländer. >> Weiß du, ich habe noch mal über die Sache mit dem Namen nachgedacht und dabei musste ich an meine Lieblingsgeschichte denken. <<, sagt Ratch zu seinem gefiederten Freund. >> Wirklich? Und welche Geschichte ist das? *Soweit ich das sagen kann, geht es in der Geschichte auch um einen blauen Papageien. Und als ich über sie nachdenken musste, ist mir der Name des Papageien eingefallen, wobei mir zusätzlich auffiel, dass er einen Doppelnamen trägt. Und um die Geschichte nicht zu übernehmen, sondern nur als Erinnerung an sie zu ehren dir einen Namen zu geben, habe ich darüber nachgedacht dich mit diesem anderem Namen zu benennen.* Und wie lautet dieser Name? *Meinst du den Zweitnamen, oder den ganzen Namen des Papageien?* Den Zweitnamen. *Tyler, sein Name ist Tyler. Aber wie gesagt, dass ist sein andere Name.* Also heiße ich jetzt Tyler? *Wenn du nichts dagegen hast?* Hehe, mir gefällt der Name. Oh, dann ist ja gut, Tyler. <<

Die anderen gesellen sich zu ihnen und gucken zu, was da unten passiert. >> Was fällt dir ein so über mein Weib zu sprechen du Zechpreller, hä!? *Was sagst du, du räudiger Saufkopf? Du bist nicht besser, als der Verstoßene von Vorgestern.* <<

Inzwischen stößt die Frau mit zu den Männern. >> Hey! Was, verdammt noch mal, habe ich euch gesagt, wie man sich hier benimmt. *Oh du schon wieder, Trulla.* Wie hast du mich gerade genannt? *Was? Hast du etwa was dagegen, wenn man dich so nennt, Trulla?!* <<

Der eine Mann wendet sich an den anderen. >> Hey John. Wieso lassen wir uns eigentlich was von einem Trullchen, wie ihr, was erzählen? *Hehehe, denkst du was ich denke.* Ja, ich glaube schon. <<

Die beiden Männer ziehen ihre Schwerter. >> Oh, Jungs. Das wollt ihr nicht wirklich, glaubt mir. *Doch ich denke schon, dass wir das wollen.* <<

Die Männer gehen auf die Frau los. Bevor sie sie angreifen können, attackiert die Frau die Männer. Dem linken Mann hält sie das Schwert fest. Währenddessen stößt sie mit ihrem Fuß dem anderen Piraten das Schwert aus der Hand. Dieser taumelt ein wenig zurück. In der Zeit schlägt sie mit ihrer Hand dem Mann das Schwert aus der Hand, welches sie gerade festhält. Daraufhin lässt er das Schwert fallen und wundert sich. Diesen Moment nutzt sie, um sich an ihm wegzustoßen. Jetzt rammt sie mit voller Kraft ihren Ellbogen in das Gesicht des anderen Piraten, der gerade wieder auf sie zurennen will. Sie trifft ihn voll auf die Nase. Gleich danach taumelt der Mann wieder nach hinten. Diesmal hält er sich seine Nase mit beiden Händen fest. >> Au, verdammte Schhh... meine Nase. Ich glaub' sie ist gebrochen. <<

Der andere Mann greift sie jetzt mit einem Stuhl an. Neben ihr am Tisch sitzt einer, der sich gerade betrinkt. Sie reist ihm die Flasche aus der Hand und wirft sie dem Angreifer entgegen. Diese zerschellt am Stuhl, worauf der er ihn fallen lässt. Jetzt rennt sie auf den Stuhl zu und benutzt ihn schnell als eine Art Treppe. Sie springt erst auf die Sitzfläche, dann auf den Rand der Lehne und von dort auf den Kopf des Mannes. Von ihm springt sie ab und landet bei einem anderen Tisch. Dort steht noch ein Stuhl, den sie sich greift. Der Mann dreht sich um und sieht nur noch, wie sie mit dem Stuhl ausholt und zuschlägt. Ohne, dass er reagiert, trifft sie ihn, woraufhin der Stuhl in viele Einzelteile zerbricht und der Mann vor Bewusstlosigkeit umfällt. Jetzt steht die Frau nur noch mit zwei Stuhlbeinen da und sieht den anderen Typ vor sich stehen. Dieser hat Angst weshalb er wegrennt. >> Oh Nein bitte nicht! <<, ruft er, als er in Richtung Ausgang rennt. Doch sie verschont ihn nicht. Als er beinahe entkommt, geht sie drei Schritte nach vorne und wirft gleich im Anschluss die zwei Stuhlbeine nach ihm. Das erste Bein trifft ihm am Kopf und das zweite Bein am Rücken.

Daraufhin vergisst der Mann, dass nach dem Eingang viele Stufen nach unten gehen. Er rennt weiter und fällt in die Tiefe. Zu seinem Glück besteht der Boden nicht aus Steinen, sondern aus etwas weicherem Material. Er besteht aus Schlamm und der Mann trifft auf den Boden so auf, dass er mit seinem Gesicht im Schlamm landet.

Die Frau steht noch da und guckt ein bisschen dem Ausgang entgegen. Später sagt sie: >> Hat sonst noch jemand Interesse deren Schicksal zu teilen? Nein, gut. <<

>> Ay, Caramba. <<, reagiert der Tukan. >> Was war denn das? *Ich weiß es nicht, aber wir sollten es respektieren.* <<, unterhalten sich Ratch und der Graukardinal.

Die Frau kommt wieder nach oben.

>> Entschuldigt Jungs, manchmal gibt es eben Komplikationen, die solche Maßnahmen erforderlich machen. *Oh ja, das glaube ich gerne. Aber wir sind darauf erpicht den Stress eher zu vermeiden, anstatt ihn zu verursachen. Sie wissen schon warum, eben... zu unserer eigenen Sicherheit.* Gut. Dann gibt's hier wenigstens mal ein paar Vernünftige Menschen. <<

Die Frau schließt von drei Türen die Mittlere auf und öffnet sie. >> So, da wären wir. Trautes Heim, Glück allein. <<

Alle gucken sich das Zimmer genau an. Es gibt drei Holzbetten, ein Fenster und einen kleinen Tisch mit einem Stuhl. Auf dem Tisch liegen Zettel und Stifte, sowie eine Glasflasche mit zwei hölzernen Bechern. >> Dass das Glück hier oft allein ist, glaub' ich sofort. <<, sagt der Kanarienvogel. >> Nun denn, richtet euch ein und fühlt euch wie daheim, wie man das hier bei uns so sagt. <<

Die Frau verlässt nach diesem Satz das Zimmer und lässt die Tür wieder zufallen. Alle richten sich für die Nacht ein. >> Hey Ratch. Was hältst du von dem Zimmer? <<, fragt ihn der Tukan. >> Oh ich finde es eigentlich ganz hübsch hier. Wir haben zwar keinen Meeres-, sondern einen Inselblick und ein Stuhl zu wenig, dafür aber ein Bett zu viel, doch all das sind nur geringe Mängel gegen das, was es wirklich ausmacht. Es bietet uns eine Unterkunft und für eine Nacht reicht mir das mehr als genug. *Ja, ich finde es auch ganz... „hübsch" hier, aber trotzdem finde ich, dass es hier an Personalität mangelt. Also, es sieht nicht wirklich wie ein Zimmer aus, in dem jemand wohnt. Aber schlimm ist es nicht.* <<

Alle richten sich ein. Als Ratch im Bett liegt nimmt er sein Tagebuch zur Hand. Er schlägt es ungefähr nach fünf Seiten auf. Auf den Seiten, auf denen er anhält, befindet sich ein kleiner Stift. Er beginnt weitere Erlebnisse des heutigen Tages hineinzuschreiben. Oben rechts schreibt er das Datum und ebenfalls oben, nur in der Mitte, beginnt er zu schreiben. >> Hey Ratch? *Ja.* Was schreibst du da? <<

Bernardo hat mitbekommen, dass Ratch etwas in sein Buch schreibt. >> Das ist mein Tagesablauf. Das hat ebenfalls mit meiner Bestimmung zu tun. Das kann ich dir morgen mal näher erklären. <<, flüstern sie sich gegenseitig zu. Die anderen schlafen schon. >> Okay. <<

Bernardo legt sich schlafen und kurze Zeit später räumt Ratch sein Tagebuch wieder auf. Jetzt schlafen alle.

Kapitel 5 – Der neue Kurs

Am nächsten Morgen wachen alle wegen lauten Trompetengeräuschen auf. Alle stehen schnell auf und realisieren noch immer nicht, was jetzt eigentlich passiert. Ratch steht auf und geht zum Fenster. >> Was war das? <<, fragt Bernardo. >> Wir scheinen auf dieser Insel sehr besondere Gäste zu sein, wenn sie mit einer Kutsche und mehreren Soldaten anrücken. <<

Draußen vor dem Gebäude der Taverne, stehen viele Soldaten, die sich alle in einer Reihe hingestellt haben. Aus der Kutsche steigt Percéval aus. Er rollt wieder ein Zettel aus, auf dem eine Nachricht steht. Er liest sie vor. >> Heute, dem 12.05.1709 um genau 8:00 Uhr wird Ratch im Saal der Smiths erwartet. Man erwartet von ihm, dass er in nicht weniger als 5 Minuten vor diesem Gebäude aus seiner Übernachtung hinaustritt und uns begleitet. Für ihn steht eine Kutsche bereit, die ihn direkt zum Gebäude von Henry Edward Marley Smith, unserem geschätzten Herrscher, bringt. <<

Ratch entfernt sich vom Fenster und wendet sich an die anderen. >> Ich weiß nicht, ob ihr es mitbekommen habt, weil es durchaus sein könnte, dass ihr es gehört habt, oder auch nicht, wie auch immer ähmm... wir müssen gehen. <<, informiert er das Team. >> Aye, kein Problem, ich habe alles was ich brauche. <<, sagt Bernardo. >> Wir sind auch bereit. <<, reagiert der Riesentukan. >> Gut, dann würde ich sagen, dass wir sie nicht länger warten lassen. <<

Alle haben alles, was sie hatten, als sie das Zimmer betreten haben und gehen jetzt wieder durch die Tür, um zu ihrer Kutschen zu gelangen. Als sie an der Theke der Bar vorbeigehen, sehen sie die Frau von gestern, die die Gläser reinigt. In dem Moment, als Bernardo an der Theke vorbeigeht, nimmt er eine Münze in die

Hand. Anschließend schnipst er sie mit Daumen und Zeigefinger in Richtung der Frau. Dabei verwendet er seinen Daumen wie ein Katapult und schießt somit die Münze weg. Sie fliegt durch die Luft und landet im Glas, welches die Frau gerade putzt. Sie wundert sich als sie merkt, dass eine Münze in ihrem Glas liegt. Sie schaut Bernardo mit einem verwunderten Blick an, als dieser an der Theke vorbeigeht. >> Trinkgeld für den kostenlosen Service. <<, sagt Bernardo.

Als sie alle vor dem Gebäude stehen, gucken alle sie an. Percéval steht vor der Tür der Kutsche und blickt in den Schlamm, wo er die Spur in Form eines Menschen erkennen kann. Er sieht sich das an und wundert sich solange bis er merkt, dass Ratch, Bernardo und die Vögel bereits draußen stehen. >> Ah, das sind sie und ihre Truppe von Jungen und Exoten ja endlich. Es wird Zeit, dass sie uns begleiten. Er wartet schon. <<

Bevor sie alle in die Kutsche gehen wollen, kommt ein betrunkener Mann von der Seite zu ihnen. Er ist nicht aggressiv. Er läuft nur nicht wirklich gerade. Es sieht so aus, als würde er gleich umfallen. >> Hehehe, da ist ja unser Marschall. Na, wie geht's? Hab' gehört, dass es deinem Bruder ziemlich mies ergangen ist. <<

Ohne den Mann anzusehen, hört Percéval ihm gar nicht lange zu. Kurz darauf zeigt er auf ihn, woraufhin ihn zwei Soldaten an den Armen packen und wegziehen. >> Hehehe, der Tag wird kommen, an dem du das Opfer bringen musst, du kannst es nicht aufhalten, hehehe. <<

Als der Mann von den Soldaten weggetragen wird, trinkt er noch aus seiner Flasche, die er in der rechten Hand hat. Alle gucken ihm nach. >> Befindest du dich in der Verfassung uns zu folgen, Ratch? <<

Als Percéval ihn anspricht guckt Ratch ihn an. >> Steigen wir ein. <<, sagt Ratch, als er schon in Richtung Kutsche weitergeht. Zuerst steigt er ein. Die Vögel wollen auch innen mitfahren. >> Wir dulden keine Vögel in unseren Fortbewegungsmitteln. <<, ermahnt Martinez. Daraufhin stoppt Ratch, als er gerade dabei ist in die Kutsche einzusteigen. Er dreht sich um. >> Wissen sie, ich habe, wenn umstandslos möglich, mein gesamtes Team immer gerne in meiner unmittelbaren Reichweite. Dazu zähle ich auch meine treuen Flugfreunde. Denn erstens... hätte ich sie nicht bei mir in der Kutsche, dann bräuchte ich zusätzliche Mittel, um an sie heranzukommen. Deswegen spreche ich von unmittelbar. Und zweitens... macht es ihnen doch bestimmt keine Umstände die anderen auch mitreisen zu lassen, oder? Deswegen spreche ich von umstandslos. <<

Mit einem konzentrierten Blick schaut Percéval Ratch ins Gesicht. >> Schön, dann lasse ich sie eben mitreißen. <<

Um deutlich zu machen, dass die Situation aus Ratch's Sichtweise nachvollziehbarer ist, nickt er noch mal kurz, als Percéval eingewilligt hat, alle mitreißen zu lassen. Danach steigt Ratch in die Kutsche, bis er am Fenster sitzt. Gefolgt Bernardo, fliegen die Vögel in die Kutsche, während die Jungen noch einsteigen. Zuletzt steigt Percéval ein. Ein Soldat schließt die Tür und klopft zweimal auf den Wagen, um dem Kutscher zu signalisieren, dass er jetzt losfahren kann. Daraufhin fährt die Kutsche los und der Kutscher schreit: >> Hüa! <<

Weil sie zuerst noch durch den Schlamm fahren, schaukelt die Kutsche noch etwas. Percéval beginnt eine Unterhaltung. >> Also dann Ratch, du wirst vom Käpt'n erwartet und er hat vor zu erfahren in welche Richtung wir unseren Kurs setzen sollen. Ich bin mir sicher, dass du nach dem Bekommen des einzigartigen Schmuckstücks, was du da in den Händen hältst, durchaus gewillt bist, uns den Weg preiszugeben. *Ja das bin ich, Mister Martinez.* Er sprach außerdem davon, dass du mir diese Information zukommen lassen könntest, sodass ich bei unserer Ankunft den Weg durch deinen Kurs in die Karte eintragen kann. *Ich dachte, es geht bei diesem Zusammentreff ausschließlich um den Weg. Wenn ich jetzt schon sagen würde, in welche Richtung wir in See stechen müssten, dann frage ich mich, was ich noch beim Käpt'n soll. Vor allem, weil er mit gestern gesagt hat, dass er mich erwartet, wenn die Sonne am höchsten Punkt steht.* Nun, es gab eine kleine Komplikation, was eure Abmachung anbelangt. Es hieße die Garantie auf die Sicherheit deiner Freunde und einen Teil des Reichtums. *Das waren die Mindestbedingungen meinerseits.* Er besteht zutiefst auf eine Neuverhandlung. *Nun, sie wissen, dass ich theoretisch auf eine Neuverhandlung verzichten könnte?* Das ist bekannt, aber anders gesehen befindest du dich auf dem Land seinerseits. Zudem genießt du auch Komfort der oberen Schicht. Die letzte Obhut für die vergangene Nacht kostet dich nichts. Doch solltest du dem Käpt'n nicht entgegenkommen, überlegt er sich dein Sonderrecht zu entziehen und alles in Rechnung zu stellen. *Ah, so ein Spiel spielt ihr. Wenn das so ist, bin ich dann wohl auf die Neuverhandlung angewiesen, um hier unfreiwillig kostenlos wieder weg zukommen.* Ganz genau. *Aber sie wissen schon, dass weder das Sonderrecht für uns, noch die Organisierung, beziehungsweise die schon bezahlte Obhut, Teil der Verhandlung waren.* Wahrscheinlich wüsstest du das Ratch, wenn du das Kleingedruckte vernommen hättest. *Hat der Käpt'n es zu einem Teil der Vereinbarung gemacht?* Ja das hat er. Weißt du nicht, wie der Käpt'n Vereinbarung festhält und nachweisbar macht? *Nicht, dass ich wüsste.* Er lässt sie schriftlich festhalten, nachdem sie beschlossen wurden. *Aber ist der Moment der Beschließung nicht auch der Moment, in dem man alle zuvor aufgeführten Vereinbarungen gültig macht?* Ja ist es. Doch in seinen Territorien bestimmt er auch die Regeln. Und ein wesentlicher Unterschied zwischen den Regelungen von seinen Gebieten und den der umliegenden Territorien ist, dass Abmachungen nachhaltig mit kleinen Gefallen ergänzt werden, um sich auf eine Gegenleistung berufen zu können. *Interessant. Ist es möglich, dass sein Vertragspartner das auch kann.* Nein, aber das weiß auch keiner, weil nur die erhabensten Menschen dazu befugt sind mit ihm Geschäfte einzugehen, weswegen es mich nicht wundert, dass du davon nichts wusstest. Gewissermaßen sucht er sich seine Vertragspartner selber. Eine Person muss zu etwas großem im Stande sein, oder etwas sehr wertvolles mit sich tragen, damit er überhaupt einen Vertrag, oder besser gesagt, eine Abmachung mit dessen Wenigkeit eingeht. *Okay.* Und kannst du mir jetzt offenbaren, in welche Richtung ich den Kurs setzen soll? *Ja, das kann ich. Aber bevor ihr die Insel anreißen könnt, zu der ihr wollt, müsst ihr Kurs zu einem anderen Ort nehmen, damit ihr die eigentliche Insel findet.* Ist wenigstens der erste Ort auf der Karte eingezeichnet. *Na ja, das kann ich nicht so genau sagen, weil ich nicht weiß, wie weit die Kartografen die Welt schon ausgefüllt haben.* Weißt du, wo sie liegt? Kannst du uns zu ihr führen? *Sie meinen, ob ich den Weg zu der Insel kennen würde?* Natürlich meine ich das. *Aye das kann ich.* Es sei denn man würde die Kontinente als riesige Inseln betrachten. In diesem Falle wäre der Ort ein Teil einer Insel. Also ist der erste Ort ein Kontinent? *Dieser Ort zählt zu einem Kontinent. Es liegt weit im Westen. Um mit anderen Worten euer Glück auszusprechen, kann ich nur sagen, dass ihr nicht so weit gehen müsst, wenn ihr einmal dort seid, weil die Stelle, zu der ihr wollt, gleich am Wasser liegt. Zudem würde ich sagen, dass es nur ein schweres Problem gibt, welches es auf eurer Reise zu erledigen gilt.* Und welches Problem wäre das, Ratch? *Die Aufgabe, die ihr dort zu erledigen habt, um zu eurer eigentlichen kleinen Insel zu kommen.* Welche Aufgabe wäre das? *Ich glaube, dass das eher ein Gesprächsthema für das Treffen wäre. Ich sollte euch nur euren Kurs sagen, und jetzt habt ihr ihn.* <<

Nachdem Ratch und Percéval ihr Gespräch beenden, kommt die Kutsche vor dem Gebäude des Käpt'ns zum stehen. Ein Soldat öffnet die Tür. >> Ich bedanke mich für dieses äußerst informative Gespräch, Ratch. <<

Jetzt sind alle ausgestiegen und gehen weiter. Die Kutsche fährt los. Zwei Soldaten, die hinter einem großen Tor aus Metall stehen, öffnen den Eingang für die erwarteten Gäste. Als sie durch den Eingang in dem Grundstück eintreffen, staunen sie, wie groß und schön alles ist. Eine große Mauer umfasst das ganze Grundstück. Überall sind Blumenbeete und andere Pflanzen an den unterschiedlichsten Stellen, die von arm aussehenden Menschen in dreckiger und teils kaputter Kleidung gepflegt werden. Ein General empfängt sie, gleich nachdem sie von einem Soldaten zu ihm gebracht wurden. Sie müssen viele Treppen steigen. Es sind keine steilen Wege, aber es sind viele Stufen. Als sie nach der letzten Treppe oben angekommen sind, wartet der General dort auf sie. Es ist ein junger Mann, der 3 Abzeichen trägt und keinen Hut hat. Sein Haare sind kurz. Seine Kleidung ist nicht die selbe, wie die der Soldaten, aber sie weist nur wenige, dafür aber deutlich zu erkennende, Unterschiede auf. Über seiner linken Schulter trägt er ein kurzes rechteckiges Tuch. >> Willkommen werte Gäste. Der Käpt'n erwartet sie bereits. <<, begrüßt und entgegnet der General den anderen, während er seine Hände hinter seinem Rücken hält. >> Wenn ihr mir bitte folgen würdet. <<

Daraufhin dreht sich der General um und beginnt loszulaufen. Die anderen laufen und fliegen ihm nach. Während sie ihm folgen blockiert ihnen noch ein zweites Tor den Weg zum Käpt'n. Doch das ist wesentlich kleiner und sieht anders aus, als das erste Tor. An seinem Gürtel trägt der General einen großen Schlüsselbund. Sie halten an dem Tor an, weil sie darauf warten, dass er den Schlüsselbund nimmt, um das Tor aufzuschließen. Während sie dort stehen schauen sich alle ein wenig um. Sie beobachten immer mehr Menschen, die sich um die Blumenbeete kümmern. Allerdings scheinen diese bessere Kleidung zu tragen und mehr Werkzeuge zur Verfügung stehen, als die anderen Arbeiter, welche weiter unten tätig sind. Das Tor wird gerade aufgeschlossen und anschließend vom General geöffnet. >> Bitte, tretet hindurch. <<, sagt er zu ihnen, während er seitlich am Rand des Tores steht und seine rechte Hand in das Gebiet – symbolisch für einen Wegweiser – streckt. Alle gehen weiter. Hinter ihnen schließt der General das Tor wieder.

Bernardo guckt nach hinten, als das passiert. Ratch geht langsam weiter. Er guckt sich genauer um und erblickt zu seiner linken einen kleinen Raum der allerdings nicht 4 Wände hat sondern nur zwei. Dieser Raum befindet sich unter einem Gebäude. Es sieht so aus, als hätte man von der Ecke des Gebäudes ein zimmer-großes Loch ausgeschnitten. An den Seiten, an dem der Raum an dem Gebäude angrenzt, sind große normale Wände. An den Seiten, an dem der Raum ins Freie grenzt befinden sich keine Wände. Dort sind nur Rundbögen und an der Ecke steht eine Säule. Dieser Raum ist wie ein Büro eingerichtet. An der einen Wand stehen zwei große Bücherregale mit Büchern darin. An einem Rand steht der Schreibtisch, an dem der Käpt'n sitzt und etwas schreibt. Der Boden ist aus Holz und hört an den Grenzen des Raumes auf. Hinter dem Käpt'n und außerhalb des Raumes ist ein Geländer aus Metall. Von dort aus kann man auf die ganze Insel hinunterblicken. Der Käpt'n sieht Ratch und Ratch sieht den Käpt'n. Die anderen kommen ihm hinterher und daraufhin begrüßt er sie. >> Ahh, da bist du ja, Ratch. Und wie es scheint hast du die anderen auch mitgebracht. *Ja das habe ich, das ganze Team. Sehr schön. Kommt her.* <<

Alle betreten den Raum und stellen sich vor den Schreibtisch. >> Also Ratch, ich hoffe Percéval hat dir erzählt, warum ich dich hierher habe bestellen lassen. *Ja, dass hat er. Es gibt wohl ein Problem bezüglich unserer Abmachung.* Ja das Problem gibt es in der Tat. Das ist auch der Grund, warum ich euch so früh sehen wollte. Dir erzählte ich, dass diese Mission mein größtes Werk wird. Natürlich befasse ich mich dementsprechend auch damit und erfuhr, dass man etwas braucht, um die Legende zu erfüllen. *Keine Sorge Käpt'n. Percéval hat mir schon alles erzählt. Also das System, wie sie Vereinbarungen, oder besser gesagt Verträge, abschließen. Aber auch, dass sie jetzt auf ihre rechtmäßige Gegenleistung erpicht sind, weil sie uns eine Unterkunft kostenlos angeboten haben. Percéval habe ich schon in der Kutsche berichtet, in welche Richtung sie ihren Kurs setzen sollen. Es ist alles schon geregelt, es sei denn, sie hätten die Absicht auf eine weitere Gegenleistung zu bestehen. «*

Der Käpt'n guckt ziemlich empört, als Ratch ihm erzählt, was Percéval ihm verraten hat. >> Percéval hat dir von dem Vertrag erzählt? *Ja das hat er. Wo ist überhaupt die schriftliche Version des Vertrags?* Nun äh... Die ist sicher verwahrt, in der Kajüte der Voiless. *Ach so, da hätte ich noch eine Frage. Sie haben drei Namen und ihren Nachnamen. Warum nennt sie jeder nur Käpt'n?* Das tut nichts zur Sache, Ratch. Was ich dir sagen wollte ist, warum du hier bist und außerdem kenne ich den Weg zu dieser Insel bereits. *Okay.* Also, wie schon gesagt, gibt es Unstimmigkeiten mit unserer Abmachung. Das Schmuckstück, was ich dir gegeben habe, ist viel mehr wert, als alle bisherigen Leistung deinerseits. *Also Käpt'n, es mag sein, dass es wesentlich viel mehr Wert hat, als meine bisherigen Leistungen, nun liegt aber die Betonung auf „bisher". Sie scheinen wohl zu vergessen, dass ich noch eine Legendenleistung vollbringe, wenn wir an dem besagten eigentlichen Ort, also der Insel, sind. Allerdings glaube ich, dass sie das nicht vergessen haben und auch wussten. Was also wollen sie wirklich?* Es ist etwas, dass mir einfiel, als wir uns zuerst auf der Voiless über deine Forderungen unterhalten haben. Es ging zusätzlich um die Sicherheit deiner Freunde und die wurde nun gewährleistet. Jetzt habe ich aber eine weitere Forderung für dich. Ich ersuche deine Hilfe für meine Sicherheit auf dieser Reise. *Wissen sie, ich kann sie nur beim zweiten Teil der Reise begleiten, weil sie zuerst zu einem Ort segeln werden, dessen Ziel, welches ihr sucht, eine Aura ausstrahlt, die für einen Legendenleistung vollbringenden Menschen wie ich, tödlich sein kann.* Davon habe ich aber nirgends gelesen. *Man kann sich eben nicht alles beibringen. Schließlich ist es so gut wie unmöglich alles zu wissen.* Sicher, dass du das nicht nur sagst, damit du mit diesem Totenschädel alles machen kannst, was du willst? *Wissen sie, ich bin nicht normal und weiß über Legenden, Mythen und wie man deren Prophezeiung erfüllen kann mehr als einer, der nicht diese*

Gabe oder diese Bestimmung hat. Würde ich das nur sagen, damit ich, wie sie es gesagt haben, alles machen kann, was ich will, dann würde ich mein Wort brechen und bin auf weiteres verflucht. Ich bin Wohl oder Übel an mein Wort gebunden. Auch wenn es in diesem Fall mehr Wohl, als Übel ist, aber sie wissen schon was ich meine. <<

Ratch tritt näher an den Schreibtisch. >> *Jeder Ort, der von übernatürlichen Auren, oder andere geheimnisvollen Dingen heimgesucht ist, zeichnet sich immer durch ganz spezielle Merkmale aus.* Was mache ich mit dir, solange ich nicht da bin? Schließlich möchte ich nicht hintergangen werden. *Was mit mir passiert, wenn ich mein Wort breche, habe ich schon gesagt und außerdem befinde ich mich hier auf einer unauserwählten Insel. Wo soll ich also hinkommen?* Hm... Theoretisch gesehen, könntest du recht haben. <<

Der Käpt'n steht auf und willigt ein. >> Okay, gut. Aber was ist jetzt mit meiner Sicherheit? *Keine Sorge. Ich verspreche ihnen persönlich für ihre Sicherheit zu sorgen, wenn sie zurückkehren und die Reise zu der Insel antreten.* Dann sei es so. <<

Der Käpt'n nimmt eine kleine Glocke und läutet ein bisschen. Daraufhin erscheinen vier Soldaten und ein Offizier. >> Meine Herrn. Bitte begleiten sie die werten Gäste vors Tor. Stellt eine Kutsche für ihre Rückkehr bereit. *Ja wohl, Sir.* <<

Als die Truppe sich gerade umdreht, um den Soldaten zu folgen, will der Käpt'n noch etwas von Ratch. >> Du nicht, Ratch. <<

Dieser dreht sich um und wundert sich. >> *Aber die anderen sind...* DIE anderen sind schon auf dem Weg nach unten. Folge mir bitte. <<

Bernardo und die Vögel werden vor dem Haupttor in eine Kutsche gebracht und sicher nach unten kutschiert.

Ratch und der Käpt'n gehen in eine andere Richtung. Sie laufen im Freien um die Ecke des Gebäudes. Dort geht es geradeaus und auf dem Boden liegt ein Teppich. Am Ende des Ganges ist auch der Teppich zu Ende. Entlang am Rand des Weges ist ein langes Blumenbeet. Als sie den Gang komplett gelaufen sind, halten sie bei einem Arbeiter an, der das Beet bearbeitet. Zuerst bleibt der Käpt'n stehen und dann auch Ratch. Der Arbeiter hockt mit seinem Rücken in Richtung der beiden, weswegen er sie nicht sehen kann. Daraufhin räuspert der Käpt'n, um sich deutlich zu machen. Der Arbeiter dreht sich um. Es ist der andere Käpt'n des vorherigen Schiffs, welches die Tiere an Bord hatte. Er erkennt Ratch und guckt grimmig. Deswegen macht er erst mal nichts, außer ihn anzuschauen. >> Heute noch, wenn es genehm ist?! *Ja, Sir.* <<

Er steht auf und geht zum Ende des Teppichs. Er klappt ihn hoch und unter ihm befindet sich eine Falttür. Eine kurze Treppe führt nach unten. Es ist nicht komplett dunkel, weil zwei Fackeln nebeneinander an den beiden Wänden befestigt sind. Die Falttür wird vom ersten Käpt'n aufgeschlossen und geöffnet. Ratch und der Mr. Smith gehen die Treppe hinunter. Als sie unten ankommen, fällt die Tür wieder zu. Den Knall kann man überall in dem gesamten Gang als Echo hören. Der Käpt'n geht zur linken Fackel und nimmt sie in die Hand. Während sie den Weg entlang gehen, spricht er mit Ratch. >> Ratch, hast du irgendeine Ahnung, warum ich dich mit hier runter genommen habe? *Vielleicht, weil sie mit mir Angesicht zu Angesicht über unsere Abmachung reden wollen?* Nein, nicht wirklich. Es hat zwar mit unserer Reise zu tun, aber nicht mit der Abmachung. In der Kajüte der Voiless habe ich dir gesagt, dass wir uns vertrauter sind, als du annimmst. *Aye, das haben sie.* Nun, sagen wir es mal so. Dass ich dich allein hierher mitgenommen habe, liegt daran, dass es jetzt genau darum geht. Wir sind zwar noch nicht da, aber wir sind kurz davor. *Was wird mich erwarten, wenn wir da sind?* Ein Stück deiner Vergangenheit, welches du wahrscheinlich vergessen hast, Ratch. <<

Jetzt stehen die beiden vor einer weiteren Tür. Der Käpt'n macht sie auf. Hinter der Tür ist ein kleine Plattform aus Holz. Diese ist lose an Seilen befestigt, aber dennoch stabil. >> In Kürze wirst du erfahren, was du vergessen hast. <<

Die beiden stellen sich auf die Plattform und dann zieht der Käpt'n an einem Hebel. Daraufhin bewegt sich die Plattform nach unten. Sie fungiert wie ein Fahrstuhl. Als sie unten ankommen, befinden sie sich in einer riesigen Höhle, die von einem Wasserfall versteckt wird. Deshalb ist sie auch nicht komplett dunkel, weil das Licht von außen noch hineinscheinen kann. In der Mitte, der großen Höhle, steht ein sehr großes Schiffswrack. Es ist schon ganz alt und verkümmert. In der Mitte ist es zerbrochen. Die Masten sind zum Teil an dem Heck angelehnt. Einer liegt auch quer auf dem Heck oben drauf. >> Da sind wir. *Sollte mir dieser Ort, oder dieses Wrack irgendetwas sagen?* Ja das sollte es. So wahr wie Mythologien, Legenden und Flüche in der heutigen Zeit sind, so wahr ist auch der Gedanke des früheren Lebens. *Moment. Ich habe schon Geschichten über diese Theorie gehört. Sie wurde von der damals mächtigsten Familie zum ersten Mal vermutet, die damals auch als die „Jäger der unnatürlichen Dinge" bekannt waren. Sie waren die, die es belegt haben, dass jede Legende, jeder Fluch und jede Mythologie der Drei wahr ist.* Aber wenn man das Ende dieser Familie betrachtet, dann könnte man denken, dass sie alle persönlich von den Drei heimgesucht worden. *Ja ich weiß, tragisch was mit ihnen passiert ist. Dennoch glaube ich, dass das Vermächtnis dieser Familie, lohnenswert aufgebaut worden ist. Allerdings gibt es eine Sage, welche sagt, dass die Familie nie fort gegangen ist. Sie ist immer noch hier und treibt ihre Studien voran. Warum sind wir eigentlich hier? Ich meine, sie haben zu mir gesagt, dass ich hier etwas erfahren werde, was ich vergessen habe.* Ja das habe ich. Es ist dieses Schiff. Das Wrack vor uns ist das, von dem ich sprach. Es mag sein, dass wir schon mal ein Leben vor uns hatten, doch die Welt ist stets die selbe. Das hier ist aus deinem früheren Leben und beschreibt, wer du warst. *War ich ein Wrack?*

Nein, aber es ist ein Teil von dir. Du warst Käpt'n. *Ich muss sagen, dass es wirklich kompliziert ist. Ich handle aus Leidenschaft zugunsten meiner Bestimmung und zusätzlich hatte ich schon mal ein Leben, an das ich mich nicht mehr erinnern kann. Aber ich weiß auch, dass Bestimmungen seelischen Ursprungs sind. Das bedeutet, wenn man einmal solch eine Bestimmung hat, trägt man sie mit sich... und zwar für immer.* Aber müsstest du dann nicht eigentlich auch wissen, was dein vorheriges Ziel war? *Wenn eine Zeit mit dessen Bestimmung von mir erfüllt wurde, dann wird für die nächste Zeit ein Nachfolger erwählt. Wäre es nicht so, dann würde ich durch alle Zeiten gehen, dementsprechend bräuchte ich das Tagebuch nur, wenn ich wissen möchte, was das nächste Ziel ist und nicht, um meinem Nachfolger seinen Weg zu vereinfachen.* Nun dann Ratch, es wird Zeit durch deinen Kurs in See zu stechen. *Warum wollte Percéval den Kurs wissen, wenn sie jetzt sagen, dass sie aufgrund seiner Bekanntheit den Weg schon kennen?* Ich wollte es einfach nochmal zur Sicherheit wissen. *Verstehe.* Ach und dein Buch, es ist also... etwas besonderes? *Aye, warum?* Weil nur du es lesen kannst. Na ja, wie dem auch sei, am Wasser vor dem Wrack ist ein Boot. Dort warten bereits Soldaten auf dich. Sie werden dich zurück zum Hafen bringen. Die Rückkehr meiner Wenigkeit ist in exakt drei Tagen geplant. Bei meiner Ankunft erwarte ich eine sofortige Weiterreise zur Insel. Sie ist auf keiner Karte markiert. Weil du dich zu dieser Legendleistung bereit erklärt hast, ist es deine Aufgabe mich, jetzt auch mit garantierter Sicherheit, zu dieser Insel zu koordinieren. *Wie ihr wünscht.* Gut. Ach ähh und wenn du oben bist... könntest du dir doch mal neue Kleidung zulegen. *Ja, ich versuch's.* <<

Der Käpt'n geht weg und Ratch begibt sich zum Boot. Er steigt ein und der eine Soldat rudert los. Ratch sieht noch, wie der Käpt'n zurück zum „Holzfahrstuhl" geht. Das Boot rudert nicht durch den Wasserfall, sondern durch einen kleinen Höhleneingang, der an der großen Höhle angrenzt. Von innen ist der Eingang mit Fackeln bestückt, damit man den Weg im dunkeln erkennen kann. Als sie aus der Höhle rauskommen, bringen sie Ratch wieder an Land. Kaum ist er wieder auf der Insel, schon rennen seine Freunde zu ihm. >> Ratch, wo warst du? *Der Käpt'n hat mir noch etwas gezeigt und weil er nicht gesagt hat, dass ich es niemandem verraten darf, werde ich euch auch sagen, wo ich war. Er hat mir unter dieser Insel gezeigt, dass hier ein großes Schiffswrack liegt. Dieses Wrack hat angeblich etwas mit mir zu tun. Zumindest hat er das gesagt. Außerdem sprach er von der Theorie des früheren Lebens. Nur wundere ich mich, warum er gerade jetzt darauf zu sprechen kommt. Ich meine so kurz vor seiner Abreise.* <<

Alle drehen sich um. Sie gucken auf die offene See und sehen, wie eine Flotte mit fünf Kriegsschiffen gen Westen segelt. Das anführende Schiff ist die Voiless. Tyler fliegt auf Ratch's Schulter. >> Hat der dich nach dem Buch gefragt? <<, fragt er Ratch. Ohne, dass Ratch nach dem Buch greift und es nimmt, antwortet er Tyler. >> Nein, nicht direkt. Wir sind trotzdem darauf zu sprechen gekommen. Später hat er dann nur wissen wollen, ob es was besonderes ist. *Ratch, du weißt doch bestimmt, dass er eigentlich etwas anderes wissen wollte, oder?* Du meinst, ob er nähere Informationen zu unserem Lebensweg erfahren wollte? *Ja.* Das kann schon sein, aber seit dem Vorfall in dem Schiff, habe ich gemerkt, dass offenbar nur ich das Geschriebene lesen kann... und natürlich du. Doch trotzdem ist irgendetwas seltsam an ihm. *Ach ja Ratch, was ich dich schon vorher fragen wollte ist, warum du dem Käpt'n das mit der tödlichen Aura für Legendenleistung vollbringende Menschen erzählt hast.* <<

Ratch beginnt ein wenig zu grinsen. Daraufhin fragt ihn Tyler: >> Hast du erwartet, dass ich das frage? *Ja habe ich.* Das habe ich mir gedacht. *Also, ich sage es mal so. Als ich erzählte, dass wir als böse Menschen gesehen werden, wenn wir böse Taten vollbringen, habe ich mir gedacht, dass es einen Weg geben muss, wie wir genug Zeit bekommen, um uns für das genaue Gegenteil vorzubereiten. Ich meine, schließlich habe ich mein Wort gegeben. Es zu brechen wäre... na ja, was wäre das? Sagen wir mal, dass es nicht wirklich empfehlenswert wäre. Also erfand ich die Notlüge, dass wir nicht mitkommen können. Dieser Schädel hier, ist das Einzige, was wir haben um am Ende das Gegenteil zu erreichen. Ich muss dir ja nicht sagen, was wir haben. Du kennst die Geschichten genauso gut, wie ich sie kenne. Nur ist es wichtig, dass wir die drei Tage ohne Aufsicht dazu nutzen, um uns darauf vorzubereiten.* Aber Ratch, du weißt doch auch, dass wir irgendwie von hier wegkommen müssen, wenn wir unsere Bestimmungen erfüllen wollen. *Deswegen habe ich mir gedacht, dass wir ein Schiff und eine Crew brauchen.* Was glaubst du, wie wir sie bekommen, bei all den Soldaten und verängstigten Menschen auf dieser Insel? *Nun, bei der Crew hätte ich da so ein Gedanke und ein Schiff haben wir auch. Und haben wir die eine Sache, dann ist die andere nur noch ein geringes Problem. Und ich weiß auch schon, wo wir mit der Crew anfangen.* <<

Die beiden gucken mit der selben Kopfbewegung zur Taverne

Kapitel 6 – Der geheime Plan

Das Team ist zurück in der Bar und unterhält sich mit der Frau. >> Wissen sie, ob heute Abend viele Gäste kommen? <<, fragt Bernardo die Frau. >> Ich weiß nicht, wie viele es sich heute noch überlegen, aber im Gästebuch kann ich euch alle Reservierungen zeigen. Aber wann genau am Abend braucht ihr sie denn? <<

Bernardo guckt Ratch an, weil er nicht weiß, welche Uhrzeit er jetzt sagen soll. Ratch guckt alle anderen Vögel an. Dann antwortet er: >> Um welche Uhrzeit erwarten sie denn die meisten Gäste? *Keine Ahnung. Muss ich mal nachsehen.* <<

Sie geht in ein anderes Zimmer, um das Gästebuch zu holen. Die Truppe schließt sich zur Beratung zusammen. >> Also, was glaubt ihr wann die meisten kommen? <<, fragt der Tukan. >> Na ja, bedenke man, dass sie uns nur die reservierten Plätze voraussagen kann, würde ich sagen, dass wir uns um diese Uhrzeit ein paar mehr spontane Besucher dazudenken können. <<, antwortet Ratch. >> Wann waren wir gestern hier? *Weiß ich nicht genau, aber wenn ich schätzen müsste, dann würde ich sagen, dass wir ungefähr abends hier waren.* <<, unterhalten sich Bernardo und der Kanarienvogel. Zum Schluss sagt der Graukardinal auch noch was. >> Wisst ihr was? Ich würde sagen, dass wir darauf warten, was die Frau da sagt. *Ja, dafür wäre ich auch.* <<, entgegnet ihm Ratch. Gerade, als sie fertig sind, kommt die Frau mit dem Gästebuch zurück. >> Entschuldigt die Verspätung, ich musste das Gästebuch noch suchen. *Keine Sorge, wir haben Zeit.* Also, die meisten Reservierungen stehen für heute Mittag an. Es sind genau 12 Mann. <<

Die Frau klappt das Buch zu. Ratch ist positiv überrascht. >> Haben sie eine Uhr? <<, fragt er sie. >> Ich persönlich habe keine

Uhr, aber da hinten hängt eine. <<
Alle drehen sich um, während die Frau nach hinten zeigt. Neben dem Eingang hängt eine Uhr. Ratch und Tyler gehen näher heran, weil sie so klein ist und man die Uhrzeit nur erkennen kann, wenn man näher herantritt. Sie erkennen die Zeit. Es ist 09:56 Uhr. >> Wow. Erstaunlich wie schnell der Tag schon wieder voranschreitet. *Ich finde, dass die Uhr dekorativ nicht wirklich hier her passt.* <<, unterhalten sich Ratch und Tyler. Sie gehen wieder zurück zu den anderen. Das Team schließt sich wieder zur Beratung zusammen. >> Von jetzt an haben wir noch zwei Stunden und vier Minuten, bis es genau 12 Uhr ist. Das bedeutet auch, dass uns für die restlichen Dinge noch ungefähr zwei Stunden und 3 Minuten zur Verfügung stehen. Ich habe mir gedacht, dass wir die eine Minuten dazu nutzen, um wieder hierher zukommen. *Okay, aber wie geht unser Plan weiter?* <<, fragt der Kanarienvogel. >> Erzähl' ich dir gleich. <<

Die Frau beobachtet sie und wundert sich, warum sie mit den Vögeln sprechen. Die Besprechung ist beendet. >> Jungs, kommt ihr klar. *Wie bitte... Oh ja, ob wir klar kommen, meinen sie. Ja natürlich. Bitte glauben sie nicht, dass wir verrückt sind, nur weil wir mit unseren Vögeln reden, das ist... ganz normal für uns.* Ähh... ja. Ich wollt eigentlich nur wissen, ob ihr jetzt alles habt, was ihr wissen wolltet. *Ja haben wir. Es gäbe da nur noch eine Sache, die ich wissen möchte. Kommen die Mittagsgäste genau 12 Uhr, oder irgendwann am Mittag?* Die sind alle über den ganzen Mittag verteilt. *Okay gut, danke.* <<

Sie alle verlassen die Bar wieder, um den anderen restlichen Teil des Plans zu schmieden. >> Also Ratch, du wolltest mir erzählen, wie unser Plan weitergeht. *Aye, das wollte ich und das werde ich auch, aber bevor ich anfange möchte ich gerne nochmal wissen, ob jemand andere Ideen, oder besser gesagt, einen anderen Plan hat, wie wir hier gut von dieser Insel runterkommen?* <<

Ratch sieht sie an und merkt, dass alle anderen sich auch nur gegenseitig angucken, weil niemand anders eine Idee hat. >> Sieht nicht so aus. <<, antwortet der Tukan. >> Fein. Dann möchte euch meinen Plan vorstellen. Tyler und ich, er heißt jetzt Tyler, haben uns gedacht, dass wir am besten von hier wegkommen, wenn wir ein Schiff und eine Crew haben. Man könnte diese Richtung auch als gute Nachricht empfinden, weil wir wissen, was wir brauchen. Allerdings gibt es hier auch eine schlechte Nachricht. Wir haben weder ein jetzt funktionstüchtiges Schiff, noch haben wir eine Crew. Allerdings weiß ich, wo sich ein Schiff befindet, welches wir durchaus nehmen könnten, weil es unbewacht ist. Es befindet sich unter dieser Insel. Unter der Oberfläche befindet sich eine sehr große Höhle, wo das Wrack steht. *Was, das Schiff ist ein Wrack?* <<, wundert sich der Graukardinal. >> Na ja. Gewissermaßen ist es völlig zerstört. Es ist in der Mitte zerbrochen und besteht aus schon verwuchertem Holz. Aber das ist unsere Chance zu fliehen. Wenn wir das Schiff wieder auf Vordermann bringen und eine Crew besitzen, können wir entkommen. Und weil wir das wollen, können wir sagen, dass vor uns der Weg liegt, weil überall dort ein Weg ist, wo auch ein Wille ist. *Moment Ratch.* <<, unterbricht ihn Tyler. >> Vorhin hast du gesagt, dass das andere von beiden Dingen ein geringes Problem ist, wenn wir das andere schon gelöst haben. *Ja habe ich.* Meinst du damit, dass wenn wir die Crew haben, ist es ein geringes Problem, das Schiff zu reparieren. *Ja, ganz genau.* Okay. *Die restliche Zeit sollten wir dafür nehmen, um zu gucken, wo jegliche Materialien aller Art gelagert werden. Wir brauchen Holz, Stoff, Eisen, Werkzeuge, eventuell auch ein paar Nägel. Denn wenn wir das Schiff wieder auf Vordermann bringen wollen, dann brauchen wir für ein schnelles Ende, viele Hände. Und wie ich anmerken kann, fliegt uns die Zeit förmlich davon, weil wir nur drei Tage haben. Im Grunde haben wir sogar weniger als drei Tage, weil der Käpt'n in drei Tagen schon wieder zurückkommt. Hat noch irgendjemand Fragen?* Ja. wie genau läuft unser nächster Schritt ab? *Gut das du fragst. Ich würde vorschlagen, dass wir zunächst durch nähere Spionagearbeiten unseren Lagerraum ausfindig machen. Dafür wäre es am besten geeignet, wenn ihr oben am*

Himmel sucht und Bernardo und ich hier am Boden versuchen etwas herauszufinden. Demzufolge teilen wir uns in zwei Gruppen auf. Am besten seid ihr die Lufteinheit und wir sind die Bodentruppen. Sobald eine Gruppe von uns etwas herausgefunden hat, fliegt oder läuft diese zum Treffpunkt zurück, welchen wir uns noch ausmachen müssen. <<

Es gucken sich alle um, weil sie versuchen einen geeigneten Treffpunkt ausfindig zu machen. >> Wie wäre es mit dem da? <<, schlägt der Graukardinal vor. Er zeigt auf einen Brunnen, welcher im Schatten steht, weil er von Bäumen bedeckt ist. Alle begeben sich dort hin. >> Aber Ratch, wenn eine Gruppe jetzt wüsste, wo sich das Zeug aufhält, dann müsste sie doch der anderen irgendwie Bescheid geben. <<

Ratch überlegt. >> Nun, wir können zwar nur ungünstig schreien, aber wie wäre es, wenn wir eine Treffzeit ausmachen. Von hier kann man zwar keine Uhr sehen, aber wir könnten auf die Uhr in der Taverne gucken. Aye, *dann machen wir das so, würde ich sagen.* <<, willigt Bernardo ein. >> Und welche Uhrzeit wollen wir nehmen? <<, fragt Ratch. >> Wir sollten auch auf jeden Fall mit einbeziehen, dass auch beide Gruppen ohne Erfolg hier auf die anderen warten, also würde ich sagen, dass wir nicht die ganzen zwei Stunden dafür Zeit nehmen. <<, erwähnt Tyler bevor der Tukan antwortet: >> Wie wäre es mit 11 Uhr. Wenn noch niemand etwas haben sollte, dann bleibt uns immer noch genau eine Stunde Zeit, um uns auf die Bar vorzubereiten. *Stimmt. Dann machen wir das so. Zusammengefasst sage ich, dass unser Plan aus zwei Gruppen besteht, einmal die Lufteinheit und einmal die Bodentruppen. Die Aufgabe ist herauszufinden, wo Materialien gelagert werden und unsere Treffzeit ist 11 Uhr und unser Treffpunkt ist genau hier am Brunnen. Dann würde ich sagen, dass alles so weit klar ist und auf los geht's los. Los.* <<

Die Vögel erheben sich in die Lüfte und versuchen von oben etwas zu sehen. Bernardo und Ratch gehen derweil in eine andere Richtung. >> Komm mit Ratch, es gibt immer noch einen Abschnitt der Insel, den wir noch nicht gesehen haben. Ich glaube, dass wir hier noch ziemlich viel entdecken können. <<

Ratch folgt ihm. Während sie in Richtung Bar laufen, aber an ihr vorbeigehen, unterhalten sie sich. >> Bernardo? *Ja.* Wie oft warst du eigentlich schon hier? *Schon ganz oft. Eigentlich schon öfters als bei mir zu Hause.* Wo wohnst du? *Also ursprünglich komme ich aus Südamerika. Aber aufgewachsen bin ich hier. Deswegen bin ich auch ganz oft hier.* Wie bist du eigentlich zu diesem sonderbaren Geschäft gekommen, bei dem du warst? *Nun... ich bin dort nur durch Zufall hineingeraten. Am Anfang hatte ich nichts und ich war allein. Zu dieser Zeit lebte ich auch noch nicht hier. Ich war vielleicht sechs, oder sieben Jahre alt. Aber wenn man ohne Eltern und ohne richtiges zu Hause aufwächst, dann lernt man auch schon in jungen Jahren, wie man zurecht kommt. Aber in dem Teil, in dem ich aufgewachsen bin, gab es nicht viel Arbeit. Viele Bettler und andere Obdachlose saßen auf der Straße und taten nichts. Daran kann ich mich auch noch erinnern. Außerdem weiß ich, dass Zucker sehr begehrt war, weshalb viele Menschen versuchten durch Zucker viel Geld zu verdienen. Auch ich habe es versucht. Na ja, mit sechs, oder sieben Jahren hat man von Geschäften noch nicht sehr viel Ahnung, deshalb gab ich das Geschäft auf, aber schwor mir alles für eine Unterkunft und was zu Essen zu machen. Und als ich keine Hoffnung mehr hatte, kam der Käpt'n, also der erste Käpt'n. Er bot mir eine Stelle in seiner Crew an. Ich bekam viele verschiedene kleinere Arbeiten. Zuerst war er auch nur auf dem Export und Import von verschiedensten Rohstoffen und Materialien aus. Aber als sich die Lage in den Gebieten der Smiths verschlimmerten, konnte er seine Durchreisen nicht mehr antreten. Alles, was er sich aufgebaut hat, brach nun immer mehr in sich zusammen. Er machte nur noch Verluste und verlor all seine Kunden. Schließlich verlor er sogar seinen guten Ruf. Doch trotz alledem, wollte er noch immer* *an diesem Geschäft teilhaben. Also erkundigte er sich, wie er sein Geschäft am laufen halten könnte. Er verzweifelte so sehr, dass er sogar verbotene Aufträge, die mit schmuggeln zu tun haben, annahm. Er merkte, dass auf dem Markt exotische Dinge sehr viel wert sind. So auch Lebewesen. Die waren am meisten wert, weil sie eben leben. Also perfektionierte er sein Werk, Tiere zu stehlen und zu verkaufen so sehr, dass er damit reich wurde. Trotzdem zahlte er seinen Anteil an die Crew. Aber ich wusste, wenn ich jetzt aussteige, dann lande ich wieder dort, wo ich am Anfang war. Mit der Zeit bekam ich aber immer mehr das Gefühl, dass ich es bereue, dass ich nicht damals ausgestiegen bin, als es schlimmer wurde. Seitdem frage ich mich, ob es nicht besser gewesen wäre, wenn ich schon damals ausgestiegen wäre. <<*

Ratch hört Bernardo aufmerksam zu und stellt sich die Geschichte bildlich vor, als Bernardo sie ihm erzählt.

Die Vögel fliegen gerade um die Insel herum. Aber statt gerade nach oben zu fliegen umrunden sie sie mehrmals und fliegen dabei schräg nach oben, um zu sehen, ob sie was entdecken können. >> Hey, könnt ihr schon irgendwas entdecken? <<, fragt der Graukardinal. >> Ich kann noch nichts sehen, aber ich glaube auch nicht, dass wir alles sofort sehen werden, wenn wir nur von oben herab gucken. <<, antwortet der Kanarienvogel. >> Jungs, noch haben wir ja Zeit. <<, beruhigt der Riesentukan. >> Leute, ich glaube ich sehe was. Genau da unten. <<

Tyler zeigt auf ein Gebäude, wo viele Menschen etwas hineintragen und ohne Fracht wieder rauskommen. Das Gebäude ist aus Holz. Es ist nicht wirklich groß, aber auch nicht sonderbar klein. Vor dem Gebäude stehen ein paar Soldaten. Es ist gut bewacht, weil das Gebäude in einem großen Grundstück steht, welches wiederum von meterhohen Mauern ummauert ist. Auf ihr entlang, laufen viele Soldaten Patrouille. Die Lufteinheit landet auf einem hölzernen kleinen Dach an einer Ecke, oben auf der Mauer und beobachten den Ablauf. >> Seht mal da. Dort unten laufen Menschen in das Gebäude und bringen etwas in Kisten darein. *Ja stimmt, aber es sind nicht nur Kisten, sondern auch zusammengerollte... äh Rollen aus, na ja, ich würde mal so eine Art Stoff sagen. Aber auch Metall.* <<, unterhalten sich die Vögel. >> Wisst ihr was, ich glaub' wir haben unsere Materialquelle gefunden. <<, sagt der Kanarienvogel. >> Wie lange sind wir jetzt geflogen, bis wir das gefunden haben? <<, fragt der Graukardinal. >> Ich weiß zwar nicht, wie lange wir geflogen sind, aber ich kann mal gucken, wie viel Zeit uns noch bleibt, bis wir uns wieder treffen. <<

Der Tukan fliegt los. >> Okay, äh... wisst ihr, was wir jetzt in der Zeit machen, bis wir uns wieder alle treffen? <<, fragt Tyler. >> Ich weiß zwar nicht, ob das wie so 'ne Art Plan B ist, aber wir könnten ja nach Ratch und Bernardo suchen, obwohl eigentlich gesagt wurde, dass wir uns am Treffpunkt treffen. *Ja schon, aber es ist noch nicht elf Uhr.* Stimmt. Dann bin ich auch dafür das wir sie suchen könnten. *Ja genau, und wenn wir sie gefunden haben, dann können wir gleich fragen, ob wir mit unserem Plan weitermachen wollen.* <<, schlagen der Graukardinal und der Kanarienvogel vor. >> Ja, vielleicht... *Hey Freunde. Wir sind gerade mal zehn Minuten unterwegs gewesen.* <<

Der Tukan erscheint genau dann wieder, als die anderen über mögliche Optionen für einen anderen Zeitvertreib nachdenken. >> Gut, dass du wieder da bist. Wir überlegen gerade, was wir jetzt noch tun könnten, solange es noch nicht 11 Uhr ist. *Nun wie wäre es nach Ratch und Bernardo zu suchen, damit wir mit dem Plan weitermachen können?* Darüber haben wir auch schon nachgedacht, aber wir haben diese Idee noch nicht verneint. Es steht noch immer komplett offen, was wir jetzt tun könnten.

Während die Flugeinheit nachdenkt, was sie jetzt tun könnten, suchen Bernardo und Ratch weiter. Plötzlich sehen sie ein Haus am Strand. Es ist zwar beim Strand, aber eine handwerkliche

Konstruktion aus Holz, die an einen Steg erinnert, bahnt einen künstlichen Weg zu dem Haus. >> Bernardo, sieh mal. *Was ist das?* Ich glaube, wir haben unser Lagerhaus gefunden. *Glaubst du, dass die Lufteinheit auch schon etwas nützliches gefunden hat, Ratch?* Keine Ahnung, aber wir können eine Wette abschließen. *Würde ich gerne, aber ich habe nichts, was ich verwetten könnte.* Na ja, mit einer Wette meine ich eigentlich nur so zum Spaß. Du weißt schon, halt um die Ehre, oder so was. *Ach so, okay. Ja da mache ich mit.* Gut, was sagst du? *Ich sage, dass sie schon etwas gefunden haben. Und du, Ratch?* Ich sage, dass sie nicht wissen, was sie jetzt machen, aber freudige Nachrichten bringen werden, wenn wir uns wieder treffen. <<

Sie beobachten den Ablauf und merken, dass Soldaten auch vor diesem Lagerhaus stehen und es bewachen. >> Okay, am besten ist, wenn wir erst mal schauen, wie der Prozess hier vonstatten geht, also wie genau Soldaten wo stehen und so weiter. <<

In der Nähe des „Holzstegs" sind ein paar Felsen. Darunter befinden sich auch etwas Größere. Ratch und Bernardo gehen zu ihnen und verstecken sich dort, um näher und besser beobachten zu können, wie der Ablauf dort ist. >> Ratch, was machen wir jetzt? *Wir beobachten. Genauer gesagt, beobachten wir, wie die Soldaten kontrollieren. Also warten wir jetzt nur noch, bis wir uns den Ablauf merken können und dann warten wir.* Auf was? *Auf den geeigneten Zeitpunkt. Nur enthält unser Plan diesen Schritt erst wenig später. Fürs erste heißt es jetzt nur abwarten und gucken, wie der Ablauf ist.* Okay. <<

Drei Soldaten laufen Patrouille. Auf dem „Holzsteg" befinden sich in unregelmäßig platzierten Abständen, gestapelte Kisten. Unten stehen kleine und auf den kleinen Kisten stehen größere. >> Ich glaube, ich habe schon mal eine Idee, wie wir näher an das Lagerhaus herankommen, ohne, dass uns die Soldaten sehen. *Und wie?* Siehst du die Kisten, die dort stehen? *Aye.* Die Soldaten, die Patrouille laufen, gehen nicht bei allen Kistenhaufen vorbei. Nur bei denen, die am nächsten stehen, kontrollieren sie. Das heißt, dass man sich auch dort verstecken könnte. Aber auf dem Dach des Lagers hält ein Kanonier Wache und guckt dauernd in unsere Richtung. Also müssen wir uns etwas ausdenken, wie wir an die Kisten kommen, ohne dass er uns entdeckt. Schließlich ist das Sperrgebiet, aber noch sind wir kurz vor der Grenze, weil ich da drüben sehen kann, dass zwei Soldaten Wache vor einem Eingang halten, also werden die hier noch nichts sagen. Zumindest glaube ich das. Aber mehr als acht Soldaten, oder besser gesagt Wachen, kann ich auch nicht zählen. *Hat dein Plan auch einen Ausweg, falls sie uns bemerken?* Wir werden nie dort sein. Sie werden auch nie herausfinden, dass die Erleichterung dieser Materialien von uns aus geht. *Echt?* Ja, aber den Plan so zu gestalten, dass die Aktion nicht auffliegt ist eher das Problem. <<

Die beiden warten schon 15 Minuten, während sie die Soldaten beobachten. >> Ratch, ich glaube ich kann mir die Runde der Patrouille gut merken. *Ja, wirklich.* Die Runde sieht wie eine Acht aus. Und die Dinge, an denen sie vorbeilaufen, ergeben ihre Runde und das ist die Acht. *Okay, das ist gut, denn ich merke mir einfach den Rest. Aber jetzt scheint nichts mehr außergewöhnliches zu passieren. Ich habe nur noch so lange gewartet, weil es ja hätte sein können, dass noch irgendetwas dazwischen kommt, oder sie doch noch eine spezielle Runde gehen. Du weißt schon warum, halt um... Nummer sicher zu gehen.* Okay. Aber wenn wir uns das große ganze soweit gut merken können, würde ich sagen, dass wir wieder gehen. Ich meine, es kann schon sein, dass es mehrere Lagerhäuser gibt, aber ich denke, dass dieses hier auch gut ist. Zumindest für den Anfang. <<

Die beiden gehen wieder zurück zum Treffpunkt, auch wenn es noch nicht 11 Uhr ist. >> Hey Ratch, weißt du wie spät es jetzt ist? *Nein, aber wir kommen eh gleich an einer Uhr vorbei. Aha siehst du. Es ist genau 10:32 Uhr.* <<

Während die Bodentruppe zurück zum Treffpunkt läuft, geht die Lufteinheit schon ihrer neuen Beschäftigung nach. Sie machen es wie Bernardo und Ratch und gucken sich den Ablauf an. >> Was genau machen wir jetzt? *Wir gucken wie die Soldaten Wache halten und wie die Menschen Waren in dieses Gebäude bringen. Wenn wir den Ablauf kennen, könnte das bei unserer weiteren Planung helfen.* <<, unterhalten sich Tyler und der Graukardinal. >> Ich verstehe nur nicht, warum die Menschen um so ein Gebäude ein so großes Grundstück errichten. Schließlich geht es hierbei nur um Waren. *Vielleicht wird dort drinnen auch der Schatz dieser Insel aufbewahrt.* Das kann schon sein, aber weil das alles zu einem gehört, wäre es wohl besser, wenn wir uns so viel wie möglich merken. <<

Tyler guckt sich den Ablauf genauer an. Er hat eine Idee. >> Ich hab's. *Du hast was?* Ich habe eine Idee. Wenn sich jeder von uns einen Teil des Ablaufs merken kann, können wir beim Zusammentreff besprechen, wie wir am besten vorgehen. *Okay, aber sollten wir der Bodentruppe diesen Ort zuvor nicht auch zeigen?* Das könnten wir, oder wir merken uns den ungefähren Umriss und zeichnen ihn dann auf. *Und mit was?* Im Zimmer, in den wir geschlafen haben, lagen Stifte und Zettel. Die können wir nutzen. *So übel klingt das gar nicht.* <<, unterhalten sich alle Vögel. Bevor sie den Ablauf weiterhin beschreiben, teilen sie sein, wer sich welche Abläufe merken kann. >> Wer möchte sich was merken? <<, fragt Tyler. >> Ich weiß, was ich mir merken kann. <<, sagt der Kanarienvogel. >> Und was? *Siehst du die Fünfergruppe, die da unten langläuft?* Ja. *Die kann ich mir gut merken, weil sie immer eine bestimmte Runde gehen. Und am besten auch noch hier oben die Soldaten. Die kann man sich leicht merken, weil die nur hin und her gehen und immer mal wieder nach links und nach rechts gucken.* Perfekt, dann übernimmst du diese Soldaten. Teilt ihr euch dann den Rest auf? <<, fragt Tyler den Tukan und den Graukardinal. >> Kein Problem. Wir kommen bestens klar. *Oh, sehr gut.* <<

Jetzt gucken die beiden Vögel genauer von oben herab. >> Wie wäre es, wenn du die da beobachtest und ich die da? <<, schlägt der Riesentukan vor. >> Ich würde es lieber anders herum machen, weil dort weniger sind. *Gut, dann schaue ich nach da und gucke, was ich mir merken kann.* <<

Der Graukardinal und der Tukan beobachten genau, wie die Soldaten laufen und gucken. >> Alsoooo... bei mir ist alles klar. <<, berichtet der Graukardinal. >> Jupp, bei mir auch. <<

Alle haben ihren Teil, den sie sich merken.

>> Gut, dann merke ich mir den genauen Umriss und alles, was in diesem Grundstück drinnen steht. <<, sagt Tyler noch abschließend. >> Ich glaube, wir sollten langsam mal losfliegen, weil keine halbe Stunde mehr bis 11 Uhr übrig ist. *Warst du gerade wieder nachsehen?* Ja, ich muss schließlich darauf achten, dass wir in der Zeit bleiben. *Na dann, fliegen wir los.* <<

Kurz darauf startet die Lufteinheit und fliegt wieder zurück.

Während Ratch und Bernardo schon längst beim Treffpunkt sind, warten sie auf die anderen. >> Wann glaubst werden sie kommen, Ratch? *Nun, ich vermute mal in den nächsten 20 Minuten, weil uns nur noch so viel Zeit bis zur frühsten Erscheinung der Gäste bleiben. Sieh mal, wer da kommt. Ahh, das ist ja die Lufteinheit, sogar früher, als erwartet. Und wie ist es gelaufen? Konntet ihr etwas finden?* <<, fragt Bernardo. >> Ja konnten wir. Sogar etwas richtig großes. <<

Bernardo und Ratch gucken sich ein wenig verwundert an. Danach schauen sie aber wieder zu den Vögeln. >> Wirklich? <<, fragen beide zur gleichen Zeit. >> Wir haben uns sogar alle etwas vom Ablauf gemerkt und wenn wir jetzt ins Zimmer gehen, dann können wir auch einen Plan machen, den wir bildlich darstellen können. *Stimmt.* <<

Alle gehen zurück zur Bar.

Als sie in die Taverne hineintreten, sind schon einige Menschen da. Die Frau bemerkt sie. >> Hallo, ihr. Noch ist es aber noch nicht Mittag. <<

Alle anderen treten näher. Ratch redet weiter. >> Ja schon, aber wir sind noch nicht aus diesem Grund hier. *Ach nein, warum dann?* Wir sind schon jetzt gekommen, weil wir noch mal ins Zimmer müssen, aber steht uns das noch zur Verfügung? *Ja, noch steht ihr immer noch drinnen. Um genau zu sein, seid ihr noch bis zum 15.05 hier eingetragen.* Okay, das ist gut, weil wir uns schon nicht mehr sicher waren, aber wenn es uns noch zusteht, dann würden wir jetzt mal nach oben gehen. *Okay.* <<

Sie alle rennen die Treppe hinauf und gehen ins Zimmer. Leider gibt es an dem Tisch nur einen Stuhl, aber Ratch stellt den Tisch näher an ein Bett heran, damit einer auf dem Bett sitzen kann und einer auf einem Stuhl. Die Vögel fliegen alle auf den Tisch. Während Ratch den Tisch näher an das Bett heranzieht, bereitet Bernardo Zettel und Stifte vor. Als der Tisch richtig steht, liegen die Zettel und die Stifte schon bereit. >> Möchtest du aufs Bett, oder auf den Stuhl, Bernardo? *Hm... ich gehe auf den Stuhl.* <<

Als die beiden sich setzen befinden sich die Vögel schon auf dem Tisch. >> Wer fängt mit dem Zeichnen an? *Ich, weil ich mir den Umriss und das Innere des Grundstücks gemerkt habe.* <<, antwortet Tyler zu Ratch. Er beginnt zu zeichnen und trifft dabei den Umriss so gut, dass man erkennt, dass es wie eine Festung aussieht. >> Das sieht wie eine Festung aus. <<, bemerkt Bernardo. >> Das kann schon sein, aber ich habe keine Kanonen, oder sonstige Abwehrsysteme gesehen. Das Einzige, was sich auf dem Hof befindet, ist ein Platz, auf dem die Soldaten das Kämpfen üben. Vielleicht dient es aber auch zur Abwehr. <<, reagiert Tyler. Er gibt den Stift dem Kanarienvogel. Dieser zeichnet ein, wie sich die Soldaten bewegen.

>> Wie genau soll ich einzeichnen, um deutlich zu machen... Moment, ich weiß wie. <<

Alle Positionen von allen Soldaten, die er sich gemerkt hat, markiert er mit kleinen Kreisen. Wenn er für einen Soldaten zwei Kreise zeichnet, dann verbindet er diese mit zwei Strichen, wobei er jeden Strich am jeweils anderen Ende mit einer Pfeilspitze bemalt. So macht er deutlich, dass sich ein Soldat vom einen Kreis zum anderen bewegt. Das macht er für alle Soldaten, die er sich gemerkt hat. >> Das ist ne gute Idee, dass so zu machen. <<, bemerkt Ratch. >> Von all den Wachen muss man davon aus gehen, dass sie mal nach links und dann mal wieder nach rechts gucken. <<

Der Kanarienvogel ist fertig mit dem Zeichnen. >> Wer will als nächstes? *Ich will.* <<, reagiert der Graukardinal. Weil die Idee des Kanarienvogels gut ist, wie man die Positionen und den Weg der Soldaten markiert, macht es der Graukardinal genauso. >> Ich schätze mal, dass wir uns bei keinem der Typen sicher sein können, wann sie wohin gucken. <<, sagt der Graukardinal, während er die Wege und Positionen einzeichnet. >> So, fertig. <<

Nun bekommt der Tukan den Stift, welcher den letzten Teil einzeichnet. Nachdem auch er fertig ist, legt er den Stift beiseite. Jetzt gucken alle mit einem von oben herabsenkendem Blick auf die fertige Zeichnung herab. >> Wow. <<, reagiert Ratch. >> Aber ich habe noch eine Frage. Wann habt ihr das Zeichnen gelernt? *Na ja, ich würde sagen, dass das schon immer einer unserer Stärken ist. Aber auch, weil wir schon oft Menschen gesehen haben, die das machen.* <<, antwortet der Kanarienvogel. >> Aber das ist doch schön. Jetzt haben wir unsere Karte und müssen nur noch unsere Strategie ausdenken, wie wir da rein kommen, um alles mitzunehmen. <<, sagt Bernardo. >> Genau für diesen Teil warten wir für die gesamten Gäste, dieser Taverne. <<

Plötzlich klopft es an ihrer Tür. Daraufhin klappt sie langsam auf. Es ist die Frau. >> Hey ähh, wollte euch nur sagen, dass die Gäste jetzt da sind. *Oh, danke. Wir kommen gleich.* <<, antwortet

Ratch. Er wendet sich wieder von ihr ab und redet mit den anderen weiter. >> Bevor wir weiter machen, sollte ich vielleicht erst mal erklären, was wir jetzt überhaupt machen sollen. *Kann zumindest nicht schaden.* <<, bemerkt der Tukan. >> Also, sagen wir mal, dass diese Menschen da unten, unsere potentielle Crew werden könnten. Deshalb müssen wir es richtig angehen. Wir brauchen eine Strategie, sie zu überzeugen. Hat jemand Ideen? <<, alle überlegen. >> Wir könnten... vielleicht, durchaus... in Erwägung ziehen, dass wir sie besser überzeugen könnten, wenn sie... na ja, dicht, also betrunken sind. <<

Ratch ist begeistert. >> Tolle Idee, das hätte ich jetzt nicht erwartet. *Ja, aber vielleicht sollten wir das abends versuchen. Ich meine nur zur Sicherheit. Denn abends ist die Chance größer, dass wir mehr dazu kriegen, den einen oder anderen Grog mehr zu trinken, weil sie für den Rest des Tages dann garantiert nichts mehr vorhaben.* <<, fügt der Graukardinal hinzu. >> Da wäre es am besten jetzt dafür zu sorgen, dass dann abends alle und vielleicht noch mehr wieder kommen. Umso mehr wir überreden können, desto mehr Unterstützung könnten wir kriegen. <<, sagt Bernardo. >> Doch trotz alldem, wäre es besser, wenn wir alles aufschreiben, damit wir beweisen können, dass sie es von sich aus wollen. <<, bemerkt der Tukan noch am Schluss. >> Genau, wie wäre es zum Beispiel mit einer Unterschrift der Person. Einmal unterschreibt sie, dass sie abends wiederkommt. Und das andere Mal unterschreibt sie dafür, dass sie uns helfen wird. Am besten machen wir das in einfacher Tabellenform. <<, reagiert Ratch auf die Aussage des Tukans. Daraufhin nimmt er Zettel und Stift und beschriftet ein weiteres leeres Blatt. Er zeichnet eine zweispaltige Tabelle. Auf der linken Seite steht „Einwilligung für das Wiedererscheinen heute, um 7 Uhr". Auf der rechten Seite schreibt er noch nichts hin. >> Warum schreibst du nichts auf die rechte Seite, Ratch? <<, fragt ihn Tyler. >> Die Gäste, die jetzt unten sitzen, sind noch gut bei Sinnen, zumindest glaube ich das. Würde ich jetzt in den rechten Tabellenkopf schreiben, dass sie mit ihrer Unterschrift auf dieser

Seite ihre Seele verkaufen, dann könnte es gut sein, dass sie Verdacht schöpfen und deswegen gar nicht erst auf der linken Seite unterschreiben. Zusammengefasst kann ich auch sagen, dass ich das nur wegen Sicherheitsgründen noch nicht mache. *Ah, okay. Ja gut, Sicherheit geht vor, besonders, wenn es sich um so einen heiklen und zeitlich knappen Fall handelt, wie unseren.* Richtig. <<

Nachdem Ratch Tyler seine Frage beantwortet hat und dieser fertig ist, die Tabelle zu zeichnen, stehen alle auf, beziehungsweise fliegen sie in die Luft und aus dem Zimmer raus. Die Vögel landen wieder an dem hölzernen Geländer und gucken von oben in den Raum. Bernardo und Ratch kommen hinterher und stellen sich auch ans Geländer. >> Als die Frau gesagt hat, dass die meisten Gäste gegen Mittag kommen, habe ich mir sogar ein paar weniger vorgestellt. <<, sagt Tyler. >> Das Gute daran ist aber, dass wir alle heute Abend wiedersehen könnten, wenn wir so gut sind, dass wir alle überzeugen können. <<, reagiert Ratch. >> Bernardo? *Ja.* Wie viel Geld hast du eigentlich bei deiner Arbeit verdient? *Ein wenig, wieso?* Hast du es dabei? *Aye.* Wenn du nichts dagegen hast, und ich würde es total verstehen, wenn du das nicht willst, dann könnten wir jedem der unterschreibt, bei seinem Wiedererscheinen einen kleinen Betrag deines Geldes geben. *Warum sollten wir das tun?* Vorausgesetzt, dass jemand „nein" sagen würde, könnten wir ihm einen winzigen Betrag versprechen, wenn er wiederkommt und natürlich würde er ihn auch nur dann bekommen, falls er zu der Uhrzeit wirklich wieder hierher kommt. Aber wie gesagt, ich würde es verstehen, wenn du das nicht willst, weil es dein verdientes Geld ist. <<

Bernardo überlegt kritisch, ob er das tun sollte. >> Hat der Käpt'n dir bei eurer Vereinbarung Geld versprochen? *Er sprach von Reichtum, den ich zunächst nicht haben wollte, aber dann konnten wir uns so einigen, dass ich einen Teil bekomme, und unabhängig von deiner Entscheidung, wäre ich gerne bereit, dir alles zu überlassen, also den gesamten Reichtum. Geld ist bei mir nur das Mittel zum Zweck. Ich möchte es nur solange es mir etwas nützt und wenn ich mit dem in meinem Besitz nichts sinnvolles machen kann, dann verschenke ich es auch gerne.* Brauchst du es nicht zum überleben? *Das kommt zwar immer mal wieder vor, aber eigentlich bietet sich dann schon immer mal eine Gelegenheit zum verdienen. Diese Gelegenheit zum Beispiel, ist wieder einer der größeren, weil mir diesmal ein Teil von einem Reichtum versprochen wird.* Das ist interessant. Weißt du was Ratch? Ich bin nicht zufrieden mit dem Geld, das ich bekommen habe. Es ist zwar hilfreich, aber der Weg, wie ich es verdient habe, macht mich nicht stolz. Deshalb gehe ich auf die Idee ein und stelle dir das Geld bereit. *Okay, danke.* Also, wie viele werden das da unten sein? <<, fragt der Graukardinal gleich im Anschluss an das Gespräch von Ratch und Bernardo. >> Keine Ahnung, aber irgendwie müssen wir auch mit ihnen sprechen können. Wir brauchen ihre Aufmerksamkeit. *Hey Jungs, ich glaube, da haben wir das Richtige.* <<, ermutigt sie der Tukan. >> Wirklich und was soll das sein? *Wir haben uns.* Und was genau machen wir mit uns? *Weiß nicht, aber wenn es um Aufmerksamkeit geht, sind wir doch eigentlich die Richtigen.* Ja schon, aber die können uns nicht verstehen. Wir müssen es schaffen, dass die Aufmerksamkeit irgendwie auf Ratch und Bernardo fällt. *Hm... da muss ich mal überlegen.* <<, unterhalten sich der Tukan, der Graukardinal und der Kanarienvogel. >> Wisst ihr was? Wie wäre es, wenn ihr von hier aus ein Flugmanöver startet. Ihr fliegt von hier los, gleitet dann im Tiefflug über die Tische und sanft, als auch unverletzt kommt ihr dann nach draußen, wenn ihr durch die Fenster fliegt. <<, schlägt Ratch vor. >> Aber dann habt ihr die Aufmerksamkeit immer noch nicht, weil sie uns wahrscheinlich nachgucken werden und nicht zu euch schauen. *Na ja, in erste Linie geht es um die Aufmerksamkeit und wenn ihr angenommen, dass jetzt machen würdet, dann ist es wahrscheinlich, dass alle still sind und sich wundern, was gerade geschehen ist.* <<

Zusammen mit Tyler bereden die Vögel, ob sie das tun wollen. >> Die Frage ist, ob wir das wirklich tun wollen. *Ja, aber immerhin bekommen wir so Aufmerksamkeit.Aber trotzdem habe Ich noch immer eine Frage.* Und welche wäre das? *Was machen Ratch und Bernardo, wenn wir mit der Aktion durch sind?* Hm, gute Frage. <<

Jetzt wendet sich der Tukan an Ratch und Bernardo. >> Was macht ihr zwei eigentlich, wenn wir unsere Aktion ausgeführt haben? Nun wir,... *improvisieren. Oder wir machen es so, ich gehe mit der Liste um die Tische herum und sammele die Unterschriften der Menschen ein und Ratch beschäftigt sie solange mit einer Rede, sodass sie schon darüber nachdenken, bevor wir überhaupt alle Unterschriften haben.* Eine Rede? <<

Ratch wendet sich an Bernardo. >> Ja, eine Rede. Ist das ein Problem für dich? *Jein, ich bin eigentlich nie so gerne der große Redner, aber wenn ich mich auf so etwas vorbereite, dann habe ich damit eigentlich nur noch geringe Probleme.* Aber war Improvisation nicht auch dein Plan? *Aye.* Na also. *Okay, schließlich geht es hier um etwas.* <<

Ratch wendet sich wieder an die Vögel. >> Seid ihr bereit eure Sache durchzuziehen? <<

Der Tukan guckt noch mal alle anderen Vögel an. Sie nicken. Alle sind bereit. >> Ja, total. *Okay, aber ich muss noch mal kurz etwas klären.* <<, sagt Ratch. Er geht die Treppe nach unten. >> Was macht er denn jetzt? <<, wundert sich der Graukardinal. Die anderen zucken nur mit den Schultern. Jetzt kommt Ratch wieder nach oben. >> So, bin bereit. *Was hast du gerade gemacht?* Ich habe etwas geklärt, damit meine nachfolgende Aktion, um die Aufmerksamkeit auf uns zu lenken nicht unerwartet für manche kommt, die davon nicht unerwartet überrascht werden sollen. <<, unterhalten sich Ratch und Bernardo. >> So, seid ihr alle bereit? *Ja. Kann losgehen. Ich halte mich bereit.* <<

Alle geben ihr „okay" und reden dabei alle auf einmal. Die Vögel fliegen los. Sie stürzen zuerst so sehr in die Tiefe, dass sie fast auf dem Boden landen. Sie schaffen es aber rechtzeitig nach oben zu gleiten und gerade so über die Tische zu kommen. Mit einer rasenden Geschwindigkeit zischen sie knapp über die Tischplatten. Ihnen passiert nichts. In dem Moment, als das passiert realisiert noch keiner was passiert. Erst wenige Augenblicke später. Doch was während der Flugaktion passiert ist, dass Servietten vom Windstoß vom Tisch fallen, oder Hüte von den Köpfen mancher Leute stürzen. Die Vögel fliegen vorne aus den Fenstern hinaus und landen auf dem Dach. Bernardo beginnt die Treppe hinunter zu laufen und Ratch beginnt seine Rede. >> Meine Damen und Herren. Ich bitte sie um ihre Aufmerksamkeit und möchte ihnen etwas mitteilen. Ich habe mit meinen Freunden etwas vor. Doch dazu brauche ich die Hilfe derjenigen, die sich ein Leben außerhalb dieser Insel erträumen. Ich brauche Menschen, die Ahnung haben, wie Handwerk funktioniert und die bereit sind mich auf meinem Weg zu begleiten. Es mag verrückt klingen, aber wir haben einen Weg, wie wir von dieser Insel wegkommen. Aber zunächst möchte ich erst wissen wer mir glaubt. <<

Für einen kurzen Moment ist es still. Danach fangen die Männer nur an zu lachen und fragen zu stellen. >> … hahaha Du willst uns glauben lassen, dass wir nur dir zu folgen haben und ungestört von dieser Insel wegkommen. Hahaha... … hahaha Du könntest noch nicht einmal von hier wegkommen, wenn die verpennten Wachen nicht auf dieser Insel wären. Vor der Küste liegen genug Augen, die darauf aufpassen, dass du erst von hier wegkommst, wenn du darfst... hahaha. <<

Ratch guckt mit seinen Augen nur gelangweilt an die Decke. Die anderen lachen weiter. Bernardo guckt verunsichert zu Ratch. Die Frau steht nur hinter der Theke und putzt wieder Gläser. Die Tischfläche ist freigeräumt. Während sie die Gläser reinigt, beginnt sie einen Gesichtsausdruck zu machen, als würde sie wissen, was gleich kommt. Ratch steigt auf das Holzgeländer. Bernardo guckt ihn verwundert an. Ratch geht noch einen Schritt nach vorn und lässt sich nach unten fallen. Er landet im Stehen auf der Theke. Alle hören auf zu lachen, weil manche denken, dass er sich fallen gelassen hat, um sich zu verletzen und manche hören auf, weil sie denken, dass er aus Versehen hinunter gefallen wäre. Ratch fährt fort. >> Verlorene Seelen. Ihr alle. Ihr habt vergessen, was ihr wirklich wollt und akzeptiert das, was ihr nicht wollt. Der einzige Ausweg zu eurem alten Leben ist diese Taverne hier. Sie bietet euch den Ort im Alkohol eure Sorgen zu ertränken und alles zu vergessen, was ihr hasst. Aber inzwischen scheint es schon so weit mit euch zu sein, dass ihr eurer einzigen Chance, von hier weg zukommen, gehässig ins Gesicht lacht. Aber wenn euch etwas an eurer Freiheit liegt und ihr jetzt die Möglichkeit habt zu erfahren, was genau ihr machen müsst, um sie wiederzuerlangen, dann solltet ihr auf der Liste von meinem Freund unterschreiben. <<

Ratch zeigt auf Bernardo. Dieser macht eine kleine unauffällige Gestik, mit der er Ratch fragt, ob er jetzt um die Tische gehen soll. Ratch nickt. Er redet weiter, während er mit einem kleinen Sprung von der Theke nach unten hüpft. >> Als ersten Tribut, bekommt jeder der unterschreibt und wieder kommt, eine kleine Bezahlung. Es ist freies Geld und wer es möchte, der muss nur dort zu unterschreiben und heute Abend um genau 7 Uhr wieder hier sein. <<

Bernardo geht um die Tische herum und legt die Liste auf den Tisch. Immer dann, wenn alle an einem Tisch unterschrieben haben, geht er weiter. Bis jetzt unterschreiben alle. Die Gäste sind für einen Moment sprachlos, weil sie nicht wissen, wie sie reagieren sollen. Jetzt hat jemand eine Frage. >> Und wie genau... sollen wir unsere Freiheit bekommen? *Wenn es dich, oder jeden hier interessiert, wie er wieder frei leben kann, dann sollte jeder, der es wissen will heute Abend wiederkommen. Schließlich erhalten dann auch alle, die unterschrieben haben, eine Bezahlung.* <<

Bernardo geht weiter. Ratch beendet seine Rede. >> Ich hoffe, dass ich jeden jetzt daran Interessierten überzeugen konnte, heute wieder hierher zu kommen. Weitermachen. <<

Ratch dreht sich um und geht zur Theke, wo die Vögel schon auf ihn warten. Sie alle fassen immer noch nicht ganz, was hier gerade passiert ist. >> Ähh Ratch, was war das? <<, fragt ihn der Kanarienvogel. Ratch reagiert sofort. >> Warte warte. Bevor du was anderes sagst, will ich erst wissen, ob du die Frage im positivem, oder im negativem Sinne meinst. *Im positiven... schätze ich.* Okay. Ich dachte gerade, dass ich alles übelst versäumt habe. <<

Der Graukardinal redet jetzt auch mit. >> Spinnst du. Das war das komplette Gegenteil von „versäumt". *Ja genau, die haben dir zwar am Anfang alle nicht geglaubt und haben gelacht, aber als du sie zum Schweigen gebracht hast und dann anfingst, ihnen ins Gewissen zu reden, was komplett das Richtige war, was du hättest tun können, hat dir jeder zugehört.* <<

Tyler lobt Ratch. >> Ich muss sagen, dafür dass du gesagt hast, du wärst nicht der große Redner, hast du bestimmt alle hier mit deiner Vorstellung deutlich gemacht, dass du es ernst meinst. <<

Ratch bedankt sich für das ganze Lob. >> Ich danke euch allen. Aber ich muss sagen, dass ich mich nach einer Rede immer dann am besten fühle, wenn ich weiß, wie es andere gesehen haben. <<

Jetzt kommt Bernardo. >> Ratch du wirst es nicht glauben. ALLE haben unterschrieben. *Wirklich?* Ja. *Dann lief es genauso, wie die beste Möglichkeit, der gesamten Improvisation, es für uns gedacht hatte.* <<

Die Frau meldet sich auch. >> Alsoo... was war dein Ziel, wenn ich fragen darf? *Wir planen etwas und es sieht so aus, als ob es ganz gut läuft. Meine Aktion hier sollte nur die ermutigen, die sich nach ihrer Freiheit sehnen. Wir brauchen nämlich bei etwas Hilfe, was wir nur schaffen können, wenn wir diese Hilfe auch bekommen.* Und was genau plant ihr? *Unser Ziel ist es, von hier wegzukommen. Oben im Zimmer liegt einen Totenkopf. Wenn wir den zu einer bestimmten Insel bringen können, dann bringt euch das durchaus die Freiheit, nach denen sich hier offenbar fast alle sehnen, weil alle von anderen unterworfen werden. Ich habe jetzt aber keine Zeit genau zu erklären, was passiert. Das Einzige, was ich sagen kann ist, dass es helfen wird.* Okay. <<

Die Frau wendet sich von Ratch ab und geht ihrer Arbeit nach. >> Was machen wir jetzt Ratch? <<, fragt ihn Bernardo. >> Nun, ich weiß es nicht. Ich meine, wir haben so gut wie alles, was wir brauchen. Wir haben den Plan des großen Lagerhauses. Die Gäste haben auch alle ihre Unterschriften gegeben. Ich kann nur sagen, dass es gerade besser läuft, als erwartet. <<

Der Tukan hat eine Idee. >> Wir wäre es, wenn wir uns mal alle das Schiff ansehen, das unter dieser Insel ist? *Das würde ich euch gerne zeigen, aber leider weiß ich noch nicht, wie wir dorthin kommen, ohne dass uns jemand bemerkt. Es führen zwei Wege dorthin. Der erste Weg ist oben beim Käpt'n und der andere Weg führt durchs Wasser. Aber zusätzlich muss ich sagen, dass ich nach noch keinem Boot geschaut habe.* Dann wissen wir ja jetzt, was wir machen können. <<

Alle brechen auf. Sie gehen aus der Taverne raus und laufen, sowie fliegen direkt zum Strand, wo sich auch der Hafen befindet. >> Könnt ihr schon irgendwelche Boote entdecken? *Nein, noch nicht.* <<

Alle suchen, aber sie finden nichts, was sie trocken in die Höhle bringen könnte. >> Das einzige Boot, welches ich sehe, ist das, wo die Soldaten stehen. *Sie sind wahrscheinlich dort, um es zu bewachen.* Das könnte sein. <<, unterhalten sich Bernardo und Tyler. >> Wir können immer noch versuchen die Soldaten wegzulocken, oder wir warten bis morgen. Vielleicht sind hier dann mehrere Boote. *Na ja, wir sollten am besten so schnell wie möglich ein Boot bekommen, denn umso schneller wir uns mit dem Zustand des Schiffes vertraut machen, desto besser wissen wir, was wir wo und wie viel davon brauchen, wisst ihr?* <<

Nachdem Tyler erklärt hat, dass es besser sei so schnell wie möglich wieder beim Schiffswrack zu sein, gucken alle noch ein wenig weiter mit der richtigen Hoffnung, ein Boot zu entdecken. >> Wenn aber jedes Boot hier bewacht wird, glaube ich wirklich, dass es... Moment! Ich sehe ein.. nein halt, mehrere Boote. Von hier aus. <<, fällt Bernardo auf. >> Oh, tatsächlich. Für mich wirkt das sogar wie ein Angelstand. Jetzt müssen wir nur noch den Luxus bekommen, dass wir nicht nur in einem begrenztem Bereich schiffen dürfen. *Ja, das hoffe ich auch.* <<, sagen der Tukan und Ratch. Sie begeben sich dorthin. Es sind noch viele Boote übrig. Bevor sie sich eins nehmen, erkundigen sie sich bei dem Anbieter, ob man nur in einem begrenztem Bereich segeln darf. >> Entschuldigen sie Sir. Könnten sie uns vielleicht sagen, ob man hier nur in einem bestimmtem Bereich fischen darf, oder ist das egal? <<

In der Hütte steht ein Mann. Dieser muss sich zunächst umdrehen, weil er mit seinem Rücken zu Ratch und den anderen steht. Es ist ein älterer Herr, der zwar noch keine grauen Haare hat, aber dem man sein Alter auch nicht ansieht. >> Was ist los, oder ist was los? *Es ist was los. Wir wollen gerne wissen, ob man hier nur begrenzt fischen darf, oder ob es egal ist wie weit man sich entfernt.* Oh, ach ja. Das ist nicht egal, weil es festgelegt ist. *Ahja und wie weit darf man sich dann entfernen?* Guck dir die Markierungen an. Wenn du sie anguckst, dann siehst du sie und auch die Stellen, die sie markieren, wo du hin darfst, weil es nicht gestattet ist, weiterzurudern. <<

Ratch entfernt sich einen Schritt von dem Verkaufsstand. Er wendet sich an seine Freunde. >> Und, was hat er gesagt? <<, fragt ihn der Kanarienvogel. >> Er sagte, dass es nicht erlaubt ist, weil es festgelegt ist. *Ahja.* Genauso habe ich auch reagiert. <<

Bernardo hat einen Vorschlag. >> Warte hier, ich habe eine Idee. <<

Er begibt sich zu dem Mann und beginnt sich mit ihm zu unterhalten. >> Sind sie der, der kontrolliert, dass niemand weiter als diese Markierungen fischen geht. *Ja ich bin der Aufpasser, weil ich hier auf alles aufpasse.* Okay, könnten wir ihnen irgendetwas geben, oder versprechen, dass sie bei uns nicht hinsehen. *Warum, ist das wichtig, oder ist es nicht wichtig, weil ich das wissen möchte.* Es ist wichtig, weil wir nicht fischen wollen, sondern etwas anderes machen. *Wollt ihr abhauen, weil ihr weg wollt? Niemand darf hier weg, oder eine Pause machen, solange das niemand erlaubt, der es erlauben darf. Warum sollte ich riskieren meine Arbeit, oder mein Leben zu verlieren, nur weil ihr euch gegen die geregelten Regeln stellt, die so festgelegt sind, wie sie festgelegt sind?* Wir könnten ihre Freiheit versprechen. *Was?* Wir könnten dafür sorgen, dass sie so leben, dass... *Ich habe dich akustisch so verstanden, wie du dich ausgedrückt hast. Ich habe „Was?" gefragt, weil ich wissen will, wir ihr das anstellen wollt, wenn ihr es könnt?* <<

Bernardo guckt kurz nach hinten zu den anderen. Ratch und die anderen Vögel zeigen nur „Daumen hoch" und lächeln, weil sie denken, dass alles gut geht, obwohl sie nicht wissen, was Bernardo mit dem Mann beredet, weil sie sich gerade selber unterhalten. Bernardo wendet sich wieder an den Mann und er holt die Liste raus, die er noch bei sich trägt.

Ratch und die Vögel unterhalten sich über den weiteren Ablauf. >> Was machen wir dann eigentlich, wenn wir bei dem Wrack sind? <<, fragt der Graukardinal. >> Wenn wir erst mal dort sind, dann könnt ihr euch das mal genau angucken. Ich selber hatte auch noch nicht die Gelegenheit, es von nächster Nähe zu beobachten und festzustellen, in welchem Zustand es sich genau befindet. Ich habe es nur mal kurz von Nahem gesehen, bevor mich die Soldaten zurück an Land gebracht haben. <<

>> Was ist das für eine Liste, die hier auf einem Fetzen Papier geschrieben ist? *Wenn sie hier unterschreiben und heute Abend um genau 7 Uhr in der Taverne sind, dann kriegen sie Geld und Anweisungen für ihre Freiheit.* Wirklich? *Ja.* Was muss ich dafür

machen, wenn ich was dafür machen soll? *Nur hier unterschreiben und heute Abend in der Taverne sein.* Gut gut. Ich mache es, weil ich es möchte und will.<<

Der Mann unterschreibt.

Ratch und die anderen unterhalten sich immer noch. >> Wie teilen wir uns auf? Wer untersucht was? *Jeder kann auch alles untersuchen und sich auch alles genau angucken.* <<, schlägt der Tukan auf die Idee des Kanarienvogels vor. >> Wenn es möglich ist, werde ich wahrscheinlich zuerst in die Kajüte gehen, um einen Platz für den Totenschädel zu suchen. Moment mal. Der liegt immer noch im Zimmer. Ich gehe ihn kurz holen. *Warte Ratch. Ich gehe. Es geht schneller.* Okay, ja dann flieg du. << Tyler fliegt los, um den Schädel zu holen.

>> Können wir da jetzt bitte ein Boot nehmen und ungestört weit rudern? <<, fragt Bernardo. >> Ja, gut. Aber nur, wenn das stimmt, was ihr gesagt habt und ihr euer Wort haltet. *Ja das werden wir, keine Sorge.* <<

Bernardo geht wieder zu den anderen. >> Über was habt ihr gesprochen? <<, fragt Ratch Bernardo. >> Wir haben ausgemacht, dass wir ungestört zum Wrack rudern können. Zumindest wird er nicht auf uns aufpassen. *Weiß er von dem Wrack?* Was? Ach so nein. Ich habe das jetzt nur gesagt, um uns allen Entwarnung zu geben, dass wir rudern können, ohne dass wir von ihm verpetzt werden. Apropos, wo ist Tyler? <<

In dem Moment kommt er wieder angeflogen. >> Ah, Ratch hier, bitte sehr. *Danke mein Freund.* <<

Er ist außer Atem, weil der Totenschädel schwerer ist, als er aussieht. >> Der ist um Welten schwerer, als man vermutet. *Ja, das stimmt, aber zum Glück bist du so stark, dass du ihn bis hier her tragen konntest.* Oh, ich hätte ihn auch noch länger tragen können, aber ich habe schon lange nicht mehr schwere Dinge gehoben. *Na dann wird es Zeit, dass du das mal wiederholst.* Irgendwann... vielleicht mal... wieder. *Aber trotzdem danke, dass du das für mich gemacht hast.* Ach immer wieder gerne. «

Bernardo erzählt weiter, wo er aufgehört hat. » Also, wo war ich... ach ja, wir können jetzt zum Wrack rudern. Der Mann hat auf der Liste hier unterschrieben und wird auch heute um 7 Uhr erscheinen. *Ich dachte erst, dass du die Liste in der Taverne gelassen hättest.* Nö, die trage ich immer noch mit mir herum. Genau wie den Stift. Müssen wir für das Boot immer noch bezahlen? Ich glaube schon, aber ich kann ja mal fragen, wie viel eins kostet. «

Bernardo geht wieder zurück zum Anbieter. » Wie viel kostet es, einmal ein Boot zu verwenden. *2 Silbermünzen, weil es so viele Münzen sein müssen, um den Wert eines Bootes zu begleichen.* Na gut. «

Bernardo legt zwei Silbermünzen auf das Brett, welches vor ihm liegt. Er geht zurück zum Rest des Teams. » Jetzt kann es los gehen. «

Alle gehen zum Boot. Ratch und Bernardo nehmen eins und tragen es ins Wasser. » Wo sind die Ruder? «, fragt Tyler. » Ich habe welche an der hölzernen Wand vom Hüttchen gesehen. «, antwortet der Tukan. Ratch geht los und holt zwei Stück. Als er wiederkommt, sitzen schon alle im Boot und warten. Ratch gibt sie an Bernardo weiter. Dieser positioniert sie, während Ratch mit ins Boot kommt. » Wer rudert? «, fragt Ratch. » Ich hin und du zurück. *Aye.* «

Bernardo beginnt zu rudern und das Boot bewegt sich. Ratch weist derweil den Weg, weil er bis jetzt der Einzige ist, der den Weg kennt. Er muss sie nur bis zum Höhleneingang lotsen, weil der Weg ab da an nur noch in eine Richtung führt, bis sie beim Wrack sind. Als sie ankommen, staunen alle. >> Wooooooow. <<, reagieren alle. Bernardo ist der Einzige, der es noch nicht sehen kann, weil er mit seinem Rücken zum Wrack hin sitzt. Er dreht sich um und muss sich fast verrenken. >> Oh mein... <<, reagiert er. >> Staunt ihr eigentlich, weil das Schiff so erstaunlich aussieht, oder weil es so aussieht, als könnte man es nicht mehr retten? <<, fragt Ratch. >> Ich staune nicht nur wegen dem Schiff, sondern auch wegen der riesigen Höhle, die hier unter der Insel liegt. <<, antwortet der Graukardinal. Das Ruderboot erreicht das Land. Alle steigen aus. Bernardo und Ratch ziehen es ein wenig an Land, damit es nicht wegtreibt. >> Das Schiff ist gigantisch. <<, reagiert Bernardo. >> Wie lange ist das schon hier, Ratch? <<, fragt ihn der Kanarienvogel. >> Das weiß ich nicht, aber der Käpt'n hat mir gesagt, dass es irgendetwas mit mir zu tun hat. <<

Alle schauen sich das Schiffswrack genau an. Die Vögel fliegen zunächst nach oben und schauen sich die oberen Teile an. Ratch und Bernardo bleiben erst mal unten und gucken sich die Bilge und die anderen Decks an. >> Wie meint der Käpt'n das? *Wie bitte?* Wie meint der Käpt'n, dass das Schiff etwas mit dir zu tun hat? *Um genau zu sein hat er gesagt, dass dieses Schiff aus meinem früheren Leben stammt und beschreibt, wer ich war.* Also warst du ein Wrack? *Genau diese selbsterklärende Frage habe ich ihn auch gefragt, aber er sagte stattdessen, dass dieses Schiff ein Teil von mir ist, weil ich Käpt'n war.* Du warst Käpt'n? *Wenn man den Worten des... hm, jetzigen Käpt'ns, Glauben schenkt, dann ja.* Und du kannst dich nicht daran erinnern. *Nein kann ich nicht, obwohl mir Erinnerungen eigentlich sehr wichtig sind, weiß ich nicht einmal, ob ich aufgrund meines Wissens über die Führungsqualitäten eines Schiffes mit einer Crew ein guter Käpt'n war, oder nicht.* Denkst du, dass du ein guter Käpt'n sein wirst, wenn du dieses Schiff anführst? *Eigentlich habe ich mir gedacht, ob du nicht eher der Käpt'n sein möchtest.* Ich? Aye. Ich weiß doch erst recht nicht, wie man eine Crew und ein Schiff bedient. *Dann müssen wir uns noch etwas einfallen lassen. Ich werde mir erst mal die großen Schäden angucken.* Den Größten sehe ich ja schon. Das Schiff ist in der Mitte komplett geteilt. Das wird wohl der größte Aufwand. Glaubst du wirklich, dass wir das in drei Tagen schaffen? *Das kann schon sein. Leider müssen wir es sogar in weniger, als in drei Tagen geschafft haben, weil der werte Herr schon in drei Tagen plant, zurück zu sein.* Und was ist, wenn wir die Reparatur rechtzeitig schaffen, aber er hier ist, bevor wir weg sind. *Nun, wenn er hier ist, könnten wir durchaus das Glück haben, dass er nicht hier vorbeischaut und sehen würde, dass das Schiff wieder ganz ist. Es gibt aber immer noch das Problem, dass die Schiffe vor dem Hafen unerlaubten Austritt einfach so versenken. Deswegen sollten wir noch zu Ende planen, wie wir hier rauskommen. Aber wie gesagt, ich guck mir erst mal die Schäden an.* <<, unterhalten sich Ratch und Bernardo. Die Schäden am Schiff sind groß. In der Mitte ist es in zwei Teile geteilt. Das Holz ist morsch und immer mal wieder treten an unterschiedlichen Stellen kleine und große Lecks auf. >> Das sieht übel aus. <<, bemerkt Ratch. >> Hey Ratch, komm mal hoch. <<, ruft ihn der Kanarienvogel. Sie befinden sich auf dem Heck des Schiffes. Zum Glück ist das der Teil, bei dem man leicht nach oben kommt, weil die Treppen, die zwischen den unterschiedlichen Decks nach oben führen, nur dort sind. Im Teil des Bugs sind sie nicht vorhanden. Ratch geht nach oben und Bernardo folgt ihm. Als sie oben ankommen, stehen sie vor der Kajüte des Käpt'ns. >> Also eins muss ich sagen. Es ist viel schwieriger auf dem Schiff zu stehen, als man es zunächst erwartet. <<, sagt Ratch. >> Ist ja logisch, das Schiffswrack steht ja auch schief. <<, sagt Tyler. >> Sie dir das mal an. <<

Der Tukan fliegt in die Kajüte und zeigt auf ein grünes, langes, dünnes Tuch, auf dem etwas geschrieben steht. Es liegt auf einem Tisch, welcher in der Kajüte steht. Ratch tritt näher heran und begutachtet es genauer. >> Habe ich richtig gesehen, dass da etwas drauf steht? *Aye das hast du.* Und was? *„Alt werden ist nichts für junge Leute". Wow, wenn das auch ein Teil von mir ist, dann frage ich mich, was ich damit wohl meine.* <<

Im Hintergrund müssen Bernardo, der Kanarienvogel und der Graukardinal ein wenig lachen, als sie den Spruch gehört haben. >> Was soll das denn heißen? <<, fragt der Tukan. >> Das weiß ich leider auch NOCH nicht. <<, antwortet Ratch und betont dabei das Wort „noch" speziell, als wolle er andeuten, dass er noch dahinter kommt. >> Aber so abwegig ist das gar nicht, dass dieses Tuch zu mir gehört. Schließlich ist es keine große Seltenheit, dass ich mal etwas sage, was auf den ersten Blick, oder besser gesagt auf den ersten Hörer, keinen Sinn macht, im Nachhinein dann aber schon. Außerdem ist dieses Tuch grün und das ist meine Lieblingsfarbe. Dieses Tuch hat sogar den perfekten Grünton. <<

Ratch betrachtet es noch kurz, während er über diesen Spruch nachdenkt. >> Was wirst du jetzt damit machen? <<, fragt ihn der Kanarienvogel. >> Ich werde es mitnehmen. Wenn schon alles daraufhin deutet, dass es wahrscheinlich mir gehört, dann kann ich es ja auch mitnehmen. *Okay.* <<

Der Kanarienvogel, der Graukardinal und Bernardo begeben sich aus der Kajüte raus, um den Rest des Schiffes zu begucken. Ratch, der Tukan und Tyler bleiben noch ein wenig und schauen sich noch etwas um. Dabei bindet sich Ratch das Tuch um seinen Kopf, welches nicht nur passt, sondern auch als Kopftuch angedacht ist. >> Sind dir schon die riesigen Schäden aufgefallen? <<, fragt Tyler den Tukan. >> Ja, ich hoffe wirklich, dass wir das in der Zeit mit allen, die uns helfen, reparieren können. <<

Ratch durchsucht alle Schränke und Schubladen, die man noch öffnen kann, weil sie nicht vollständig zerstört sind. >> Nach was guckst du eigentlich, Ratch? <<, fragt ihn Tyler. >> Ich suche gerade nach einem passendem Platz für diesen Totenschädel. *Glaubst du, dass du ihn einfach in eine der Schubladen legen könntest.* Das könnte vielleicht funktionieren. Immerhin brauchen wir ihn nur, bis wir unseren Ort erreicht haben. <<

Bernardo und die anderen Vögel sehen sich mal beim Steuer um. Es führen zwei Treppen nach oben. Beide sind jeweils an den Rändern der Kajüte. Aber die eine Treppe ist vollständig zerstört. Die Stufen sind zerbrochen, weshalb man die andere Treppe nehmen sollte, obwohl diese sehr morsch ist. Doch dort oben befindet sich nichts besonderes. Das Steuerrad ist zerstört und auf dem Boden sind Löcher, weswegen man in die Kajüte gucken kann. >> Wart ihr eigentlich schon mal auf dem Ausguck? <<, fragt Bernardo den Graukardinal und den Kanarienvogel. >> Wir waren schon oben, ja. Aber dort ist es auch nicht so spannend. Das einzig schöne ist der Ausblick von dort. Man kann die ganze Höhle und den Wasserfall sehen. *Ja, aber spannend ist vor allem, wenn man zwischen den zwei Schiffshälften steht. Denn dann sieht man, wie es von innen aufgebaut ist. Aber... nur so ne Frage am Rand. Sind wir uns schon mal begegnet?* <<, möchte der Graukardinal wissen. Bernardo überlegt. >> Ähh... das kann schon... sein. Wieso? *Na ja. Dass wir in Käfigen gefangen gehalten wurden, ist dieses Mal ja nicht unser erstes Mal gewesen, also wo wir noch auf dem anderen Schiff waren, das dann in die Luft geflogen ist. Vielleicht sind wir uns schon mal begegnet, nur haben wir uns jetzt erst richtig kennengelernt.* Das kann schon sein, he. *Warte, du kennst uns nicht wahr?* Ähh... hach, ja ich kenne euch. Zumindest glaube ich das. Ich kann mich nur noch erinnern, dass wenn ich Vögel, wie euch in Käfige gefangen habe, war immer ein rot-grauer, wie du einer bist, mit einem gelben Vogel, wie du einer bist, in einem Käfig. <<

Die zwei Vögel gucken sich vor lauter Verwunderung an. Aber nicht lange. Danach wenden sie sich wieder an Bernardo. >> Warum hast du das gemacht? *ich brauchte Geld. Das Geld, was ich mit der Arbeit verdiente. Aber ich habe erkannt, dass ich so nicht mehr weiterarbeiten möchte. Also, zuerst habe ich darüber nachgedacht, aber dann kam Ratch und den Rest der Geschichte kennt ihr ja auch, glaube ich. Nur aus einer anderen Sichtweise.* Ist das Geld, dass wir heute Abend austeilen von dir? *Aye.* <<

Die Vögel gucken sich schon wieder verwundert an. >> Also hast du Geld bekommen, weil du uns gefangen nimmst und jetzt verschenkst du das Geld wieder, weil wir für unsere Freiheit mehr Männer brauchen? Du weißt schon, dass du dann wieder dort bist, wo du am Anfang warst, falls du wirklich Geld brauchtest, als du dem Käpt'n, also dem davor auf dem Schiff, geholfen hast, oder? *Ich weiß.* Aber Ratch hat mir versprochen den Reichtum zu überlassen, den er vom Käpt'n bekommt. <<

Tyler und der Tukan fliegen bis vor zum Eingang der Kajüte. Die Türen sind weggebrochen und liegen teilweise noch auf dem Heck, aber Teile davon fehlen auch. Ratch ist noch in der Kajüte und sucht weiter. Kurze Zeit später hört er auf zu suchen und geht auch zum Eingang. >> Hast du gesucht, was du gefunden hast? <<, fragt ihn der Tukan. >> Nein, leider nicht, aber ich habe eine Idee, was ich bauen könnte, um ihn dort für die Reise sicher zu verwahren. *Und was?* Eine Truhe. Ich meine, theoretisch könnte man einfach eine kaufen, aber schließlich kann man sich auch selber etwas hübsches bauen, oder? *Ja das kann man. Also willst du ihn doch nicht einfach in eine der Schubladen legen?* Ich bin immer noch am Überlegen, aber ich glaube, dass ich am Ende doch die Schublade nehmen werde. <<, unterhalten sich Tyler, Ratch und der Tukan.

Der Graukardinal und der Kanarienvogel fliegen vor bis zum Steuer, wo sie die anderen treffen. Bernardo kommt auch nach vorn und läuft runter. >> Habt ihr da oben noch irgendwelche schwerwiegenden Schäden entdecken können? <<, fragt Ratch. Kaum danach bricht Bernardo in die Treppe ein, weil sie nachgibt. Ihm passiert nichts. Er braucht nicht einmal Hilfe, wieder hoch zukommen. Schnell begibt er sich zu den anderen. >> Also das größte Übel, was wir sehen, ist das Steuerrad. Das ist nämlich, na ja... ich sag' mal, nur noch zur Hälfte vorhanden. <<, antwortet der Kanarienvogel. >> Na toll, jetzt hoffen wir mal nicht, dass das

Heckruder mit diversen anderen Steuerelementen noch funktioniert. *Meinst du nicht eher, dass wir es hoffen, dass sie noch funktionieren?* <<, fragt Bernardo aufs Ratch Reaktion. >> Nein, weil ich durch manch spezielle Erfahrungen in meinem Leben gelernt habe, dass man besser das hofft, was nicht passieren soll und das nicht hofft, was passieren soll. *Warum?* Weiß ich nicht, wieso das so ist. Vielleicht liegt das auch nur an meinem Glück. Immer wenn ich auf etwas hoffe, dann passiert es genau nicht. Seitdem mache ich es andersherum und meistens hilft das dann auch. Oder es ist einfach nur komplett zufällig, auf was ich hoffe und was passiert und was nicht. <<

Alle schweigen kurz, weil sie über diese Logik nachdenken. >> War eigentlich schon jemand vorn beim Bug? <<, fragt Ratch die Vögel. >> Nein, ich noch nicht. *Wir auch nicht.* <<, reagieren sie. >> Aber seht mal dort. Ich sehe etwas glänzen. <<

Unter Deck beim Bug liegt etwas, das metallisch glänzt. >> Es sieht aus, wie etwas Goldenes. <<, fällt dem Kanarienvogel auf. Alle Vögel machen sich auf, um sich das anzusehen. Es ist ein Schild, auf dem etwas geschrieben steht. Neben dem Schild ist ein Sprengfass gelagert. >> Es sieht so aus, als ob etwas mit goldener Schrift geschrieben wurde. Aber ich weiß nicht was. <<, bemerkt der Tukan. Tyler tritt näher an das Schild heran und pustet Staub weg, damit man es besser sehen kann. Danach liest er zuerst leise vor, was auf dem Schild geschrieben steht, weil er es selber noch nicht erkennen kann. >> Was steht da drauf? *Da steht... ich kann es nicht lesen.* Das steht da drauf? *Was? Nein, ich kann es nicht lesen, weil ich nicht erkennen kann, was für ein Wort diese Zeichen ergeben sollen.* <<, sagt Tyler. >> Also auf mich wirken sie wie ganz normale Buchstaben. Vielleicht kann ich sie auch nur nicht lesen, weil sie zu schnörkelhaft sind. *Wir könnten es Ratch zeigen. Er kann uns vielleicht sagen, was das heißen soll.* <<

Die Vögel unterhalten sich kurz noch alle, bevor sie dann zusammen das Schild zu Ratch bringen. >> Bitte sehr Ratch, das ist das, was so geglänzt hat. *Oh, danke Jungs.* <<

Er schaut es sich genauer an. Als er beginnt sich wie in die Schrift hineinzuversetzen, beginnt sie aufzuleuchten. Ratch schreckt etwas zurück und lässt das Schild fallen. Das Gold scheint mit einem hellen Schein. Daraufhin beginnt es sich zu verflüssigen und neu zu formen. Nachdem das Gold sich zu klar erkennbaren Buchstaben verändert hat, verfestigt es sich wieder. Alle staunen, ohne etwas zu sagen. >> „grata retro". Ich weiß nicht, was das heißen soll. <<, reagiert Bernardo. Ratch hilft ihm. >> Das ist lateinisch und bedeutet... *„Willkommen zurück".* <<

Ratch wird von Tyler unterbrochen und dieser beendet seinen Satz. Er übersetzt es schneller als Ratch. >> Ich wusste nicht, dass du lateinisch kannst, Tyler. <<

Dieser lächelt, als er ein kleines Lob aus dieser Bemerkung hört. >> „Willkommen zurück", was soll das heißen? <<, fragt der Graukardinal. >> Also, wenn dieses Schiff uns nicht verwechselt, dann muss es irgendetwas mit uns zu tun haben. <<

Ratch hockt sich hin und berührt das Gold. Er streift mit seinem Zeigefinger darüber, wobei eine kleine Schicht an seiner Fingerspitze hängen bleibt. Er betrachtet es genauer. Die anderen sind leise und warten auf eine Reaktion. Es geht in einer winzig kleinen Explosion auf. Sie ist kaum bemerkbar, aber sehen kann man sie trotzdem. Winzig kleine Körnchen fallen sanft und langsam auf die Schrift. Ratch stellt sich wieder hin. >> Das ist kein Gold. *Was ist es dann?* Ich weiß nicht genau, wie es sich nennt, aber es wird, beziehungsweise wurde es genutzt, um geheime Ort zu versiegeln. Mit diesem Material lassen sich die Orte nur finden, wenn man besonders ist, oder die führende Feder hat. Wenn man dieses Material besitzt und mit der genau gleichen Abstammung dessen ein geheimen Ort finden möchte, dann muss man nur dem Leuchten des Materials folgen, welches man hat. Umso heller es wird, desto näher ist man bei dem geheimen Ort. Allerdings gelingt das nur bei Legendenleistung vollbringenden Menschen und damit wären wir wieder bei den Menschen, die Legendenleistungen vollbringen können. «

Alle gucken noch ein wenig verwundert auf das Schild. » Was ist die „führende Feder"? «, möchte der Graukardinal wissen. » Die „führende Feder" ist eines der ältesten Werkzeuge zur Kontrolle von Flüchen. Laut Überlieferung wurde erzählt, dass sie ebenfalls von den Drei stammt. Doch inzwischen ist sie so alt, dass nicht einmal der älteste Mensch auf dieser Welt sagen könnte, ob das stimmt, oder nicht. Und jetzt ratet mal, wo ich sie zum letzten Mal gesehen habe. «

Die anderen denken nach. » In der Taverne? «, rät Bernardo. » Nein. «, antwortet Ratch. Der Tukan versucht es als Zweites. » Auf dem Schiff? *Auf welchem genau?* Auf... der... Voiless? *Genau dort.* «

Der Tukan hat es erraten. » Als ich in der Kajüte des Käpt'ns war, dort habe ich sie gesehen. Sie stand in einer Vitrine. «

Die anderen verstehen. » Brauchen wir das Teil für unser Ziel? «, fragt der Kanarienvogel. » Nicht zwingend. Es ist zwar für eine Insel, auf der sich ein geheimer Ort aufhält. Ach was sag' ich. Ich meine, wo sich ein legendärer Ort aufhält, aber für uns ist das nicht wichtig. *Wo liegt der Unterschied?* Bei, oder in geheimen Orten kannst du nur Dinge erlangen, die du für die Erfüllung der Legende brauchst. Bei legendären Orten spielt sich sozusagen das Finale ab. Dein Endziel wartet dort auf dich. Um den Ort zu erreichen und zu öffnen, brauchst du einen Legendenleistung vollbringenden Menschen. «, erklärt ihm Ratch. » Haben diese Menschen, die so etwas können, eigentlich auch eine Bezeichnung? «, fragt Bernardo. » Ja, man nennt sie „Auserwählte". Weil das aber ein sehr allgemeiner Begriff ist und man ziemlich viel damit in Verbindung bringen kann, hat man sich mal dafür entschieden, statt dem Namen einfach gleich die jeweilige Bedeutung zu nutzen. «

Der Blick von allen wendet sich vom Schild ab. Sie alle gucken sich jetzt wieder gegenseitig an. >> Was machen wir damit? *Am besten ist, wenn wir es irgendwo sicher verwahren. Immerhin wissen wir nicht, ob hier noch jemand heimlich nach irgendetwas suchen wird, oder so was. Angenommen, dass diese Person dann das hier finden würde, könnte sie es teuer verkaufen.* <<, unterhalten sich der Kanarienvogel und Tyler. Bernardo guckt sich um und sucht nach einer passenden Stelle, wo sie es unauffindbar verstecken können. >> Hey, wie wäre es, wenn wir es gleich vergraben. Somit wissen nur wir, wo es ist und niemand anderes kann es dann mehr finden. <<

Alle halten diese Idee für eine Gute und kümmern sich gleich darum. >> Klasse, aber wo genau wollen wir es vergraben? <<, möchte der Tukan wissen. >> Wie wäre es, wenn wir es zwischen Bug und Heck vergraben. Es ist eine einfache Stelle, die man sich merken kann und und vom Anlegeort ist es nicht sehr weit. <<

Alle Vögel fliegen gleich nach unten und fangen an gemeinsam ein nicht allzu tiefes, aber auch nicht sehr flaches Loch zu graben. Sie haben keine Werkzeuge. Alles machen sie selber mit ihren Flügeln, was Bernardo in Staunen versetzt. Es hat die genau richtige Tiefe, damit es nicht mehr zu sehen ist und man nicht lange danach graben muss. Ratch und Bernardo nehmen das Schild auf und tragen es bis zum Rand des Hecks. Sie warten bis das Loch fertig gegraben ist. >> Können wir euch helfen!? <<, fragt Ratch für sich und Bernardo. >> Nein nein. Das geht schon danke! <<, antwortet der Tukan. Als das Loch fertig ist, geben sie Ratch und Bernardo ein Zeichen. >> So, das Loch ist bereit! <<

Ratch guckt Bernardo an. >> Auf 3. *Auf 3 was?* Fallenlassen. Also nicht einfach so aufs Heck fallenlassen, sondern herunterschmeißen. *Kann das nicht kaputt gehen?* Wäre dieses Holz hier, normales Holz und keins, das fähig wäre, dieses Material auszuhalten, dann könnte das bestimmt passieren, aber das hier ist, wie du vielleicht auch schon gesehen hast, besonders. Wenn das Holz also dieses

Material aushält, dann hält es auch diesen Sturz aus. Und nebenbei bemerkt ist das Teil ganz schön schwer. Deswegen habe ich schon in Gedanken abgewählt, es runter zutragen. <<, unterhalten sich die beiden. Bernardo hat vor dem Wurf noch etwas zu sagen. >> Ich frage mich, wie die Vögel das Schild so einfach rübergeflogen haben. <<

Die Jungen stellen das Schild bereit und positionieren sich geeignet. >> Okay, auf 3. Und 1 und 2 und 3... <<

Kaum nachdem Ratch bis 3 gezählt hat, lassen die beiden im letzten Schwung das Schild fallen. Es fliegt nicht perfekt, aber es landet im Loch. Die Vögel richten es nur noch so, dass sie nicht viel Arbeit mit dem Zuschütten haben. >> So, gehen wir? *Ja.* <<

Ratch und Bernardo begeben sich wieder nach unten. Als sie bei den Vögeln stehen, sind diese schon fertig, das Schild zu begraben. >> Also, was machen wir jetzt? <<, fragt Bernardo.

Schon wieder überlegen alle. >> Wir könnten uns noch weiter hier umsehen, oder wir gehen wieder. <<, schlägt Tyler vor. Sie entschließen sich noch etwas zu bleiben und in der Höhle umzusehen. Allerdings gefällt es ihnen so gut, dass sie dort noch eine ganze Weile bleiben und die Zeit völlig vergessen. Während ihrem Aufenthalt, erkunden sie noch weiter die Höhle, spielen Spiele, wie zum Beispiel Verstecken, oder Fangen. Sie werden nur durch die eintretende Dunkelheit daran erinnert, dass es langsam Abend wird. >> Ähh Leute. Ich weiß zwar nicht, wie spät es ist, aber wir sollten wahrscheinlich langsam mal los. <<, fällt dem Kanarienvogel auf. Alle anderen hören auf zu spielen und gucken zum Wasserfall, wo sie sehen, dass es schon dunkler geworden ist. Sie gehen zurück zum Boot. >> Alles einsteigen. <<, sagt Tyler zum Spaß. Diesmal übernimmt Ratch das Ruder. Er rudert los und das Boot verlässt die Höhle. Sie legen aber nicht dort an, wo Ratch von den Soldaten entlassen wurde, sondern Ratch rudert bis zu dem Angelsteg, wo sie sich das Boot auch ausgeliehen haben. Als sie dort anlegen ist alles ruhig. Die Menschen auf der Insel gehen immer noch ihrem Handwerk nach und die anderen geben das Boot wieder ab. Als alle ausgestiegen sind, heben Ratch und Bernardo das Boot aus dem Wasser. Der Totenschädel liegt auf dem Boden, wo die Vögel darauf aufpassen, während die Jungen das Boot zurück bringen. Als Ratch zurück kommt, nimmt er den Schädel wieder auf und bedankt sich bei den Vögeln, dass sie darauf aufgepasst haben. Jetzt gehen alle wieder zurück zur Taverne. Auf dem Weg dorthin bemerken sie die Uhrzeit. >> Wow. <<, reagiert der Graukardinal. >> Was ist denn? <<

Der Kanarienvogel fragt den Graukardinal und die anderen bemerken, dass etwas ist. >> Bis 7 Uhr haben wir noch eine Stunde Zeit. *Puh, ein Glück. Ich dachte schon, wir kommen zu spät. Wo hast du die Zeit eigentlich gesehen?* Beim Vorbeigehen an einem Haus, habe ich eine Uhr bemerkt. <<

Daraufhin gehen sie weiter. Als sie in der Taverne ankommen, begegnen sie wieder der Frau. >> Hey, wo wart ihr denn jetzt solange? <<

Ratch und Bernardo antworten abwechselnd. >> Wir waren einen Ort besuchen. Einen versteckten Ort, um genau zu sein. <<

Sie gehen geradewegs weiter in ihr Zimmer. Dort legt Ratch wieder den Totenschädel ab und setzt sich aufs Bett. Bernardo setzt sich auf den Stuhl und die Vögel teilen sich auf die restlichen Betten auf. >> Außerhalb auf der Terrasse der Taverne, meine ich, dass ich eine Möglichkeit gesehen habe, um Dame zu spielen. Also, nur so, falls jetzt gleich wieder die Frage kommen würde, was wir machen wollen. Obwohl, wisst ihr was? Ich erweitere jetzt unsere Tabelle, damit alle noch einmal unterschreiben, damit sie uns als Crew helfen, unser Schiff zu reparieren. <<

Bernardo gibt Ratch den Zettel und dieser schreibt dann daran weiter. >> Hey Bernardo? *Aye.* Hast du dein Geld? *Ich hab' es hier.* Gut. Kannst du es mal auskippen, damit ich nachzählen kann, wie viel das ist. Daraus kann ich später sagen, wie viel jeder bekommt.

Okay, aber woher willst du wissen, dass nicht mehr kommen, als wir gebeten haben? Dafür habe ich hier ja die Unterschriften. Wenn mehr kommen sollten, kriegen sie nichts, weil sie aufgrund ihrer fehlenden Unterschrift an unserer Rechnung nicht teilgenommen haben. *Ach so ja, stimmt.* <<

Bernardo holt das Geld aus einem kleinen Stoffbeutel und breitet es auf dem Tisch aus. Während Ratch es zählt, sortiert er es auch und danach erweitert er die Tabelle. In der Zeit fliegen die Vögel zum Fenster des Zimmers und gucken raus. Es dämmert schon. Der Himmel ist orange. >> So, fertig. *Zeig mal, was du geschrieben hast.* <<, möchte Tyler sehen. Er und der Graukardinal fliegen zu ihm, um zu sehen, was er geschrieben hat. >> Nicht viel. Ich habe nur die Tabelle erweitert. Jeder, der hier unterschriebt, wird dann ein Teil unserer Crew sein. Zum Glück geht die Rechnung auf zwei Münzen für jeden auf.<<

Ratch zeigt Tyler und dem Graukardinal die Tabelle. Er hat eine weitere Spalte hinzugefügt, in dessen Kopf „Crewmitglied" geschrieben steht. Tyler guckt sich die Seite an, wundert sich allerdings, wo geschrieben steht, dass jeder einwilligt zu helfen und anschließend mitzukommen. Bevor er fragt, dreht er das Blatt um und findet seine Antwort, weil dort alle Bedingungen stehen. >> Ich hab' mich schon gewundert, ob du vergessen hast drauf zuschreiben, worauf sich alle einlassen. <<

Ratch guckt vom Tisch aus zum Fenster. Als Tyler mit ihm spricht, wendet er seinen Blick wieder auf das Blatt. >> Ratch hat das aber schon drauf geschrieben, als er angefangen hat, die Tabelle zu machen. <<, antwortet der Graukardinal. >> Ach so. Das heißt, dass alle, die schon unterschrieben haben, zu unseren Bedingungen zustimmten. Vielleicht wäre es besser gewesen, wenn wir alle zuvor auf das Kleingeschriebene aufmerksam gemacht hätten. Aber wir sind in Zeitnöten und jeder hat nur seine Freiheit im Sinn. Wenn man genau darüber nachdenkt... ist es sogar besser, dass wir es nicht gemacht haben. <<

Während sich Tyler und der Graukardinal unterhalten, reden Bernardo, der Kanarienvogel und der Tukan am Fenster miteinander. >> Wenn es soweit ist, wirst du dann wieder jedem die Liste geben und unterschreiben lassen? *Entweder so, oder wir lassen die Leute eine Schlange bilden, damit jeder, der will, unterschreiben kann, wo die Liste liegt.* Hey, gute Idee. Zum Beispiel könnten wir die Liste auf die Theke legen. Dann kommt jeder dorthin und unterschreibt. *Zum Beispiel.* <<

Plötzlich läutet eine Glocke. Sie schlägt drei Mal. >> Es ist jetzt genau 6:15 Uhr. Alle Arbeiter verlassen augenblicklich ihre Arbeit und kehren zu ihrer Bleibe zurück. SOFORT! <<

Es ist ein Mann, der die gleiche Uniform trägt, wie der der bei der Ankunft auf der Insel Bernardo und Ratch nach ihren Namen verlangte. Alle begeben sich zum Fenster. >> Ich könnte schwören, dass wir ihn gestern nicht gehört haben. *Vielleicht erinnert er nicht jeden Tag daran.* Oder er hat es gestern vergessen. Vielleicht ist das ja auch neu. *Zum Glück betrifft das nicht uns.* <<

Als sie wenig später beobachten, wie alle Bewohner und Arbeiter nach Hause laufen, beobachten sie ebenfalls die Soldaten. Teils werden sie von den Soldaten gedrängt, geschubst und bedroht, dass sie schneller gehen sollen. Ratch verlässt das Fenster als Erster. Mit drei kleinen Schritten, schreitet er weg vom Rahmen und dreht sich zur Tür um. Er denkt nach. Tyler sieht ihm an, dass er besorgt ist. >> Was ist los, Ratch? *Nichts schlimmes. Ich denke nur nach, wie wir den Bewohnern hier helfen könnten. Ich meine, die die da unten in der Bar sitzen, oder sitzen werden, dass ist nur ein Teil jener die, die sich ihre Freiheit wünschen. Leider können wir nicht jeden mitnehmen. Aber ich habe nicht darüber nachgedacht, dass die Situation hier schlimm ist. Ich habe eher darüber nachgedacht, wie wir die ganze Insel ihren Bewohnern schenken könnten und das für immer. Dann hätten sie ihre Freiheit wieder und nicht das Problem, dass Soldaten sie kontrollieren. Am besten wäre natürlich auch, wenn uns das gleich mit jedem Gebiet, dass unter der Macht des*

Käpt'ns steht, gelingt. Unsere Leben sind zur Schaffung solcher Dinge ausgerichtet. *Moment, stimmt ja, du hast recht. Ich vergesse es manchmal, einfach in unser Buch zu schauen. Schließlich kann es uns ja sagen, was wir erreichen müssen.* <<

Ratch holt das Buch raus. Die anderen gesellen sich zu ihnen. Er blättert durch und entdeckt weitere große Ziele, die er gemeinsam mit Tyler erreichen muss. Darin inbegriffen geht es auch um den Käpt'n. >> Wow. Ich hatte zwar die Hoffnung, dass wir irgendetwas tun können, aber das es so intensiv wird, hätte ich nicht gedacht. *Wirklich zeig mal.* <<

Tyler guckt sich den Eintrag auch genauer an. >> WAS?! *Ja, so kann man es auch sagen.* <<

Die anderen möchten es auch sehen, weil sie neugierig gemacht wurden, als sie die Reaktionen von Ratch und Tyler vernommen haben. Leider können sie es nicht lesen. Es ist nur für Ratch und Tyler sichtbar. >> Hey Ratch, gibt es eine Möglichkeit, dass wir das lesen können? *Das weiß ich nicht, aber wenn es die Macht gibt in Sekunden die Sprache aller irdischen Lebewesen zu verstehen, dann kann es auch gut sein, dass Außenstehende die zukünftigen Einträge der Auserwählten lesen können. Allerdings habe ich über so etwas noch nie etwas gehört.* Schade. Aber ihr könnt uns ja vorlesen, was dort geschrieben steht. *Na ja, nicht direkt vorlesen, aber eine Kostprobe dessen geben, was uns erwarten wird, weil wir auch nur... ich sag' mal „Schlagwörter" sehen, die uns unsere Ziele verraten. Ach so ja. Eine Zeichnung haben wir auch auf der Seite. Die könnten wir beschreiben.* <<, erklären Ratch und Tyler abwechselnd den anderen. Sie fahren fort und erklären weiterhin, was sie sehen. >> Also, auf dieser Seite steht „zweiseelig", „zerstört" und „zerreißen". Die Zeichnung, die wir sehen zeigt ihn. Allerdings völlig entstellt und... ziemlich knochig. <<

Jetzt schauen sich die anderen gegenseitig an und vermuten nur, was das heißen könnte. >> Was bedeutet „zweiseelig"? <<, fragt der Kanarienvogel. >> „Zweiseelig" bedeutet, dass Menschen zwei

Seelen mit sich tragen. Eigentlich ist die Zweite nur dazu da, um das Leben an sich und die ausgeprägteste Eigenschaft des jeweiligen Menschen der eigentlichen Seele zu erhalten. Zuerst sind sie ganz normal, wenn sie noch leben, aber ist es dann soweit und sie sollten vom Tod geholt werden, dann werden sie nur verdammt. Weil die zweite Seele kein eigenes Leben enthält, haben zweiseelige Menschen auch ein kürzeres, „normales" Leben, bevor sie dann für den Rest ihres weiteren kläglichen Daseins eine verfluchte Zeit fristen. Wie der Zufall es so will, bestehen die Beschützer der Insel, zu der der Käpt'n möchte, aus zweiseeligen Menschen, die im Allgemeinen nur noch unter dem Namen „Wandelnde Wächter" bekannt sind. Das Leben bleibt, also ist alles andere nicht von Nöten, was sie an, oder mit sich tragen. Sie haben meist keinen eigenen Willen und sind nur kontrollierbar, wenn man ebenfalls die „führende Feder" besitzt. Schließlich kontrolliert sie ja auch Flüche. Zweiseelig zu sein, bedeutet demnach nicht, eine Bestimmung zu haben, sondern verflucht, oder in diesem speziellem Falle, verdammt zu sein. Das erklärt natürlich auch, wieso der Käpt'n bereit ist, sofort in See zu stechen, wenn er wieder da ist. <<

Es klopft wieder an der Tür des Zimmers. >> Ja bitte. <<

Es ist die Frau. >> Oh erwarten uns etwa schon die Gäste? <<, fragt Bernardo. >> Der Laden ist zwar voll, aber es ist auch noch nicht 7 Uhr. Was ich eigentlich wissen wollte ist, ob ihr gerade über die „führende Feder" gesprochen habt. *Ja, haben wir.* Oh mein Gott. Tut mir leid, dass ich euch belauscht habe, aber bei der Bekanntheit über sie und den wenigen Gesprächen von ihr, ist es etwas besonderes, dass ihr über sie redet. *Was weißt du von der Feder?* Was sie genau macht, weiß ich zwar nicht, aber mein Vater hat mir ihr gearbeitet. *Dein Vater?* Ja. *Okay. Was hat er mit ihr gemacht?* Er kennt Geschichten, die er mir anvertraut hat. Er sagte mir, dass sie nicht verbreitet sind und dass man sie weiterhin für Gerüchte halten sollte, weil sie sonst in den falschen Händen großen Schaden anrichten kann. Aber bei dem Wissen, was ihr habt, seid ihr kurz davor herauszufinden, was ihre schlimmste Tat sein kann.

Deswegen werde ich euch verraten, was sie erst so bekannt gemacht hat. *Was wäre das?* Sie beherrscht die Macht... Seeungeheuer zu erschaffen und zu entfesseln. *Was?* <<

Alle sind überrascht. >> War ja klar, dass wir uns mit so etwas noch herumschlagen müssen. <<, reagiert Tyler. >> Jetzt stellt euch nur mal vor, was man mit so einer Macht verursachen könnte. Nur leider weiß gerade niemand, wo sie ist. <<

Ratch korrigiert sie. >> Nun ja... das ist nicht ganz richtig. Ich weiß, wo sie ist. <<

Sie ist erstaunt darüber. >> Wirklich? Wo? <<, fragt sie Ratch und guckt dabei ganz aufgeregt. >> In der Kajüte der Voiless beim Käpt'n. <<

Als Reaktion in Folge dessen, ändert sich ihr Blick von Aufregung zu Befürchtung so schnell, dass man denken könnte, dies geschah in unter einer Sekunde. >> Im Ernst? Solange ist der Standort der „führenden Feder" unbekannt gewesen und jetzt, wo ich ihn wieder kenne ist er bei der Machtperson dieser Insel. Ich hoffe wirklich, dass er nicht herausfindet, was man wirklich damit machen kann. <<, erklärt sie. Ratch reagiert. >> Ich weiß zwar nicht, wie genau der Käpt'n besessen von Macht ist, aber ich schätze mal, dass er diese Geschichte für ein Gerücht hält, wenn durch seine Hand noch keine Kreaturen der Tiefsee aufgetaucht sind. <<

Die beiden unterhalten sich weiterhin. >> Das ist es ja. So einen Vorfall hat es schon mal gegeben. *Und wie lange ist das her?* Ich habe es nicht erlebt, weil ich noch nicht geboren wurde. Aber meine Eltern haben nicht nur davon gehört, sondern haben es auch miterlebt. Aber ich glaube ihr wisst, wo der einzige Ort ist, an dem wir sicher sind, wenn sich so etwas wiederholen sollte. *Ja... an Land. Nur dort wird man es sein.* Mein Vater hat mir versprochen, dass er mir vor seinem Tod noch etwas über die führende Feder anvertrauen möchte. Bis heute, weiß ich leider nicht, was das ist, weil er zu früh von uns gegangen ist. Allerdings müsst ihr mir versprechen, dass ihr niemandem erzählt, dass alles über sie wahr ist. *Tun wir, versprochen. Wir werden es für uns behalten und alles dafür geben, damit dies weiterhin ein Gerücht bleibt.* Okay, danke. <<

Die Frau dreht sich wieder um, um zu gehen. Doch sie dreht sich wieder um, weil sie die Uhrzeit sieht. >> Ach und übrigens. Es ist kurz vor 7 Uhr. Ich schätze mal, dass euch eure Gäste schon erwarten. <<

Die anderen begeben sich nach der Frau aus dem Zimmer. Ratch nimmt heimlich die Glasflasche mit, die noch von gestern auf dem Tisch stand und Bernardo den Stoffbeutel, in dem sein Geld drinnen ist. Als sie aus dem Zimmer wieder am Geländer stehen, gucken alle nach unten. >> Bernardo, wenn ich dir ein Zeichen gebe, dann bringst du am besten jeden dazu, ihre, oder seine Unterschrift direkt in die andere Spalte einzutragen. Schön wäre es, wenn sie es möglichst schnell machen würden. So können wir uns sicher sein, dass diese Person es ist, die heute schon mal unterschrieben hat und gleichzeitig haben wir so unsere Unterschrift, die wir von jedem hier brauchen. Das erleichtert auch unsere Arbeit, dass wir uns sparen können jeden hier besoffen zu machen, bevor wir unsere Unterschrift bekommen. Das hat nun wiederum den Vorteil, dass jeder dann unterschreibt, wenn sie noch zurechnungsfähig sind. Aber ich glaube, dass das hier sowieso keinen interessiert. *Okay, ich versuch' es.* << Sie sehen, wie die Taverne gut gefüllt ist. >> So voll wie jetzt, habe ich die Taverne noch nie gesehen. *Bis jetzt waren wir auch erst an zwei unterschiedlichen Tagen hier.* <<, unterhalten sich der Kanarienvogel und der Graukardinal. Die Menge ist schon ganz unruhig. Manche beschweren sich auch, dass sie alle nur reingelegt wurden. >> Ratch, ich glaube, dass es langsam mal an der Zeit ist, die Menge zu beruhigen. <<, rät ihm der Tukan. >> Gleich, aber ich möchte nur noch warten, bis es genau 7 Uhr ist. Die letzten Minuten warten sie noch. Die Meute beginnt immer lauter zu werden. Bernardo ist sich unsicher. >> Äh Ratch... <<

Bevor er seinen Satz zu Ende sprechen kann, unterbricht ihn Ratch mit einer Gestik. In den letzten Sekunden stellt er sich aus seiner vorbeugenden Haltung, und auf dem Holzgeländer stützend, wieder aufrecht und beginnt mit seiner rechten Hand langsam auf die Uhr zu zeigen, die hinten an der Wand hängt. Als der Moment eintritt, auf den Ratch gewartet hat, schnipst er mit seiner rechten Hand, sagt: >> Jetzt <<, und wirft die Glasflasche mit seiner linken Hand nach unten, um die Aufmerksamkeit zu bekommen. Schnell gibt Ratch die Liste zurück zu Bernardo. Alle, die jetzt unten sind, bleiben ganz ruhig und gucken nach oben. Ratch beginnt wieder zu improvisieren. >> Guten Abend Gentleman und Gentledamen. Sie alle wurden natürlich nicht betrogen. <<

Er lässt sich nicht wieder über das Geländer nach unten fallen, sondern geht diesmal normal über die Treppe nach unten. Als er an Bernardo vorbeiläuft, bittet er ihn mitzukommen. Daraufhin folgt er Ratch. >> Falls sie gedacht hätten, dass wir nicht an sie gedacht hätten, dann haben sie falsch gedacht. Wie vereinbart, bekommen sie ihr Geld und ihre Anweisungen, wie sie ihre Freiheit wiedererlangen könnten. Um sie zu erlangen, oder besser gesagt wieder zu erlangen, müssen sie einfach nur helfen, dass zu beschaffen, was wir wünschen. Schließlich ist es unser Ziel von hier weg zukommen und das gelingt uns nur, wenn wir ein Schiff haben. Glücklicherweise sind wir in dessen Besitz und wissen, wo sich eines aufhält. <<

Einige der Zuhörer fallen ihm ins Wort. >> Wie willst du mit uns ein Schiff bekommen. Ausnahmslos jedes hier im Hafen wird von einer zu großen Anzahl an Soldaten bewacht. <<

Es braucht nicht lange, bis Ratch eine Antwort auf diese Frage hat. >> Nun, das Schiff, welches ich meine, ist kein gewöhnliches, weil es ein Wrack ist. Dennoch liegt es nicht am Meeresgrund und die Materialien, die es erfordert, um es zu reparieren, befinden sich auch auf dieser Insel. Wenn jeder hier seine Belohnung erhalten hat, dann werde ich euch noch genug Zeit zum Nachdenken geben, ob euch eventuell noch Fragen zum genaueren Ablauf einfallen, oder sonstig andere Dinge beklagen. <<

Ratch gibt Bernardo ein Zeichen, dass er jetzt die Belohnungen austeilen kann. Er legt jedem zwei Münzen vor die Nase, wenn die Person ihre, oder seine Unterschrift bestätigen kann, indem sie sie in die andere Spalte, aber direkt neben ihrer schon mal geschriebenen Unterschrift schnell ein weiteres Mal schreibt. Als Bernardo damit fertig ist, bittet Ratch ihn zu sich. >> Haben wir alle Unterschriften? *Du wirst es nicht glauben, aber ja. Wir haben tatsächlich alle wiederbekommen.* Wow. Das ist ein sehr gutes Zeichen. *Also wenn es das nicht ist, dann weiß ich auch nicht.* <<

Die beiden stehen an der Theke. Als die Vögel mitbekommen, dass sie fertig sind, fliegen sie auch nach unten und gesellen sich dazu. >> Also, wie war es? *Alles hat funktioniert.* Wir haben alle Unterschriften und jetzt denken sie hoffentlich nach, was sie sonst noch interessiert. <<, erklärt Bernardo dem Tukan. >> Ich muss sagen, dass uns bis jetzt alles gut gelingt. Wenn das so weiter geht, dann kann es gut möglich sein, dass wir mit unserem Zeitplan alles erreichen, was wir uns vorstellen. <<, bemerkt Tyler. >> Vielleicht schaffen wir es sogar noch schneller, wenn uns mehrere Dinge leicht fallen, beziehungsweise wenn uns Lösungen für unsere Probleme auch entgegenkommen. <<

Als der Kanarienvogel dies bemerkt, kommt Ratch eine Idee. >> Leichter Fallen. Ich hab's. *Was hast du?* Wie uns zukünftige Probleme leichter fallen könnten. *Okay, und welche genau?* Auf unserer Reise werden wir noch mindestens ein Mal kämpfen. Damit wir gegen solche Kämpfe gewappnet sind, sollten wir üben, während unsere Crew das Schiff repariert. Somit können wir es schaffen, dass wir uns auch wehren können, wenn es ernst werden sollte. <<, schlägt Ratch vor. >> Das ist ja alles schön und gut, aber... wo und vor allem wie sollen wir „lernen" zu kämpfen? <<, fragt der Graukardinal. >> Ich könnte mich zu der Festung schleichen, die ihr gesehen habt. Du, Tyler, hast einen Trainingsplatz gezeichnet. *Ja, habe ich.* <<, reagiert Tyler. >> In dem Moment wurde zwar nicht trainiert, aber ich habe Strohpuppen und Zielscheiben gesehen. *Sehr schön. Wenn ich im Tagebuch festhalte, wie sie trainiert werden, dann können wir die Bewegungen, Drehungen, Schwerthiebe und andere Dinge dazu nutzen, um uns im Kampf zu verbessern.* Ja schon, aber Ratch, du vergisst wahrscheinlich, dass wir keine drei Tage Zeit haben, um alles hinzubekommen. Also die Reparatur des Schiffes, jetzt noch die Verbesserung unseres Kampfstiles und so. <<, bemerkt Bernardo.

Ratch denkt weiterhin ein wenig nach. >> Das stimmt schon, aber glücklicherweise verfüge ich schon über Vorkenntnisse. Die Dokumentation in meinem Buch verschafft uns Zugang zu ihren Kampfstilen. Wenn wir wissen, wie sie ausgebildet werden, dann wissen wir auch, wie sie angreifen. Folglich können wir kontern. Fürs Erste reicht es auch zu, wenn wir es beherrschen, ihre Angriffe zu parieren. Das angreifen ist für uns sowieso nicht so wichtig. Schließlich wollen wir keinen Kampf anzetteln, sondern unsere Ziele erreichen. <<

Die Situation in der Taverne hat sich wieder beruhigt. Alle Gäste reden in einer angenehmen Lautstärke. Die Instrumente sind wieder zu hören und inzwischen ist es ganz dunkel. >> Wie lange warten wir jetzt, bis was passiert? <<, fragt Bernardo. >> Also ich würde sagen, dass wir warten bis alle bereit sind sich anzuhören, was wir zu sagen haben. <<, antwortet der Tukan. >> Okay. <<

Ratch und Bernardo setzen sich auf die Stühle an der Theke und sitzen mit den Rücken zur Menge. Nach ein paar Minuten kommt einer von den Tischen zu ihnen und tippt Ratch an der Schulter an. >> Ähhm... Wir wären dann bereit uns anzuhören, was ihr zu sagen habt. <<, berichtet er. Bernardo und Ratch gucken sich gegenseitig an und nicken ein Mal. Danach stehen sie auf. Ratch bittet die Vögel den gezeichneten Plan von oben zu holen. Sie fliegen alle los. Die Jungen müssen gar nicht erst um die Aufmerksamkeit der Leute bitten. Sie hören schon zu, als die beiden von ihren Stühlen aufstehen. >> Bevor ich euch verrate, was wir vorhaben, bitte ich euch einen großen Tisch zu bilden, weil ich euch etwas zeigen möchte. <<

Alle stehen auf. Sie schieben alle Tische in der Mitte zusammen. In der Taverne stehen eckige und runde Tische. Allerdings schieben sie nur die Eckigen zusammen und stellen danach ihre Stühle ran. Alle sitzen jetzt an dem „großen" Tisch. Ratch und Bernardo kommen hinzu und setzen sich an ein Ende der Tische. >> Jetzt werde ich euch verraten, wie wir vorhaben von dieser Insel herunterzukommen. Vorhin habe ich schon das Schiffswrack erwähnt, dass sich, genau wie die Materialien, die wir brauchen, um es wieder in Gang zu bringen, auf dieser Insel befindet. Wobei sich das Schiff eher unter, als „auf" dieser Insel befindet. Vielleicht haben schon einige von euch das Lagerhaus gesehen, dass gut bewacht wird? Das, wo die Mauer ringsherum geht. <<

Ratch guckt durch die Runde und vernimmt unterschiedlichste Reaktionen von allen. Die Gäste schauen sich wiederum gegenseitig an und nicken genauso oft, wie sie ihren Kopf schütteln. >> Offensichtlich hat es noch keiner von euch gesehen. Also... *Doch, ich habe es schon gesehen.* <<

schreit eine Stimme aus dem Hintergrund und unterbricht Ratch. Er fängt noch mal neu an. >> Offensichtlich haben es nur einige von euch bisher gesehen. Also gut, dass wir einen Plan haben, wie alles aufgebaut ist. Denn ich habe es noch nicht gesehen. <<

Daraufhin stützt sich Ratch mit seinem rechten Ellbogen auf den Tisch und lässt seine Hand auf die Tischfläche so fallen, dass seine Handfläche offen nach oben zeigt. Im nächsten Moment landet eine, mit einem Stein erschwerte, Papierrolle in seiner Hand. Er rollt sie auf und breitet sie auf dem Tisch aus. Es ist der Plan. Genauso wie andere an dem Tisch, ist Bernardo verwundert, von wo er auf einmal geflogen kam und guckt nach oben. Er sieht, wie die Vögel auf einem Kronleuchter direkt über ihm sitzen. Ratch erklärt den Aufbau des Geländes, während er die Karte nutzt. >> Also, das hier ist das Lagerhaus von dem ich gesprochen habe. Das ist unser Ziel. Damit wir das Schiff reparieren können, müssen wir alle Materialien bekommen, die wir kriegen können. Wir brauchen Holz, Metall, Stoff, Wasser und andere Dinge, die mir jetzt nicht einfallen. Eigentlich machen wir alles mit guten Absichten, aber für einen Moment müssen wir leider von den Soldaten klauen. <<

Ratch wird wieder unterbrochen, weil jemand eine Bemerkung macht. >> Wenn wir das alles bergen, dann ist das kein Klauen, dann ist das zurückholen. <<

Kurz darauf fangen sie an, lauter zu werden, weil alle erlebt haben, wie die Soldaten ihnen ihre Dinge entwendet und gestohlen haben, damit sie etwas haben, für was sie arbeiten. >> Ja genau! *Sie haben mir alles genommen!* Mein Zeug haben die Schweine mir geklaut, als ich hier nur zu Besuch war. Das ist unser Lohn. <<

Ratch ist verblüfft. >> Ihr müsst für euer Eigentum arbeiten? *Aye! Wir haben nichts außer unser Leben und eine Bleibe. Wer nicht mehr arbeiten möchte, der wird einfach umgebracht.* Nun, dann lasst mich euch freudig verkünden, dass wir mit diesem Plan eure Sachen zurückholen werden. Wie ihr sehen könnt, bewegen sich hier, hier und dort Soldaten, die das Lagerhaus im Blick haben. Allerdings weiß ich nicht, ob auch alle zur Bewachung zuständig sind. Ich schätze mal, dass es Lärm geben wird, wenn sie Eindringlinge sehen. Deswegen müssen wir versuchen so leise wie möglich zu sein. Auf dem Plan ist zu erkennen, dass sich Pferde und Wägen neben dem Lagerhaus befinden. Das heißt, wenn wir einmal drinnen sind, dann wird es nicht ganz so schwer, so viel wie möglich mitzunehmen. Wir brauchen drei Teams. Ein Team, dass sich um die Pferde und um die Wägen kümmert. Während ein anderes Team die Waren bergt, muss das Erste dafür sorgen, dass alle Pferde mit den Wägen gekoppelt sind. Dann kommt das gerade angesprochene zweite Team. Das kümmert sich um die Lagerung der Waren. Wir müssen so viel wie möglich bekommen, damit wir es schaffen genügend Materialien für das Schiff bereit zu halten, um es vollständig zu reparieren. Das dritte Team kümmert sich um die Ablenkung. Sie sind dafür zuständig, dass alle anderen Teams Zugang zum Lagerhaus haben. Ist irgendjemand von euch Kutscher? <<, fragt Ratch. >> Ja ich. *Ich auch.* Wir bringen sogar regelmäßig Waren in die Lagerhäuser. <<

Ratch unterhält sich weiterhin mit den Kutschern. >> Das ist sehr gut. Sind die Wägen groß genug, um viele Leute zu transportieren? *Also der Wagen ist zwar nicht tief, aber lang. Wenn man sich klein machen würde, dann könnte man das bestimmt schaffen. Leider wissen wir aber nicht, wo die Wägen stehen.* Hoffen wir mal nicht, dass es die Wägen am Lagerhaus sind. Denn sonst wird es schwer sein, einfach an sie zu gelangen. <<

Jetzt wendet sich Ratch wieder an alle anderen. >> Ich versuche mal den Ablauf des Plans zusammenzufassen. Nennen wir das Ablenkungsteam mal „Team Alpha". Alle in diesem Team sorgen für die Ablenkung von so vielen Soldaten, wie möglich. Die beiden Kutscher bringen uns mit den zwei Wägen in das Gelände. Alle werden denken, dass es eine ganz normale Frachtlieferung ist. Zudem teilt sich „Team Alpha" in zwei zusätzliche Teile auf. Somit besteht es dann aus drei Teilen: den Kutschern und den anderen zwei Einheiten, die sich um die anderen Soldaten im Objekt kümmern. Ihr solltet euch ausdenken, wie ihr sie ablenken könnt, ohne dass sie euch umbringen, oder dass sie bemerken, dass gerade ein Überfall auf sie stattfindet. Gibt es Fragen bis hier? <<

Ratch guckt sich wieder um. Keiner hat Fragen. >> Gut. Wenn wir dann erst mal im Lagerhaus sind, geben uns die Kutscher ein Zeichen. Das ist unser Stichwort. „Team Beta" und „Team Gamma" begeben sich dann raus. „Team Beta" ist für die Beladung zuständig. Wir versuchen so schnell wie möglich alles in die Wägen zu laden, die die Kutscher bereit halten. „Team Gamma" hält Wache und passt auf, dass keine Verstärkung der Gegner einen Überraschungsangriff startet. Am besten ist, wenn ihr euch an den Eingängen des Lagerhauses versteckt. Dort könnt ihr die Lage gut beobachten und uns schnell warnen, falls etwas unerwartetes passieren sollte. Okay, ist damit alles soweit klar? <<

Alle nicken langsam, weil sie noch verstehen. Aber im großen und ganzen haben sie es verstanden. Kurz darauf beginnt Ratch auch mit seinem Kopf zu nicken, um zu schauen, dass er die Gestik seiner Crew richtig verstanden hat. Als niemand etwas anderes behauptet, hört er kurz darauf wieder auf. Als er fortfahren möchte, hat doch noch jemand eine Frage. >> Wann fangen wir an? <<

Ratch antwortet gleich darauf. >> Ich würde sagen, sobald die Wägen bereit stehen. Hauptsache so schnell wie möglich. Allerdings wäre es wohl am besten, wenn wir erst mal die Teams einteilen. Als ich die Auszahlung vorbereitet habe, zählte ich 26 Unterschriften. Aufgrund dessen, dass alle 26 Unterschriften auch auf der anderen Seite des Zettels vorhanden sind, gehe ich nicht nur davon aus, dass alle ihre Auszahlung erhalten haben, sondern auch, dass alle jetzt hier sind, richtig? <<

Ratch guckt wieder durch die Runde. Alle anderen gucken sich wieder gegenseitig an und sagen abwechselnd: >> Aye. <<

Ratch wartet bis alle fertig sind zu kontrollieren, ob alle da sind. >> Weil beim Teilen von 26 durch drei keine ganze Zahl rauskommt, müssen wir kleine Veränderung an der Anzahl des Teams vornehmen, damit wir alle einplanen können. Am besten ist, wenn wir zwei 9er Teams und ein 8er Team machen. „Team Alpha" und „Team Gamma" sind am besten die 9er Teams und „Team Beta" ist das 8er Team. Wir brauchen so viele, wie möglich sind, die Schmiere stehen und die Soldaten ablenken. Dass wir freie Bahn haben ist das A und O. Wenn sich „Team Beta" mit dem Einladen beeilt, dann können wir auch viel mitnehmen. Zu dem fehlt in dem Team nur ein Mitglied. <<

Jetzt teilen sie die Gruppen ein. Danach besprechen sie noch, wann es losgeht. >> Gibt es den schon die Möglichkeit, dass wir die Wägen jetzt schon bekommen können? *Das wissen wir nicht. Der letzte Ort an dem wir sie abgeben, ist ein kleiner Pfad, der an den Mauern vorbeiführt. Dort steigen wir dann ab und ein paar Soldaten kutschieren sie dann weiter. Wenn wir es schaffen könnten herauszufinden, wo sie die Wägen hinbringen, dann können wir auch sofort beginnen.* <<

Ratch überlegt kurz. >> Okay, dann versuchen wir jetzt bei den Mauern herauszufinden, wo sie die Wägen abstellen und bei der nächsten Frachtlieferung holen wir uns euer Zeug zurück. *Warum erst bei der nächsten Frachtlieferung?* <<, fragt noch einer der Crew. >> Damit die Soldaten denken, es wäre eine normale Lieferung. Wenn die Kutscher die Wägen abgeben, dann erwarten die Soldaten bei einer späteren Uhrzeit keine Lieferung, bis die Kutscher die Wägen wieder bekommen. <<, antwortet Ratch.

Jetzt möchte keiner mehr warten. Alle stehen nacheinander auf und schreien: >> AYE! <<

Als alle unruhig werden, erinnert Ratch nochmal daran, dass sie leise sein sollten. >> Aber wir sollten immer noch versuchen leise zu sein. Es ist schließlich schon dunkel. Die sollen uns ja nicht hören, wenn wir uns überlegt haben, das zurückzuholen, was euch rechtmäßig zusteht. <<

Doch die Worte bringen nichts. Die Männer und Frauen stürmen los und wollen gleich den ganzen Plan ausführen. Doch bevor sie den Eingang, beziehungsweise den Ausgang erreichen können, tauchen plötzlich ganz viele Soldaten auf, die sie mit einem Überraschungsangriff überrumpeln. >> Ahh! <<, schreien alle, als sie losstürmen. Doch als die Soldaten sie überraschen, bleiben sie kurz stehen. Sie sehen, wie die Soldaten in die Taverne rennen und zum Angriff übergehen. Jetzt schreien alle. >> So viel zum Thema „leise sein". <<, sagt Bernardo zu Ratch, als sie noch am Tisch sitzen und für eine kurze Zeit beobachten, wie alle kämpfen. Es wird mit den Säbeln gefochten, mit Pistolen und Gewehren geschossen und als die beiden merken das der Kampf näher zu ihnen rückt, stehen sie zuerst auf. Doch zu viele Schüsse verfehlen sie nur knapp.

Deswegen verstecken sie sich lieber unter einem Tisch. >> Wäre es nicht schlauer, wenn wir den Tisch umwerfen, damit die Tischplatte uns fürs Erste beschützt. <<, schlägt Ratch vor, während sie noch unter dem Tisch sitzen und die Schüsse über sie hinweg zischen, die Scherben von Glas und Holz in alle Richtung weg katapultiert werden und sogar ein Soldat auf dem Tisch landet. Daraufhin kippen sie den Tisch so, dass die Tischplatte zum „Schlachtfeld" zeigt, als er umfällt. >> Jetzt wäre es besser, wenn wir schon die Erfahrung mit ihren Kampfstilen hätten <<, fällt Bernardo auf. >> Ich habe noch eine Idee. Wir ziehen den Tisch an den Seiten mit uns und zwar in Richtung Theke. Wenn der Kampf jetzt zu uns kommt, dann bewegen wir uns jetzt einfach von ihm weg. *Okay, gut.* <<

Die beiden fassen den Tisch an den Seiten an und ziehen ihn mit sich in Richtung Theke. Währenddessen sehen sie andere kämpfen, die neben ihnen stehen. Schüsse fliegen immer noch über den Tisch, aber manche prallen auch knapp an der Tischplatte ab. Als die Tischbeine die Theke berühren überlegen die beiden, was sie jetzt machen könnten. >> Was tun wir jetzt Ratch!? <<

Die beiden müssen etwas lauter sprechen, um sich zu verstehen. Trotz dessen, dass die beiden sich fast anschreien, kommt Ratch's Art immer noch so rüber, als ob er gelassen wäre. >> Ich glaube wir müssen wohl oder über über die Theke springen. *WAS!? Ist das dein Ernst?* Aye! Ist es! Wenn wir das geschafft haben, dann können wir in den Nebenraum kriechen. <<

Bernardo ist sich unsicher, ob sie das tun sollten. >> Okay, aber du weißt, dass das gefährlich sein kann, oder? *Ja, aber um uns in Sicherheit zu begeben müssen wir uns kurz in Gefahr bringen.* <<

Die beiden machen sich bereit. Ratch geht zuerst, aber zuvor krempelt er seine Ärmel über die Handgelenke. >> Was machst du? <<, fragt ihn Bernardo. >> Ich kann vor hier aus riechen, dass die ein oder andere Flasche auf der anderen Seite der Theke ausgelaufen sein muss. Wenn das wahr ist, dann erwartet uns drüben eine nasse und stinkige Angelegenheit. <<

Ratch guckt zuerst knapp am Rand der Tischplatte vorbei, wie die Situation ist. Er hockt sich hin und greift mit seinen Händen an die Theke, um sich festzuhalten. Dann wartet er einen Moment und springt dann nach oben. Er gleitet so nah wie möglich auf der Theke entlang, um keine große Zielscheibe zu sein. Als er drüben landet, bestätigt sich seine Vermutung. >> Ja, lecker! Ich hatte recht. <<

Bernardo reagiert. >> Ist es nass? <<

Ratch positioniert sich erst mal bequemer, bevor er Bernardo antwortet. >> Ja! Allerdings muss ich sagen, dass ich es sogar schlimmer erwartet habe. <<

Jetzt macht Bernardo sich bereit. >> Du kannst Bernardo! Die Bahn ist frei! <<

Seine Ausgangsposition ist die gleiche wie die von Ratch. Er wartet ebenfalls einen Moment, bevor er springt. Schließlich wagt Bernardo es auch und gleitet auch über die Theke. Ihn verfehlt nur knapp eine Kugel, die ein kleines bisschen an seiner Kleidung streift. Allerdings landet er nicht so sanft wie Ratch. Ihm passiert trotzdem nichts. >> Ah, da bist du ja. <<, begrüßt Ratch Bernardo. Neben ihnen liegt die Frau und hält eine kleinen Kanone zur Notwehr in den Händen. >> Was habt ihr nur angerichtet!? <<, fragt sie die Frau empört. >> Wir haben nichts angerichtet! *Ach nein?! Und wie nennt ihr dann bitte die aktuelle Situation?!* Es sind die Soldaten, die uns angegriffen haben! Es ist nicht nur dahingehend ihre Schuld, sondern auch deswegen, dass sie einfach gleich losschießen. Wir hätten uns ja ergeben können. Aber weder unsere Leute, noch die Soldaten scheinen vernünftig zu sein, weil gleich alle zur Gewalt greifen! Das ist doch keine Art! <<

Nachdem Ratch mit ihr geredet hat, stellt sich die Frau schnell auf und feuert ihre Kanone ab. Diese trifft sogar einen Soldaten. Als er getroffen wird, fliegt er weg und kracht durch die Holzwand, wo er draußen auf dem Schlammboden landet. Danach schmeißt sich die Frau direkt wieder hin und lädt nach. >> Eigentlich muss ich euch dankbar sein! Ohne euch wäre ich wohl nie dazu gekommen das Teil hier auszuprobieren und mich an den Rotröcken zu rechen für das, was sie mir genommen haben! <<

Bernardo reagiert: >> Gern geschehen! Ich habe noch eine Frage! *JA, was denn?!* Können wir zur Sicherheit in den Nebenraum?! *Ja!* << Anschließend legen sie sich auf den Boden und kriechen weiter. Als sie in dem Nebenraum ankommen, sehen sie eine weitere Tür, die nach draußen führt. Sie gehen näher zu ihr. Als sie versuchen wollen, die Tür zu öffnen, versuchen schon Leute von draußen sie zu öffnen. >> Macht die Tür auf, oder wir treten sie ein! <<

Ratch und Bernardo wundern sich. >> Glaubst, dass das Soldaten sind, Ratch? <<

Bevor er antworten kann, wird lauter und kräftiger gegen die Tür gehämmert. >> Wenn sie uns den Eintritt verwehren, dann lassen wir sie umbringen! <<

Nun wendet sich Ratch wieder an Bernardo. >> Ich würde mal sagen, wer zu faul ist, jemanden selber umzulegen, der gehört zu den Soldaten. Mit anderen Worten: Ja. <<

Kurz darauf werden die Scheiben des Nebenzimmers zerschossen. Beide gucken sofort zu den Fenstern. Sie sehen Soldaten, die die Gewehre auf sie richten. >> Na toll. <<, sagt Ratch. >> Anlegen! Zielen! Feuer! In dem Moment, als sie feuern wollen, drückt Bernardo ihn und sich selbst nach unten. Die Schüsse verfehlen sie nur knapp. >> Man kann sich wirklich nirgends in Sicherheit bringen. <<, fällt Bernardo auf. Plötzlich hören sie laute Geräusche. Es war der Kronleuchter, auf dem sich die Vögel befanden, als Ratch den Plan erklärt hat. >> Es würde mich nicht wundern, wenn die ganze Taverne einstürzt. Sie können die Soldaten vor den Fenstern nicht mehr hören. >> Ich glaube, die sind weg. Glaubst du? Kann ja sein. <<

Ratch kniet sich hin und bewegt sich langsam zu den Fenstern hin. Als er geradeso sehen kann, was draußen passiert, guckt er mit einem ernüchterndem Blick, mit seinem ganzen Gesicht, aus dem Fenster. Ein paar seiner Männer haben die Soldaten niedergerungen. >> Und? Sind sie weg? *Aye, das kann man so sagen.* <<

Ratch begibt sich zur Tür des Nebenraumes. Bernardo folgt ihm. Diesmal versuchen sie die Tür zu öffnen. Weil sie in dem Raum stehen gelingt es ihnen auch die Tür zu öffnen, aufgrund dessen, dass sie nur von dieser Seite verschlossen war. >> Ja, endlich. <<, sagt Bernardo, als sie die Tür geöffnet haben. Bevor sie rausgehen, gucken sie sich um, ob sie weitere Gefahren sehen können. >> Siehst du was Ratch? *Nein, gerade nicht, aber unsere Sonderrechte scheinen hier jetzt nicht mehr zu gelten, weil die Soldaten das Feuer auf uns eröffnet haben. Deswegen sollten wir vorsichtig sein.* <<

Kurz darauf verlassen sie den Raum und rennen in Richtung Hafen. >> Ratch! Bernardo! Hier sind wir! <<

Es sind die Vögel. Die beiden sehen sie sofort und rennen dabei weiter. Sie fliegen über dem Dach der Taverne entlang und steuern auf die beiden Jungen zu. >> Geht es euch gut!? <<, fragt Ratch. >> Ja, also glaube ich zumindest! <<, behauptet Tyler. Weil er sich bei seiner Aussage immer unsicherer wird, guckt er am Ende seines Satzes die anderen Vögel fragend an. Daraufhin antworten sie für sich selbst. >> Ja, also so weit ist alles gut. *Ich kann mich nicht beklagen.* Ja, mir geht es auch gut, aber den in der Taverne wohl eher nicht. <<, bereden sie alle, während sie in Richtung Strand laufen.

In der Taverne geht es ordentlich zur Sache. Während sich die Männer gegen ihre Unterdrücker behaupten können, scheinen die Soldaten deswegen eher als Unterzahl unter zu gehen. Bis jetzt können die Kerzen, die auf dem Boden liegen nicht viel Schaden anrichten, weil der Boden zu feucht ist.

Ein Schiff wurde alarmiert, das gerade zur Taverne hinsegelt. Es wirft den Anker aus, als es sich gerade mal vor dem Hafen befindet. Es ist fähig auf die Taverne zu schießen. Aber das Schiff eröffnet nicht das Feuer. Stattdessen wirft es eine riesige Planke aus. Ratch, Tyler, der Tukan, der Graukardinal, der Kanarienvogel und Bernardo bleiben stehen. >> Was machen die da? <<, fragt der Graukardinal. >> Offensichtlich laden die irgendetwas vom Schiff. <<

Während die anderen mutmaßen und darüber diskutieren, was das sein könnte, was sich in den Fässern befindet, die die Soldaten transportieren, guckt Ratch genauer hin und befürchtet etwas. >> Ich glaube das ist Schießpulver. *Wie bitte? Was wollen die denn damit?* Es kann sein, dass sie vorhaben die Taverne zu sprengen. <<, sagt Ratch. >> Warum sollten sie die Taverne sprengen? <<, fragt Tyler Ratch. >> Ein Argument wäre, damit sie diesen Aufstand beenden. Wenn das ihr Vorhaben sein sollte, dann sind wir davon auch betroffen, weil der Totenschädel noch oben im Zimmer liegt. <<

Die Soldaten vom Schiff rennen in die Taverne und schmeißen die Fässer auf den Boden. >> Beim Klabautermann. Verdammt! Nichts wie raus hier! Das ist verdammter Sprengstoff! <<

Die Männer versuchen aus der Taverne zu entkommen, aber die Soldaten halten sie auf, indem Verstärkung auf sie zuläuft.

Ratch und die anderen verstecken sich in der Nähe in einem Gebüsch. Von dort können sie das ganze Geschehen beobachten. >> Unsere Anhänger versuchen zu entkommen. <<, fällt dem Kanarienvogel auf. >> Aber ich glaube, dass sie noch nicht schießen werden. Solange sich Soldaten in der Taverne befinden, können sie den ganzen Laden nicht hochjagen, ohne sich selber zu töten. Das wäre eine gute Gelegenheit, um den Schädel zu holen. Ich bin gleich wieder da. *Warte Ratch Warte!* <<

Der Tukan versucht ihn zu warnen. >> Wenn du da jetzt wieder reingehst, dann könnte sein, dass du vielleicht nicht mehr wieder rauskommst. *Er   hat   recht   Ratch.*   << Tyler unterstützt den Tukan. >> Was ist, wenn sie dich kriegen? <<

Während sie in dem Gebüsch verstecken, denkt Ratch nach. >> Ich habe schon einen ungefähren Plan. Und außerdem sind wir besonders, Tyler. Das ist womöglich unsere letzte Chance. Wenn wir jetzt warten kann es sein, dass wir den Schädel nicht mehr bekommen. Er ist sehr empfindlich. <<

Tyler scheint überzeugt zu sein. >> Na gut, aber pass auf. <<

Die anderen akzeptieren nur schwer, was Ratch jetzt macht. Er begibt sich aus dem Gebüsch und rennt zum Hinterraum der Taverne. Als er in dem Raum ist, guckt er sich um, wo die Frau ist. Zuerst kann er sie nicht entdecken, aber kurze Zeit später sieht er sie noch im selben Raum liegen. Sie ist nicht tot, nur verwundet. >> Da bist... du ja. <<, begrüßt sie ihn. Ratch begibt sich zu ihr. >> Was ist denn mit dir passiert? *Getroffen, siehst du doch.* Definiere: „Getroffen". *Es bedeutet, dass ich ne verdammte Kugel abgefangen habe, als ich mal wieder schießen wollte. Aber versuch' gar nicht erst mir zu helfen. Ich komm' schon durch und außerdem ist mir nicht mehr zu helfen.* <<

Ratch hat in seinem Plan erhofft, dass sie ihn mit ihre Waffe kurz den Rücken freihalten kann. >> Ich muss sagen, dass es wirklich ungünstig ist, weil ich gehofft hatte, dass du mir helfen kannst meinen Weg bis nach oben freizuhalten. <<

Ohne Worte zeigt die Frau nach links. Ratch guckt in die Richtung und sieht die Waffe liegen. >> Na toll. <<

Die anderen sind immer noch in dem Gebüsch und hoffen darauf, dass es Ratch gut geht. >> Unsere Leute scheinen es zu schaffen gegen die anderen anzukommen, schon wieder. <<, sagt

Tyler. Einige der Männer rennen schon aus der Taverne raus. Der Kampf verlegt sich zum Teil nach draußen. Das ist aber nicht das Ziel. Die Männer wollen weiter zum Lagerhaus vordringen.

>> In welche Richtung müssen wir jetzt?! <<, fragt einer der Männer, die nicht wissen, wo das Lagerhaus liegt. >> Keine Ahnung. Die Kutscher sollten schon hier sein. <<

Die beiden, der vielen Männer, die wissen, wo das Lagerhaus liegt sind schon vor einiger Zeit los gerannt, um nach den Kutschen zu suchen. >> Leute, seht mal dort. <<

Die Kutscher kommen kurze Zeit später. >> Ich glaube die wollen immer noch wirklich zu diesem Lagerhaus. Sogar nach allem, was sie gerade durchgemacht haben. <<

Ratch hockt jetzt mit der Waffe hinter der Theke. Sie ist geladen. Bevor er schießt, atmet er nochmal aus. Danach stellt er sich kurz hin und schießt eine der bedrohlichsten Soldaten weg, die ihm im Weg steht. Jetzt lädt er nach.

In der Zeit haben Bernardo und die Vögel einen Plan ausgedacht, was sie währenddessen machen könnten, während Ratch noch beschäftigt ist. Als die Kutscher anhalten, rennen sie zu ihnen. Schnell erkenn die Männer, dass der Bernardo der andere Junge ist, der am Tisch stand. >> Wartet! Wir kommen mit! <<, rufen sie zu den Kutschern, bevor sie sie bemerkt haben. >> In welchem Team bist du zugeordnet. <<

Bernardo überlegt. >> Ähhh... Welches ist für die Beladung zuständig? <<

Der Kutscher antwortet sofort. >> „Team Beta". Bist du dort eingeteilt? *Aye, bin ich.* Klasse, dann spring' bei mir in die Kutsche. <<

Ohne zu zögern steigt Bernardo ein und die Vögel begleiten ihn dann aus der Luft.

Ratch hat in der Zwischenzeit schon ein paar mehr bedrohliche Soldaten aus dem Weg geräumt. Er legt die Waffe neben sich ab, springt über die Theke und rennt so schnell er kann nach oben ins Zimmer. Auf dem Weg nach oben weicht er Schwerthieben aus, hat Glück, dass ihn jede Kugel verfehlt und hat Schwierigkeiten auf der Treppe schnell nach oben zu kommen, weil er Stufen nie schnell nach oben steigen kann. Egal wie sehr er versucht Treppen nach oben zu rennen, er ist immer langsam. Als er oben angekommen ist lässt er sich zum Schutz durch den Türrahmen fallen. Auf dem Boden kriecht er dann bis zum Bett, wo der Schädel liegt. Bevor er ihn sich nimmt, steht er auf. >> Hab' ich dich. <<

Als Ratch das Zimmer wieder verlassen wollte, stellt sich ihm ein Soldat in den Weg, der mit seinem Gewehr auf ihn zielt. >> Hab' ich dich du verfluchter... <<

Noch bevor er seinen Satz zu Ende sprechen kann, hält ihm Ratch den Schädel vor sein Gesicht. Der Soldat guckt ihm direkt in die Augen und ist wie hypnotisiert. Immer, wenn Ratch jetzt ein Schritt nach vorne macht, macht der Soldat einen Schritt nach hinten. >> Ja, endlich kann ich das mal ausprobieren. <<

Bevor Ratch das richtig zu seinem Vorteil nutzt, spielt er erst mal damit, indem er ihn ein Stück nach vorne und ein Stück nach hinten laufen lässt. Um dem Soldaten den Gnadenstoß zu verpassen, geht Ratch soweit nach vorn, dass der Soldat genug Schritte nach hinten macht, um über das Holzgeländer nach unten zu fallen. Als er fällt, bricht die Hypnose ab, weil kein Augenkontakt mehr besteht. Er landet auf der Theke. Ratch ist positiv überrascht. >> Das ist ja noch viel besser, als ich es in Erinnerung habe. << Kurz nachdem er den Soldaten besiegt hat, nimmt er den Schädel wieder unter den Arm und geht zur Tür. Während er sich ihr nähert sieht er, dass die Taverne komplett leer ist. Er hört, wie alle davonrennen. Die Fässer liegen noch da. Als Ratch ahnt, was passiert, ist es schon zu spät. >> Oh. <<

Es kommt zur Explosion.

Bernardo liegt im Wagen und guckt nach hinten raus. Die Plane, die ihn versteckt, hebt er ein wenig an, sodass er nach hinten raus gucken kann. Die Vögel sitzen auf der Plane und schauen in die selbe Richtung. Sie alle beobachten, wie die Taverne explodiert. Alle staunen zu tiefst. >> Raaatch! <<, ruft Tyler. Ohne zu zögern fliegt er so schnell er kann los und zurück zur Taverne. Sie ist nicht zusammengefallen, doch riesige Teile wurden weggesprengt. Sie steht in Flammen. Der Krach hat die Einwohner aus ihren Häusern und   Unterkünften   herausgelockt.

Die Taverne steht immer noch. Die Fässer lagen nur am Eingang. Von innen sieht man nur, wie brennende Querbalken von der Decke stürzen. Die Treppe, die zu den oberen Zimmern führt, bricht in sich zusammen. Das Wandregal mit den ehemals dekorierten Glasflaschen fällt von der Wand. Ratch liegt auf dem Boden, aber er kommt wieder zu sich. Aber nur sehr langsam. Zuerst öffnet er die Augen und realisiert noch. Anschließend muss er husten. Im Gesicht ist er voll mit Ruß und Blut. Der Totenschädel liegt an einem der Betten. Es ist zu weit von Ratch entfernt, als das er es schnell erreichen könnte. Er schaut sich im ganzen Zimmer um, wo der Schädel liegt. Einen Augenblick später entdeckt er ihn. Er versucht ihn zu erreichen, indem er dorthin kriecht. Nach einer kurzen Zeit, in der die Taverne brennt, sackt sie einen Meter zusammen. Dennoch bricht sie nicht völlig ein. Sie ist nur deformiert. Aufgrund der Deformierung steht das Zimmer von Ratch jetzt schräg. Deswegen rutscht er automatisch in Richtung Tür. Dort ist es aber am ungünstigsten, weil die sich ausbreitenden Flammen von dort kommen. Noch rechtzeitig kann er sich retten, indem er sich mit seinen Beinen bremst, die er an den Türrahmen platziert. Jetzt hat er nur das andere Problem, dass die Betten, sowie der Stuhl, als auch der Tisch zu ihm gerutscht kommen. Dafür aber auch der Schädel. Langsam gewinnt er wieder an Kräften. Er fängt den rutschenden Schädel auf. Die Betten, die auf ihn zukommen, werden immer schneller. Eines der Betten rutscht quer auf ihn zu. Weil alle drei so hoch sind, können sie ihn nur treffen, wenn ihn ein Bein erwischt, oder wenn er versucht aufzustehen. Das Bett, welches quer auf ihn zukommt, rutscht über ihn drüber. Glücklicherweise ist es so hoch und so breit, dass es ihn nicht erwischt. Allerdings kracht es mit voller Wucht gegen die Wand, die Ratch nutzt, um sich abzufangen und zu verhindern, dass er nicht nach „unten" rutscht. Deswegen gibt sie ein wenig nach, bricht aber noch nicht weg. Ratch nutzt diese kurze Gelegenheit, um den Rand des Bettes zu greifen, womit er sich nach „oben" ziehen kann. Doch als die anderen Betten und der Tisch sowie der Stuhl an verschiedensten Punkten auf die Wand treffen, gibt sie schließlich nach und bricht weg. Somit rutscht auch das Bett weiter, welches Ratch als Hilfe zum Abstützen genutzt hat. Jetzt kann er sich nur noch an Resten der Wand mit einer Hand festhalten, weil er die andere dazu braucht, um den Schädel zu halten. Er ist noch nicht stark genug, um aufzustehen und von den gefährlichsten Stellen wegzulaufen. Zwei von den drei Betten sind immer noch da. Plötzlich erscheint Tyler am Fenster, der verzweifelt nach Ratch sieht. Er kann ihn entdecken, aber nur kaum, weil das Fenster auch mit Ruß bedeckt ist. >> Ratch! RATCH! <<, ruft er. Er hört ihn nicht. Daraufhin versucht er mit seinem Schnabel das Fenster zu öffnen. Leider ohne Erfolg. Er sucht hektisch nach Hilfsmitteln, die er nutzen könnte, bis er am Strand die Palmen entdeckt. Sie haben Kokosnüsse. Schnell fliegt er dorthin und holt sich eine.

Bernardo und die anderen sind noch bei den Wägen und helfen den anderen ihr Zeug zu holen. >> Glaubt ihr... Glaubt ihr es ist um Ratch geschehen? <<, fragt Bernardo. >> Nein, das kann es einfach nicht. Er hat gesagt, dass er einen Plan hat, wie er sich den Schädel zurückholt. Er hat gesagt, dass sie nicht auf die Fässer schießen, solange sie ihre eigenen Männer dort haben. Wieso ist das passiert? <<, wundert sich der Kanarienvogel. Während sie miteinander reden, fahren die Kutscher ruhig an den Soldaten vorbei. Ein paar kommen vom Lagerhaus und gehen in Richtung Taverne. >> Wieso greifen die uns nicht an? <<, fragt der Graukardinal, als sie die Soldaten vorbeireiten und rennen sehen. >> Die wissen nicht, dass wir was damit zu tun haben. <<, antwortet der Tukan. Wenig später kommen sie an der Mauer an. Die Tore stehen offen. Keine Soldaten sind mehr in Sicht. Es ist niemand mehr da, der das Lagerhaus bewacht. Als sie am eigentlich Lagerhaus ankommen, positionieren sie die Wägen so, dass sie sie beladen können. Während die Kutscher absteigen und das Zeichen in Form eines leichten Schlages auf die Plane geben, kommen alle anderen auch zum Vorschein. >> Hört zu, wir müssen „Team Alpha" aufteilen. Am besten wäre es, wenn die Hälfte zu uns und die Hälfte zu den anderen geht. <<, fordert einer der Männer aus „Team Alpha", während alle anderen ihren Aufgaben bereits nachgehen. >> Wie soll das denn gehen? Es können doch unmöglich gleich viele Leute in ein und genauso viele Leute in ein anderes Team wechseln, wenn es nur aus 9 Leuten besteht. <<, reagiert ein andere aus „Team Alpha". Die beiden beginnen eine Diskussion, während die anderen schon alles das machen, was sie tun sollen. >> Natürlich geht das. *Aha, und wie bitte soll das möglich sein? Wie sollen denn bitte 4 und ein halber Mensch in das eine Team und 4 und ein halber in ein anderes Team gehen können, he?* Ach so, stimmt. <<

Einer der Kutscher unterbricht sie. >> Hört auf zu labern und beladet einfach die Wägen. Oder lasst es bleiben und bewacht die Situation. <<

Daraufhin wendet sich der Kutscher wieder von den beiden ab. Die zwei sehen sich noch einmal an und gehen in verschiedene Richtungen, um mitzuhelfen.

Als Tyler mit einer Kokosnuss zurück kommt, lässt er sie von weit oben fallen. Diese gewinnt in ihrem Flug so sehr an Geschwindigkeit, dass sie durch das Fenster fliegt. Nicht nur wegen dem Geräusch des Fensters, sondern auch weil Ratch die Kokosnuss an sich vorbei rutschen sieht, guckt er nach oben. Tyler fliegt wieder zurück zum Fenster. >> Raatch! <<

Diesmal hört er Tyler auch. In seinem Blick zum Fenster nach oben kann er ihn auch sehen. Erleichtert sieht er Tyler nun an und Tyler sieht erleichtert Ratch an. In der Zwischenzeit hat Ratch wieder an Kraft gewonnen. Er schwingt seinen Arm mit dem Totenschädel hin und her und lässt ihn dann los, als er zum Fenster fliegt. Bevor Ratch ihn loslässt, warnt er Tyler nochmal. >> Achtung! <<

Dann lässt er ihn los. Er fliegt geradewegs auf das zerstörte Fenster zu. Als der Totenschädel aus dem Rahmen fliegt, bricht er nochmal einige kleinere Glasscherben mit weg. Tyler weicht ihm zwar aus, dafür guckt er ihm aber nach, um zu sehen wo er landet.

Sofort fliegt er ihm auch hinterher. Tyler bringt den Schädel erst mal in Sicherheit. Er legt ihn am Strand ab, wo er ihn sehen kann.

Ratch versucht aufzustehen. Das gelingt ihm jetzt auch endlich. Er kann noch geradeso auf dem Boden stehen. Als er zum Fenster läuft und hinausguckt, sieht er, dass es unmöglich ist, ohne sich zu verletzen, aus dem Fenster zu klettern. Allerdings hat er noch eine andere Idee. An der Tür hat er gesehen, dass in der Taverne noch Fässer liegen. „Sie mussten nach der Explosion hineingetragen wurden sein, weil sie sonst mit hochgegangen wären. Wenn das der Fall sein sollte, dann haben sie vor, nochmal zu feuern". Das sind die Gedanken von Ratch. Allerdings kommt ihm eine Idee. Er beeilt sich, weil er nicht weiß, wann die Soldaten das nächste mal schießen werden. Von den zwei Betten, die noch übrig waren, erleichtert er sie von ihrem Matratzen. Die Eine stellt er an die Wand, wo das zerschlagene Fenster ist und die andere Matratze stellt er vor sich und hält sie fest. Es war wirklich schwer das alles alle so aufzurichten, weil das Zimmer sehr schräg steht.

Tyler flog nochmal los, um nach Ratch zu sehen. Auf einmal kommt die zweite Explosion. Diese ist noch stärker, als die erste. Sie verletzt Tyler nicht, aber die Druckwelle schleudert ihn weg.

Bernardo, die Vögel und die anderen hören nur einen riesigen Knall. Als sie ihn vernehmen, bleiben sie alle stehen und gucken in die selbe Richtung.

Die Bewohner und die Soldaten der Insel werden teilweise ein wenig mitgerissen. Jedes umliegende Haus bekommt nur fliegende Teile ab und wird ein wenig verschoben, aber keines bricht zusammen.

Die Taverne hat diese Explosion nicht überstanden. Sie fällt komplett auseinander. Der Teil der Taverne mit Ratch kippt zur Seite um und kracht brennend auf den Boden auf. Beim Aufprall rutschen und fliegen kleine und große Teile weg. Die beiden Matratzen haben Ratch vorne und hinten ausreichend gepolstert. Das Holz, auf dem die Matratzen, und somit auch Ratch selbst liegen, löst sich ab und rutscht in Richtung Strand. Dort kommt alles zum Stehen. Ratch nimmt die komplett verkohlte Matratze von sich und sieht den Schädel direkt vor sich liegen. Wenig später stößt Tyler auf ihn. >> Ratch! Du lebst noch. <<

Als Reaktion bekommt er zunächst nicht mal ein Wort raus, weil er noch ganz benommen ist. Tyler fällt ihm in die Arme. Dann aber beginnt Ratch zu lächeln. >> Das war nicht mein Plan. <<, antwortet er,   als   wäre   er   betrunken.

Während Bernardo und die anderen die Wägen beladen, hören sie auf einmal ein Geräusch. Es ist eine Glocke. Allerdings ist es nicht die, die geläutet wurde, um alle in ihre Häuser zurückzuschicken. Es ist eine, die genau so klingt, aber dessen Geräusch näher am Lagerhaus ist. Sie warnt vor Eindringlingen. >> Vorsicht! Die Soldaten   kommen!   <<
Sie sehen, wie durch den Eingang des gesamten Geländes eine große Horde Soldaten angerannt kommt. Sie reiten nicht. Die meisten von ihnen halten Schwerter in ihren Händen, die sie auch gen Himmel nach oben strecken. Andere Soldaten halten mit ihren Händen ein Gewehr fest. >> Jetzt aber nichts wie weg hier! <<

Die Kutscher werden nervös und die Pferde unruhig. Jeder nimmt noch die letzte Fracht, die er tragen kann, mit. Auf dem Weg zu den Wägen fallen immer mal wieder einige kleine Dinge auf den Boden, weil jeder unkonzentriert versucht so schnell und so viel wie möglich mitzunehmen. Als alle ihre letzte Fracht in die Wägen reinwerfen, springen sie gleich hinterher. >> Wieso haben wir uns nicht vorher überlegt, dass wir nicht mehr alle reinpassen, um uns zu verstecken, wenn wir mit den Kutschen fahren? <<, regt sich eine ältere Frau in der Crew auf. Es ist die Köchin, die Bernardo und Ratch auf der Voiless ihre Aufgaben gegeben hat. >> Jetzt ist es Zeit für den verdammten Plan B! <<

Einer der Crew, der auf den Wagen zurennt hat viele Schusswaffen dabei. Er wirft ein paar auf den einen Wagen und ein paar zu den anderen. Dann steigt er selber mit auf. Inzwischen sitzen jetzt alle auf dicken Stoff, Holz und Metall Balken, nehmen die Waffen auf, laden nach und machen sich bereit den Weg frei zuschießen. >> Los! Bring die Pferde zum Galopp, Kutscher! <<

Alle beiden Wägen verlassen schnell das Lagerhaus. Bei beiden Kutschern zielen mehrere Crewmitglieder über die Schulter der Kutscher. Somit haben sie eine gewisse Deckung, aber auch eine gewisse Behinderung, weil sie den Kutschern manchmal im Weg sind. Am Tor des gesamten Geländes, errichten die Soldaten eine Barrikade. Dabei stellen sie keine Dinge in den Weg, sondern versuchen den Kutschern den Weg zu versperren, indem sie sich selbst in den Weg stellen. Der Mittlerste, aller Soldaten kniet sich auf sein linkes Knie, hebt die linke Hand um 90° nach oben und pfeift mit einer Trillerpfeife, die er in seiner rechten Hand hat. Die Crew eröffnet das Feuer. Der Soldat mit der Trillerpfeife ist das erste Opfer. Die Soldaten erwidern schnell das Feuer der Crew. Doch die Wägen sind mittlerweile zu schnell. Bevor die Soldaten einen wirklichen Schaden anrichten können, rasen die Kutscher geradewegs durch sie durch. Die meisten springen noch zur Seite, aber manche werden getroffen und weggestoßen. Der Eingang ist ein riesiger Rundbogen und an den Seiten hängen zwei Laternen. Als die Wägen das Gelände schon verlassen haben, schießt die Crew immer noch auf die Soldaten. Eine der Crew schießt aber auf die Laternen, um den Weg für die Soldaten zu blockieren. Danach stellen sie ihr Feuer ein.

Ratch und Tyler sind am Strand. Doch sie befinden sich nicht mehr auf der Matratze, sondern laufen schon in Richtung Hafen. Dabei sitzt Tyler auf der rechten Schulter von Ratch. >> Die Crew ist übereilt mit allen anderen zum Lagerhaus gefahren. Wir könnten ihnen entgegenkommen, oder? << Ratch denkt gar nicht lange nach. >> Wir sollten aber vorsichtig sein. Zur Sicherheit versuchen wir uns vor allen anderen Soldaten zu verstecken. Ich meine, gleich neben uns ist das Schiff, das für die Explosion verantwortlich ist und an den restlichen Teilen der Taverne stehen auch genug Zeugen. Wenn sie uns sehen, könnten sie denken, dass wir etwas mit dem Unfall zu tun haben. *Wieso?* <<, fragt Tyler. >> Ich bin mit Ruß übersät. <<, antwortet Ratch und zeigt an sich von oben nach unten. >> Und wie lang gehen wir da jetzt? *Nun, ich würde sagen wir laufen zuerst ein bisschen nach oben hin.*

*Dort sollten relativ wenig bis gar keine Soldaten auf uns warten,
oder...* <<

Plötzlich wird Ratch unterbrochen, weil er die Crew sehen kann,
die hinter den Häusern hervorkommt. >> Ist diese riesige Meute von
wütenden, um sich schießenden Leuten die auf den Wägen sitzen
und auf Rädern in unsere Richtung steuern, unser Haufen? <<, fragt
Ratch. >> Sieht ganz so aus. <<

Die beiden bleiben stehen und gucken erst mal nur, wohin sie
fahren.

>> Hey sieh mal! Gehört der nicht zu uns? <<, fragt einer der
Kutscher einen der Crew, die ihm Deckung gibt. Er guckt genauer
hin und bestätigt seine Aussage. >> Aye das ist er. Fahr näher an ihn
ran. <<

>> Tyler, es sieht so aus, als wenn sie direkt auf uns zu steuern.
Und was machen wir da jetzt? Stehen bleiben. *Ahhh ja, verstehe.* <<

Tyler hält sich an Ratch fest und Ratch streckt seine linke Hand
nach links oben aus. Daraufhin greift ihn einer der Leute, die ihn
ebenfalls erkannt haben. Sie setzen ihn auf dem Wagen ab. Direkt
danach setzt er sich. Als er sieht, dass Bernardo nicht auf diesem
Wagen ist, guckt er sich um, um zu sehen, ob er auf dem anderen
ist. >> Ratch! *Ja!* Wir dachten du wärst tot! Weißt du wie froh wir
sind, dass du noch da bist?! *Ich erst!* <<

Sie müssen lauter miteinander sprechen, weil die Fahrt leise
Worte unverständlich macht. Einer der Leute, die auf Ratch's
Wagen sind, fragen ihn wohin sie jetzt müssen. >> Wohin jetzt
Käpt'n? *Wir müssen irgendwie unter die Insel. Dort ist das Wrack,
dass auf uns wartet.* Wie um alles in der Welt sollen wir mit
beladenen Wägen, also mit so viel Fracht, so einfach „unter" die
Insel kommen? Die Soldaten kleben uns auch am Arsch. <<

Ratch denkt nach. >> Wir fallen. *Wie bitte? Was soll das denn heißen.* Wir müssen nur immer weiter am Rand der Insel entlang fahren. Wenn der Wasserfall dann direkt neben uns ist, steuern wir auf den Abgrund zu, koppeln die Pferde ab und lassen uns in die Tiefe stürzen. Das Wasser ist tief genug. *Und was soll ich dann machen ich kann nicht schwimmen.* Holz treibt nach oben. Versuch' dich nur solange über Wasser zu halten, bis du was kriegen kannst. *Was ist, wenn wir alle erschlagen werden, weil uns alles auf den Kopf fällt?* Wenn wir früh genug abspringen, das bedeutet uns vom Wagen abstoßen, dann können wir durchaus im Wasser landen, ohne das uns was auf den Kopf fällt. <<

Ratch kann zwar alle Fragen beantworten, aber trotzdem gucken sich noch alle verwundert und fassungslos an. >> Ratch, *meinst du das ernst?* Es ist der einzige Weg, Tyler. <<

Die auf dem anderen Wagen wissen noch nichts von dem Vorhaben und ahnen noch nicht, was sie gleich erfahren werden. Ratch bittet den Kutscher ihn näher an den anderen Wagen zu bringen, damit er umsteigen kann. Als Ratch die Gelegenheit sieht, macht er einen kleinen Sprung auf den anderen Wagen. Dort berichtet er Bernardo, den Vögeln und den anderen, was sie tun wollen. >> Bist du verrückt Ratch? Was ist, wenn ich den Sturz nicht schaffe? <<, fragt ihn der Graukardinal. >> Du bist ein Vogel. Du kannst fliegen. *Oh stimmt.* <<, redet der Kanarienvogel mit ihm, bevor Ratch etwas sagen kann. In den nächsten Augenblicken überlegen alle, was sie sagen sollen. >> Also... ich kann's nicht fassen. Was zur Hölle. Über was denken wir hier bitte nach? <<, fragt sich der Kutscher des Wagens, auf dem Bernardo und die anderen Vögel sind. >> Wollt ihr eure Freiheit, oder wollt ihr sie nicht? Wollt ihr von hier wegkommen, oder wollt ihr es nicht? <<

Mit seinen Fragen versucht Ratch die gesamte Crew aufzubauen und zu motivieren. >> Aye. <<, sagt einer der Crew nach kurzem Schweigen. Danach folgen die anderen und werden immer lauter. >> Aye. Aye! AYE! <<

Am Schluss sagen es nochmal alle zusammen laut. Ratch freut sich ein wenig. >> Gut. <<

Von hinten rücken schon die anderen Soldaten auf den Pferden an. Sie haben eine Pistole in der einen Hand und die andere Hand führt das Pferd. Sie schießen auf die Wägen. Die Crew wehrt sich. Tyler fliegt zu den anderen. Sie decken sich. Die Wege teilen sich. Ein schmaler Weg an der Klippe führt weiter geradeaus und der andere führt zwar nach oben, aber er grenzt weiterhin an den anderen. Die Wägen müssen sich aufteilen, weil sie direkt nebeneinander fahren. Die Soldaten machen das gleiche. Zwei folgen dem Wagen mit Ratch, Bernardo und den Vögeln und drei folgen dem anderen Wagen. Die Soldaten treffen den Wagen selbst, den Boden und ein paar der Crew. Diese werden aber nur angeschossen. Die Crew hingegen, die in Vielzahl auf die Soldaten schießt, trifft schnell. >> Ich glaube der Wagen macht es nicht mehr lange. <<, fällt einem Crewmitglied auf. Eines der Räder wurde beschädigt. Durch den unebenen Boden wird der Schaden nur noch vergrößert. An dem anderen Rand des Weges ist eine Mauer, die in die Höhe ragt. Oben stehen schon Soldaten, die versuchen zu treffen. Die übrigen in dem Wagen versuchen die Plane zum Schutz zu nehmen. Andere wiederum erwidern das Feuer. Plötzlich bricht ein Rad weg. >> Was machen wir jetzt Ratch? <<, fragt ihn Bernardo. Ratch guckt auf den Boden des Wagens. Auf ihm sind Metall und Stoff geladen. >> Ich habe eine Idee. Okay, wir müssen jetzt zusammen arbeiten. Du greifst dir das lange Seil dort und ich halte mit anderen die Metallbalken hoch. Dann bündeln wir das Metall mit dem Seil an einem Ende zusammen und mit dem Seil da, machen wir das Gleiche am anderen Ende des Metalls. Danach verbinden wir die zwei Seilenden zu einem großen Seil und lassen das verbundene Seilende auf den Wagen nach unten fallen. <<

Der Kanarienvogel unterbricht ihn. >> Hey Ratch, können wir auch etwas machen? <<

Ratch wendet sich an die Vögel. >> Ja, ihr seid sogar sehr wichtig. Wenn das Seilende dann auf dem Wagen, dort unten, liegt, müsst ihr nach unten fliegen und versuchen es um ihn zu befestigen, sodass der ganze Wagen von dem Seil umspannt ist. So etwas als Mensch zu machen, könnte schwierig werden, aber für solch tolle Geschöpfe wie euch, die fliegen können, sollte die Aufgabe passend sein. <<

Die Vögel gucken sich gegenseitig an und sind aufgeregt, weil sie etwas spannendes machen können. >> Gehen wir es an. <<

Die Vögel machen sich bereit loszufliegen, Ratch hebt mit anderen das Metall ein wenig an und Bernardo bindet das erste Seilende um das Ende der Metallbalken. Das Gleiche machen sie auf der anderen Seite und somit wurden die Metallbalken gebündelt. Während Ratch die anderen zwei Seilenden zu einem großen verbindet, erklärt er dem Rest der Crew, was sie machen sollten. >> Wir haben nur noch ein Hinterrad. Auf mein Zeichen muss es euch allen gelingen, das andere Hinterrad zu zerstören. Dann kippt der Wagen hoffentlich nach hinten und das Metall rutscht auf den Boden. Was danach passieren soll, verrate ich nicht, weil es sonst nicht passiert.<< Als das Seil auf dem unteren Wagen landet, fliegen die Vögel nach unten, um ihren Teil der Arbeit zu erledigen.

Sie haben einige Schwierigkeiten, weil sie das alles während der Fahrt machen müssen und die drei Soldaten, die hinter diesem Wagen hinterher geritten sind, sind noch immer da. Sowohl die Crew, als auch die Soldaten, schießen. Der Graukardinal und der Kanarienvogel ziehen das Ende des großen Seils unter dem Wagen durch. Der Tukan versucht darauf aufzupassen, dass sich das Seil nicht in einem der Räder verfängt. Allerdings ist es kompliziert, weil er unter dem Wagen schlecht auf einer Stelle fliegen kann. >> Hey Tyler, ich brauch' hier mal deine Hilfe. <<, bittet ihn der Tukan. >> Ich bin leider gerade ein wenig beschäftigt. <<, antwortet er. Er ist dabei, das Seil auf dem Wagen richtig zu positionieren, damit es dort nicht auch etwas macht, was allen zum Verhängnis werden könnte. Schließlich aber lässt er es sein und fliegt zu dem Riesentukan. >> Was gibt's? *Wir müssen zusammen unter den Wagen fliegen. Siehst du, das Seil macht sich selbstständig. Vorhin war ich schon mal unten, aber alleine habe ich es nicht geschafft. Deswegen habe ich dich gerufen.* <<

Bernardo und Ratch stehen oben. >> Was machen wir jetzt, Ratch? *Wir können nur daran glauben, dass sie das mit dem Seil rechtzeitig hinbekommen.* Warum rechtzeitig? *Mein Plan setzt voraus, dass wir spätestens am Wasserfall mit allen Vorbereitungen fertig sind. Sonst ist es entweder zu spät oder wir müssen nochmal eine Runde fahren.* Dann hoffe ich lieber, dass wir es schaffen. <<

Plötzlich hören sie einen Ruf von einem der Vögel. Es ist der Graukardinal. Ratch guckt nach unten. >> Heeeeeeey! Wir haben Probleme mit dem Seil. Einer von euch muss uns helfen. <<

Mit einem Blick, als hätte er es ahnen können, schaut Ratch wieder nach oben. >> Weißt du Bernardo, jetzt kommt Plan B in Plan A. *Warum „in Plan A"?* Weil das ganze hier immer noch Plan A ist. Aber für die jetzige Stelle gibt es zwei Möglichkeiten. Die Ersatzmöglichkeit, welche wir jetzt durchführen müssen, ist sozusagen Plan B, während Plan A noch nicht vorbei ist. *Was müssen wir da jetzt tun?* Na ja, mehr musst du was tun. *Und was?* Ich halte das große Seil aus Sicherheitsgründen von hier oben und du musst das Seil dazu nutzen um dich auf den unteren Wagen abzuseilen. *Wie soll ich das denn machen?* Normalerweise würde man sich mit beiden Händen an dem Seil festhalten, es wahrscheinlich auch irgendwie an sich befestigen und die Wand dazu nutzen, um sich abzustoßen und hinunterzuklettern. Da wir gerade in Fahrt sind, musst du dich nicht abstoßen, sondern an der Wand entlang rennen. *Kann der Tag noch schlimmer werden?* Bestimmt. *Ratch, ich weiß ja, wo für ich das machen soll, aber versprich mir, dass du mir was schuldest, wenn ich damit fertig bin, okay?* Ja, auf jeden Fall. Das tu ich sowieso schon. <<

Bernardo befestigt das Seil an sich und dreht sich um. >> Ich muss verrückt sein. <<

Nach einiger Überwindung hat er noch eine Frage. >> Ratch, wieso machst du das hier eigentlich nicht? *Ich habe gerade eine Tavernenexplosion überlebt. Außerdem wollte ich nicht alles machen.* <<

Bernardo macht sich bereit. Dann lässt er sich solange im Kerzensprung und mit beiden Händen an dem Seil befestigt, fallen bis es straff wird und er sich halten muss. Jetzt hängt er da. Durch die Schwingung wird er zur Wand hin „befördert". Sein Instinkt rät ihm das zu machen, was ihm Ratch empfohlen hat. Deswegen beginnt er an der Wand entlang zu rennen, sobald er sie berührt. Die Soldaten bemerken das und versuchen nun ihn zu treffen, aber einer der Crew ist schneller. Dieser hat nicht auf Bernardo, aber auf den Soldaten geschossen, der auf Bernardo gezielt hat. Während er an der Wand rennt, versucht er weiter nach unten zu kommen. Ganz langsam lässt er das Seil durch seine Hände rutschen.

Ratch steht noch oben und hält das Seil von dort. Das macht er, weil das Seil sonst an der oberen Felsenkante kaputt gehen könnte, wenn es zulange darauf reibt. Deswegen sind die Anstrengungen auch   nicht   wirklich   wenig.

Auf dem unteren Wagen, haben die Vögel das Seilende unter ein paar Holzbretter festgeklemmt. Die Vögel versuchen die Situation noch selbst zu klären, indem sie das Seil aus der misslichen Lage befreien möchten. Bevor ihnen das gelingt, rutscht das Ende weg und durch die Anspannung, die es hatte, löst es sich nicht nur wieder, sondern rutscht wieder über die Kante des Wagens, unter dem Wagen durch und drüben wieder nach oben.

Das Seil lässt nach. Bernardo verliert den Halt und fällt den restlichen Weg. Glücklicherweise war nicht mehr viel Weg übrig. Er landet nicht weich, aber dafür auch nicht sonderlich schmerzhaft. >> Verflucht soll ich sein, falls ich das jemals wieder machen sollte. <<

Die Vögel wenden sich an ihn. >> Bernardo schnell, du musst uns helfen. *Okay, bei was denn?* Wir müssen das Seil irgendwie befestigen. Wenn wir unter dem Wagen durchgeflogen sind, dann geben wir es dir. *Aye, Ich versuch's.* <<

Der Graukardinal und der Kanarienvogel wiederholen das, was sie vorhin schon mal getan haben. Der Tukan und Tyler hängen sich an das Seil damit sie leichter unter den Wagen kommen und kontrollieren können, ob das Seil wieder Probleme macht. Als der Kanarienvogel und der Graukardinal wieder auftauchen, nimmt Bernardo das Seilende und verknotet es mit dem Stück, das auf dem Wagen gespannt ist.

Auf dem oberen Wagen hat das Seil eine beträchtliche Länge. Sie haben für das Ganze also nur ein Teil der eigentlichen Länge verwendet. Ratch lässt das Seil los. Auch er war ein wenig davon betroffen, dass das Seil nachgegeben hat, aber weiterhin ist ihm nichts passiert. >> Haltet euch bereit das Rad zu entfernen. <<, sagt er zu der Crew, die in diesem Wagen sitzt.

Als Bernardo fertig ist, das Seil zu befestigen, wartet er noch auf das „Okay" der anderen Vögel. >> So, unter dem Wagen dürfte das Seil erst mal keine weiteren Probleme verursachen. << Bernardo guckt wieder nach oben und gibt Ratch einen kurzen Lagebericht. >> Das Seil befestigt und sicher! <<, ruft er, während er seine Hände um seinen Mund legt und somit einen „Tunnel für die Wörter" bildet.

Ratch weiß, auf was er warten muss. >> Wann sollen wir das Rad kaputt machen? <<, fragt ihn einer der Crew. >> Wartet auf mein Zeichen. Wir müssen den richtigen Moment abpassen. <<

Ratch wartet auf den richtigen Moment, bevor sie am Wasserfall sind. Man kann ihn schon ein wenig sehen. Dann, als sie kurz davor sind, gibt Ratch das Zeichen. Als die Crew versucht das Rad zu entfernen, geht Ratch zu den übrigen Stoffmaterialien, die noch auf dem Wagen liegen und schmeißt sie mit Vorwarnung nach unten. >> Achtung Stoff! <<, ruft er, als er alles nacheinander nach unten wirft.

Auf dem unteren Wagen versuchen einige der Crew die Stoffe aufzufangen. Das gelingt ihnen aber nur dann, wenn es genug sind, die sich bereit halten. Bernardo und die Vögel wundern sich, was sie als nächstes machen sollen. >> Was kommt jetzt, Ratch? <<, fragt Tyler, welcher auf dem Weg nach oben ist, als er die Frage stellt.

>> Ich habe das Zeichen schon gegeben. Jetzt heißt es abwarten und an Erfolg glauben, oder Totalschaden und Tragödie. <<

Jetzt hat es die Crew geschafft, das Rad zu entfernen. Die Kutsche sackt hinten nach unten. Der Kutscher wundert sich. >> Was ist denn jetzt los? *Keine Sorge, das gehört alles zum Plan.* <<

Währenddessen rutschen die gebündelten Metallbalken nach hinten. Sie brechen das Brett des Wagens weg, welches dazu da ist, um Fracht vom Herunterfallen zu hindern. Dadurch wird es kaum gebremst und dadurch rutscht es vom Wagen runter auf den Boden, wo es liegen bleibt. Weil das Metall aber an der Kutsche befestigt ist, wird es kurze Zeit später mitgezogen. Es dauert nicht lange bis es nach unten hinter den unteren Wagen fällt. Das Seil geht dabei nicht   kaputt.

Der Wasserfall rückt immer näher. Die anderen Soldaten, die hinter dem Wagen waren, sind schon lange weg, weil sie vom Rest der

Crew bezwungen wurden. >> Was hat Ratch nur vor? <<, fragt sich Bernardo, während er das rutschende Metall beobachtet. Bevor das Wasser des Wasserfalls in die Tiefe fällt, bahnt sich das Wasser einen Weg über die zwei Pfade, auf den die Wägen gerade fahren. Deswegen treffen sich diese Pfade in der Nähe auch schon wieder. Die Strömung ist zu stark, als das sie mit genug Tempo einfach hindurch fahren könnten. Vor dem Wasserfall fahren sie noch mal zwei Kurven am Rand der Insel entlang.

Ratch stellt sich an den Rand des Wagens und ruft nach dem Kutscher des unteren Wagens. >> Hey, Kutscher! <<

Dieser reagiert. Ohne eine Antwort abzugeben, guckt er einfach nur nach oben. >> Halte dich bereit die Pferde vom Wagen zu trennen! *Wieso?!* Wir wollen keine Pferde mit in die Tiefe ziehen. Vertrauen sie mir einfach! *Okay!* <<

Der Kutscher legt die Zügel für die Pferde beiseite und hält sich bereit, die Pferde vom Wagen loszulösen. >> Wann soll ich das machen?! *Auf mein Zeichen!* <<

Ratch guckt wieder nach vorn und passt den geeigneten Augenblick ab.

Sie fahren die erste Kurve entlang. Kaum nachdem das Metall nach unten fällt, gibt Ratch dem Kutscher das Zeichen.

>> JETZT! <<

Der Kutscher löst die Pferde. Antriebslos, rollen sie nach vorne, bis das Metall seine Aufgabe erfüllt. Mit sehr viel Schwung, pendelt es im Freien. Der Wagen wird mitgerissen. Zunächst dreht er sich zur Seite und wird näher an den Rand des Pfades gezogen. Die Räder brechen weg. Durch den Schwung schwingt das Metall zum Wasserfall hin. Als es den Wasserfall berührt, befindet sich der Wagen in der Bahn des Wassers vom Wasserfall, der über die Pfade fließt. Dieses sorgt zusätzlich dafür, dass der Wagen nach unten fällt. Doch bevor er weg kippt, schneidet sich das Seil an der Felsenkante kaputt. Das Metall wir dabei bis zu dem Wrack geschleudert und beim Aufprall lösen sich die Seile, weswegen die Metallbalken überall hinfliegen. Der Wagen wird von der Strömung mitgerissen. Die Crew samt Bernardo vergisst nicht rechtzeitig abzuspringen. Alle die fallen, schreien. >> Ahhhhh! <<

Der obere Wagen hält noch rechtzeitig an. Ratch, die Vögel, sowie ein Teil der Crew befinden sich auf ihm. >> Ähm, was machen wir jetzt? <<, fragt der Kutscher. >> Wir können die Pferde losbinden. <<, gibt Ratch als Antwort. >> Die brauchen wir jetzt nicht mehr. *Und was machen wir mit dem Wagen?* Nun, wir könnten ihn nach unten werfen, weil wir dann noch mehr Holz für den Bau hätten. Aber wir sollten darauf aufpassen, dass wir keinen der unteren treffen. <<

Unten schwimmt Holz, Stoff und die Crew. Die die nicht schwimmen können, haben nur das Problem, dass sie nicht mehr auftauchen können. Doch das Holz, welches nach oben treibt, sowie andere Mitglieder, welche schwimmen können, retten ihnen das Leben. Alle sind aufgetaucht, auch Bernardo. >> Das... mach ich... nie... nie wieder. <<, sagt einer der Crewmitglieder, die noch nicht realisieren können, was sie eigentlich gerade getan haben. Alle versuchen irgendwie an Land zu kommen. Die die schwimmen können, kümmern sich um die Stoffmaterialien. Ratch hat nicht gesagt, dass hinter dem Wasserfall Land versteckt ist, aber Bernardo weiß es und schlägt deswegen allen vor zum Wasserfall hinzuschwimmen. >> Hey! Hört mir bitte kurz zu. Hinter dem Wasserfall... ist Land. Da ist nicht nur Land, sondern auch... das Wrack. *Wir sollen jetzt also bis hinter den Wasserfall schwimmen, oder was?* Aye, bitte. Dort sind wir sicher. Ich schwimme auch voran. <<

Bernardo kann schwimmen. Als er die Truppe anführt, folgen sie ihm.

>> Könntet ihr vielleicht gucken gehen, ob die da unten schon weg sind? Also, ob wir freie Bahn haben? <<, fragt Ratch. >> Ja klar. <<, antwortet Tyler. Die anderen Vögel folgen ihm. Ratch schaut weiterhin nach unten, bis er von der Crew angesprochen wird. >> Du redest mit deinen Vögeln? <<

Er dreht sich um, damit er die Frage beantworten kann. >> Aye. *Ach so ist das also. Wir lassen uns hier von einem minderjährigem Verrücktem als Crew anleiten. Ist dein kranker Plan etwa uns alle umzubringen, oder was?* Wie bitte, was i... *Ja genau, vielleicht hast du uns ja auch einfach nur Mut gemacht damit wir dir bis hierhin folgen, nur um dann nachher freiwillig in unseren Tod zu springen.* Äh, nein das ist ganz sicher nicht mei... *Wisst ihr was, ich glaube wir sollten dem Käpt'n den Vortritt lassen.* Okay, ich kann ja verstehen, dass ihr besorgt seid, aber wenn ihr jetzt, hier, mit mir geht, dann schenke ich euch eure Freiheit, genauso, wie ich es in der Taverne gesagt habe. *Wir alle sind fast gestorben, damit wir unsere Freiheit erlangen. Du kannst uns nicht weiter bringen, als wir jetzt schon sind... am Ende.* Doch ich kann und werde euch weiter bringen. *Beweise es.* Was? *Das du es ernst meinst.* Bevor ich anfange euch etwas zu beweisen, möchte ich mit eurer Vernunft sprechen. Also... wieso sollte ich euch in eurem Leben die Freiheit versprechen, euch einfach so Geld geben und alles das hier durchmachen, nur damit ich euch danach hier umbringe. Ich bin mir sicher, dass ich auf dieser Insel jetzt schon genauso gesucht bin, wie ihr es seid. Fragt euch also eines... ist es das wert? <<

Vorher wurde die Stimmung immer unruhiger, aber inzwischen hat sie sich wieder gelegt, weil die Crew über die Worte von Ratch nachdenkt.

Die restliche Crew hat den Wasserfall erreicht. Als die Vögel in die Richtung gucken, sehen sie, wie einige schon im Wasserfall verschwinden und manche noch kurz davor sind. Sie fliegen wieder nach oben. Der Rest ist jetzt angekommen. >> Endlich! Endlich wieder festen Boden unter den Füßen. <<, freuen sich diejenigen, die nicht schwimmen können. Die meisten laufen an Land. Manche legen sich danach direkt hin, weil sie erst mal verarbeiten müssen, was sie gerade getan und erlebt haben. Bernardo hilft mit die restliche Fracht an Land zu zerren. Die anderen bestaunen das Wrack in Ruhe. >> Wow. <<, staunt einer der Crew noch erschöpft. >> Ich hoffe wirklich, dass wir das hinbekommen. <<

Die Vögel sind auf dem Weg nach oben. Als sie dort ankommen, sehen sie, wie Ratch sich mit der Crew unterhält. Sie sind wieder besänftigt. >> Hey Ratch. Wie haben gesehen, wie alle in zum Wasserfall hingeschwommen sind. <<

Dieser dreht sich um während im der Graukardinal die Nachricht überbringt. >> Oh, sehr gut. Also haben wir nun frei Bahn, oder? *Joah, glaube schon.* Gut. <<

Ratch dreht sich wieder zur Crew um. >> So, unser jetziges Ziel ist es, dass wir den Wagen nach unten bringen. Das geht am schnellsten, wenn wir ihn auf die Strömung setzen und ihn dann ganz geschwind nach unten gleiten lassen. Wer ist dabei? << Alle heben die Hand und stehen auf. >> Sehr schön. <<

Die meisten packen hinten an, weil die Hinterräder fehlen. Die anderen ziehen den Wagen vorn. Als es nur noch ein kleines Stück ist, stehen alle an den Seiten des Wagens und schieben ihn voran bis die Strömung ihn mitnimmt. >> Wie kommen wir jetzt nach unten, wenn ich fragen darf? *Ganz einfach. Wir machen es den anderen nach.* Oh nein, bitte nicht. *Ihr habt die Wahl, zurück und mit einer Strafe des Todes rechnen, oder sich dem System des Käpt'ns widersetzen und die Freiheit wiedererlangen.* <<

Mit jedem Wort, welches Ratch dazu nutzt, um der Crew ins Gewissen zu reden, fühlen sie sich ein wenig selbstsicherer, auch wenn man ihnen das nicht ansehen kann. >> Und weil ihr vorhin davon gesprochen habt, mir den Vortritt zu lassen, erkläre ich mich auch gerne dazu bereit, als erster nach unten zu springen. <<

Die anderen gucken sich nur gegenseitig an und geben sonst keine andere Reaktion von sich. >> Wie sollen wir wissen, dass du es überlebst? Wir können dich schlecht von unten sehen. *Na ja, ihr könnt mich schlecht sehen, dafür aber die Vögel nicht. Wenn sie wieder hoch geflogen kommen, dann ist das das Zeichen, dass ich noch lebe. Am besten ist auch, wenn sie gleich in einer Formation fliegen. Wir machen es so, wenn sie wieder hier sind und im Kreis fliegen, dann bin ich tot, wenn sie hinter euch landen, nachdem sie wieder aufgetaucht sind, dann bin ich am Leben.* Aye. <<, antworten die meisten synchron. Die anderen bleiben still. Danach dreht Ratch sich um und stellt sich an die Klippe. Er schaut erst mal nach unten. Allerdings dauert es nicht lange und er springt. Vielmehr lässt er sich fallen, als dass er springt. Er macht einen Kerzensprung ins Wasser. Noch während er fällt, kommen alle anderen der Crew an die Klippe und schauen alle gespannt nach unten. Die Vögel sind schon hinterher geflogen. Noch im Sturz hält Ratch mit Tyler und den anderen ein kleines Scherzgespräch. >> Hallöchen guter Herr. *Oh hallo, dass ich sie alle hier heute antreffe, habe ich nicht erwartet. Aber wissen sie, leider muss ich weiter.* Eine gute Reise wünsche ich ihnen. *Danke sehr.* <<

Kurz danach trifft Ratch auf die Wasseroberfläche auf. Der Totenschädel kann schwimmen. Dieser kommt vor Ratch wieder an die Oberfläche. Gleich danach aber er selbst. >> Ich würde sagen, das Einzige, was es braucht, ist Überwindung. <<

Die Vögel fliegen wieder nach oben und geben den anderen das Zeichen, dass Ratch am Leben ist. Sie stehen immer noch alle an der Klippe und springen noch nicht. Jeder weiß jetzt aber, dass er nicht gestorben ist, als er sprang. Nach längerer Zeit finden einige wenige die Überwindung und springen. Es dauert nicht lange und andere kommen gleich hinterher. Allerdings schreit jeder, der springt. Glücklicherweise gibt es keinen in der Gruppe, welcher nicht springen könnte. Der Wagen schwimmt auch noch oben. Als alle unten ankommen, empfängt Ratch sie. >> Seht ihr. Das war doch gar nicht so schwer. <<

Die Crew hört ihm zwar zu, aber sie freuen sich mehr darüber, dass sie überlebt haben. >> Jaaa! Jaaa! Ich lebe noch! Ich will nochmal! <<

Ratch wundert es nicht wirklich, dass einige sogar den Wunsch verspüren nochmal zu springen. >> Äh ja, es ist zwar gut, dass einige von euch ihre Angst überwunden haben, aber das „nochmal" sollten wir vielleicht auf ein andermal verschieben. << Bei der Truppe führt Ratch sie an. Sie schwimmen auch geradewegs auf den Wasserfall zu. Die Vögel überlegen es sich, wie sie hineinfliegen möchten. >> Ich bin mir nicht komplett sicher, ob ich wirklich durch den Wasserfall fliegen möchte. Ich habe dann ganze nasse Federn und außerdem weiß ich nicht, ob mich das Wasser dann nach unten drückt. <<, sagt der Kanarienvogel. >> Ach komm, Augen zu und durch. <<, rät ihm der Tukan. >> Ich weiß nicht... *ach komm schon!* <<

Bevor er es sich genau überlegen kann, wird er von den anderen ein Stück mitgezogen. Allerdings gewinnt er auf dem Flug so viel an Mut, dass er dann gleich mit durchfliegt. >> EGAL! <<, ruft er, als er hindurchfliegt. Als alle an Land sind, findet sich erst mal jeder wieder zusammen und wird wieder munter. >> Okay, wir sind an unserem ersten Ziel erfolgreich angekommen. Wir haben alle Materialien, niemand ist unschuldig gestorben und außerdem haben wir hier das Wrack, welches unseres zukünftiges Schiff ist. <<

Als Ratch das Schiff präsentiert, dreht er sich zu dem Wrack um und streckt seine Arme aus, um zu zeigen, dass er alles davon meint. >> Und du glaubst, dass wir es schaffen werden dieses Schiff innerhalb der drei Tage auf Vordermann zu bringen? *Nun, ja. Genau genommen schon. Sollte der Käpt'n wieder hier sein, ohne dass wir mit dem Bau fertig sind, dann wird er erfahren, welche Arbeiter fehlen und wird außerdem mich verdächtigen, ihn hintergangen zu haben. Deswegen müssen wir fertig sein. Ihr werdet bis zur Fertigstellung jetzt immer hier leben.* WAS? Wieso? *Ihr seid gesucht. Wenn wir uns so einfach wieder blicken lassen, dann werden sie uns mit Sicherheit erkennen und uns wegsperren, oder vielleicht auch sofort töten.* <<

Die Crew hört Ratch zu, während sie das Wrack bestaunt. >> Aber hey, zusammen können wir das schaffen und zusammen werden wir das auch schaffen. Für unsere Freiheit. *AYE!* <<

Alle sind motiviert. Wenn sie so eine Fluchtaktion mit anschließendem Sprung schaffen, dann können sie auch ein Schiff in weniger als drei Tagen reparieren. Deswegen begeben sich schon alle zu den Materialien und fangen an, zu arbeiten. >> Woher wisst ihr, was ihr zu tun habt? <<, fragt Ratch sie. >> Hey Käpt'n. Es ist täglich unsere Aufgabe unserem Handwerk nachzugehen. Wir haben in diesen schändlichen Lagerhäusern unser wertvolles Zeug verloren. Durch dich haben wir es wiedererlangen können und sind wieder mit allen Freiheiten beschenkt worden, die wir bis jetzt mit unserem Zeug auf dieser Insel je hatten. Jetzt ist es an der Zeit, dass wir etwas zurückgeben und wir von unserem handwerklichem Geschick Gebrauch machen. Du hast vielleicht den Plan, wie wir alles wieder zurückbekommen, dafür wissen die meisten von uns, wie man Dinge baut beziehungsweise repariert. <<

Ohne etwas zu sagen, staunt Ratch nur. Die Crew geht wieder an die Arbeit und währenddessen redet Ratch mit den anderen aus dem Team. >> Also wenn das nicht mal wie am Schnürchen läuft, dann weiß ich auch nicht. <<, sagt Bernardo. >> Ich finde es erstaunlich, dass die Crew schon anfängt zu arbeiten, ohne dass sie überhaupt wissen, was das Schiff für Mängel hat. <<

Daraufhin reagiert Tyler auf die Aussage von Ratch. >> Ich finde es ebenfalls erstaunlich, dass sie nach allem, was wir heute schon so durchgemacht haben, jetzt gleich anfangen, das Schiff zu reparieren. Das will mal was heißen. <<

Der Graukardinal unterhält sich mit dem Kanarienvogel. >> Weißt du eigentlich, warum die Crew immer „AYE" ruft, wenn sie bei etwas zustimmen? *Nein, keine Ahnung, aber vielleicht kennen sie kein einfaches „ja".* Kann sein. <<

Als alle anderen der Crew zugucken, wie sie das Schiff aufbauen, merkt Bernardo, dass er Appetit bekommt. >> Ratch? *Ja.* Hast du vielleicht eine Idee, woher wir etwas zu essen bekommen? <<

Bevor Ratch etwas sagt, überlegt er länger. >> Ich könnt' euch was machen. <<

Alle drehen sich zu der Person um, die das gesagt hat. Es ist die Köchin von der Voiless. >> Ich kenne sie doch. *Ja ja. Ihr seid die Burschen gewesen, die ich auf dem Schiff hatte. Aber egal. Nach mir wird definitiv nicht gesucht. Dafür bin ich schon zu lange hier. Außerdem bin ich sonst für die leckersten Abendmahle auf dieser Insel für die Soldaten zuständig. Wenn ich also was zu essen machen soll, könnt ihr mich ruhig fragen.* <<

Das Team berät. >> Wollen wir sie fragen? *Ratch, die hat auf uns schießen wollen. Um genau zu sein hat sie das auch. Aber da wart ihr schon lange weg. Sie hätte euch sowieso nicht getroffen.* Das kann schon sein, aber was ist, wenn sie es wieder versucht. *Keine Sorge Tyler, ich werde dafür sorgen, dass sie nicht mehr dazu kommen wird, irgendjemand auch nur eine Feder zu krümmen. Außerdem geht es gerade ums Essen. Soweit ich mich erinnern kann, haben wir schon nichts mehr gehabt, seitdem wir hier auf dieser Insel sind.* Ja stimmt schon... okay, dann ist sie jetzt ab sofort unsere Köchin. <<

Die Beratung ist beendet. Alle drehen sich wieder zu ihr um. Sie wartet immer noch auf eine Reaktion. >> Was habt ihr denn jetzt bitte besprochen? *Wir haben uns geeinigt, dass sie ab dem heutigem Tage unsere Köchin sein werden.* Wirklich? *Ja, und der erste Auftrag für sie lautet, dass sie uns bitte etwas zu essen machen.* Klar doch, ich weiß nur nicht, wie ich an das Essen und an meine Küchengeräte herankomme, wenn wir jetzt hier unten sind. <<

Ratch überlegt. Dann kommt er auf die Idee, jemanden zu fragen, ob man sich eventuell ein wenig Holz ausleihen darf. Er geht zu ein paar der Crew hin und fragt. >> Gibt es zur Zeit vielleicht ein wenig Holz, welches ihr nicht braucht? *Nun die Holzbretter die da liegen sind alle schon verplant, aber vielleicht ganz du ja auch etwas mit dem Wagen hier anfangen. Ein paar von uns haben den mal an Land gezogen.* Weißt du was? *Dieser Wagen ist perfekt. Danke.* <<

Ratch geht wieder zurück zu den anderen. >> Die Holzbretter sind zwar alle schon vergeben, aber einer der Wägen können wir nehmen. <<

Der Tukan freut sich. >> Na das ist doch perfekt. *Ich weiß. Weil die Räder fehlen, ist das quasi schon ein Boot. Jetzt brauchen wir nur noch Ruder.* Bist du dir sicher, dass wir uns keine Bretter leihen dürfen? *Leider nicht, aber vielleicht finden wir ja etwas anderes.* <<

Alle gucken sich in der Höhle um. >> Mir fällt gerade ein, dass auf dem Heck ja die Holztreppen, also die kaputten und die morschen, sind, durch die Bernardo gebrochen ist. Wir nehmen einfach welche von dort. *Wollen wir es so machen, dass ihr zwei Holzbretter holt und Ratch und ich bringen unser Boot schon mal ins Wasser?* Ja, dann lass es uns so machen. *Na dann los.* <<
Alle beteiligen sich mit Ideen, bevor sie ihren Plan in die Tat umsetzen. Ratch und Bernardo gehen zum Anlegeort, wo sie vorhin

das Boot verließen. Jetzt setzen sie an dieser Stelle den Wagen in das Wasser. Gleich nachdem sie das getan haben, gehen sie einen Schritt zurück, um zu sehen, ob der Wagen schwimmt oder untergeht. >> Sieh nur Ratch. Es schwimmt. *Tatsächlich.* Nie hätte ich gedacht, dass der Wagen so einfach über dem Wasser bleibt. Ich habe sogar erwartet, dass er direkt untergeht. Schließlich ist er ja nicht als Boot angedacht. *Soll ich dir mal eine persönliche Empfehlung verraten, Bernardo?* Ja. *Merk' dir eins, du solltest viel öfter mal das versuchen, wo jeder andere sagen würden, dass es unrealistisch ist, oder wo jeder der Meinung ist, dass du es niemals erreichen wirst.* Wieso sollte ich das versuchen? *Kennst du den Spruch:*   *Der*   *Gedanke*   *zählt?* Ja, den kenne ich. *Das Tolle an der Sache, dass Menschen denken können ist, dass sie auch auf die verrücktesten und ausgefallensten Ideen kommen können. Menschen die in unseren Augen großes erreichen sind Menschen, die an ihre Gedanken, Visionen, Vorstellungen und Fantasien glauben und denen nachgehen. Für die jetzige Situation ist das zwar übertrieben ausgedrückt, aber zum Beispiel kann ich sagen, dass ich daran geglaubt habe, dass dieser Wagen schwimmt. Jeder andere hätte vermutlich gesagt, dass es nicht funktionieren würde, weil es ein Wagen ist... und kein Boot. Wie man sieht, kann das unerwartete jeder Zeit passieren, egal welche Argumente man hat.* Wie kommst du darauf so zu denken? *An das Unerwartete zu glauben, ist eine Besonderheit an mir, die ich schon mein ganzes Leben habe. Deswegen bin ich jetzt auch hier, wo ich bin. Ich meine nicht die Höhle. Eher beziehe ich mich auf die Gesamtsituation der letzten Tage.* <<

Während sich Ratch und Bernardo unterhalten, sind die Vögel schon lange wieder da. Der Kanarienvogel erinnert sie daran. >> Ähm... es ist ja schön, dass ihr euch so unterhaltet, aber sollten wir nicht langsam los? *Ach ja stimmt. Obwohl, wäre es nicht besser, wenn einige von uns hier bleiben und die anderen die Köchin begleiten? Somit hätten wir alles im Blick. Ein paar passen hier auf und die anderen geben Acht auf die Essensbeschaffung und die Köchin.* <<

Als Ratch seinen Satz zu Ende spricht, steht die Köchin schon hinter ihm. >> Auf mich muss keiner aufpassen. <<, reagiert sie. >> Ich bin vielleicht nicht mehr die Jüngste, aber ich bin immer noch im Stande auf mich selbst aufzupassen, weil mich jeder auf dieser Insel achtet. Schließlich bringe ich den meisten ja das Essen. Trotzdem wäre es toll, wenn mich einige begleiten, weil ich nicht jede Kiste alleine tragen will. <<

Ratch wendet sich an sie. >> Natürlich. Ich entschuldige mich für dieses Missverständnis, Frau Köchin. *Nenn' mich Bertha.* <<

Als sie Ratch sagt, wie er sie nennen soll, geht sie schon weiter zum Wagen. >> Gut, wer von euch bleibt hier? <<, fragt Ratch die anderen. >> Dann bleibe ich. *Ich auch.* <<

Der Kanarienvogel und der Graukardinal erklären sich bereit bei Ratch zubleiben. >> Okay, ihr drei begleitet dann also die Köchin? *Klar, wenn was sein sollte können wir ja wieder zurück geflogen kommen. Na ja, zumindest die meisten.* <<, erklärt der Tukan. Die Köchin setzt sich in den Wagen. >> Lasst mich rudern, Okay? *Klar, wenn sie wollen, können sie gerne.* <<, antwortet Bernardo zu der Köchin. Kaum nachdem sich die Köchin die Ruder zu eigen gemacht hat, rudert sie schon los. Die anderen können noch nicht fassen, dass sie so schnell damit ist. Bernardo, Tyler und der Tukan gucken die Köchin an, als sie merken, dass sie abrupt startet. >> Was? Hab ich vergessen zu sagen, dass ihr euch festhalten solltet? *Ich frage mich eher, wie sie so schnell damit sein können.* Nun ja, ich habe oft trainiert, als ich noch jung war. Ich habe damit nicht aufgehört. Deswegen kann ich sagen, dass neben Kochen auch Stärke zu meinen Stärken zählt. <<

Bernardo nickt bloß. Tyler winkt noch zu den anderen, bis sie sie nicht mehr sehen können, weil sie im Höhleneingang verschwunden sind.

>> Also Ratch, was machen wir jetzt? *Nun, ich muss sagen, dass diese Frage wohl zu den heute am häufigsten gestellten Fragen zählt. Aber... sie ist berechtigt. Trotzdem würde ich sagen, dass wir vielleicht dem einen oder anderen helfen könnten. Ihr könntet mir zum Beispiel helfen, indem ihr immer mal wieder die Lage beobachtet und mir sagt, wenn irgendwo etwas schief gehen könnte.* <<

Die Vögel gucken sich nochmal kurz an. >> Klar, fliegen wir los. <<

Die beiden Vögel beobachten die Arbeiten von verschiedensten Blickwinkeln. Mal von oben, dann wieder von der Seite und direkt aus nächster Nähe. Ratch erkundigt sich bei den anderen, ob er etwas mit helfen kann. >> Hey, bist du derjenige, den ich fragen kann, ob es was zum Anpacken gibt? *Du meinst, ob du uns helfen kannst?* Aye. *Nur falls du etwas zum beißen hättest. Wir alle haben schon wieder Kohldampf bekommen.* Die Eskortierung nach frischen Essen, ist bereits unterwegs. *Gott sei Dank. Wir wissen nicht wie lange wir es noch aushalten können.* <<

Ratch entfernt sich wieder von dem Arbeiter. >> Warte mal. Wir haben in Kürze geplant die Schiffshälften wieder zusammenzuführen. Wenn du willst, kannst du uns dabei helfen. *Das werde ich auf jeden Fall tun.* <<

Bernardo, die Köchin, der Tukan und Tyler sind schon wieder an Land. Sie sehen, dass die Taverne immer noch in Flammen steht. Überall liegen kleine und große Teile herum. Die meisten brennen ebenfalls. >> Sagen sie, woher bekommen sie eigentlich ihr Essen? *Früher war es mal die Bar dort, aber schon vor Monaten änderte sich das zu einem Privathändler in einem anderen Gebäude. Ich muss nur vor dem Fenster stehen und danach bekomme ich von ihm das, was ich brauche. Das bedeutet Essen, und auch Küchengeräte.*

Und wo ist das Gebäude? *Es liegt ein bisschen weiter oben, aber wenn wir uns beeilen, dann sind wir in wenigen Minuten zurück.* <<

Die Köchin geht weiter. Die anderen folgen ihr. Anstatt sich an den anderen vorbei zu schleichen, die sich immer noch den Unfall betrachten, gehen sie an Häusern vorbei, bei denen sie nicht gesehen werden können, weil sie zu weit von der Unfallstelle entfernt sind.

Ratch, der Kanarienvogel und der Graukardinal sitzen nur auf einer Stelle und langweilen sich, bis dem Graukardinal ein paar lange Seile auffallen, die von der Decke der Höhle hängen. >> Was sind das denn für Seile? <<

Ratch und der Kanarienvogel drehen sich um. >> Ich kann euch ganz genau sagen, mit was das zu tun hat. *Und mit was hat es zu tun?* Das sind die Seile für einen Holzfahrstuhl, also eine hölzerne Plattform, welche hoch und runter gezogen werden kann. So bin ich mit dem Käpt'n hergekommen, als er mir hier alles gezeigt hat. *Ach so... Gibt es eine Möglichkeit, dass wir auch von hier unten nach oben fahren können?* Ich weiß nicht, ob man den auch von unten nach unten ziehen kann. *Dann versuchen wir es doch einfach mal.* <<

Ratch, welcher gerade eben noch auf dem Boden sitzt, weil ihm langweilig war, steht jetzt wieder auf und versucht mit den anderen den Holzfahrstuhl nach unten zu ziehen. Als sie an den Seilen ziehen, passiert nichts. >> Also... entweder klemmt es... oder... es ist... kaputt. <<

Während Ratch dies sagt, versucht er an den Seilen zu ziehen. Allerdings ohne Erfolg. >> Es kann ja auch sein, dass das so sein soll und dass man an den Fahrstuhl gar nicht von unten herankommen kann. Zumindest nicht im Normalfall. <<

Er lässt die Seile los und entfernt sich einen Schritt von ihnen. >> Hey Ratch! *Ja.* Ich glaube, wir haben es! <<

Er sieht den Fahrstuhl auf sich zukommen. Allerdings ist er schnell. >> Oh oh. <<

Ungebremst kommt er auf dem Boden auf und geht kaputt. >> Ja, ich glaube ihr Habt es wirklich. *Das wollten wir zwar nicht aber immerhin ist er jetzt unten.* <<

Ratch muss ein wenig Grinsen. >> Hoffentlich hat das jetzt niemand mitbekommen. Wenn doch, dann können sie sowieso nicht so schnell hier runter kommen. *Genau, und außerdem haben wir jetzt mehr Holz.* <<

Ratch nimmt so viel, wie er kann und legt es mit auf den Haufen, auf denen auch die anderen Holzbretter liegen. >> Was ist denn mit dem Holz? War es für die Reparatur nicht gut genug, oder was? *Nein, das ist neues Holz. Ich habe es... gefunden. Außerdem dachte ich, dass das Holz hier auf dem Haufen gelagert wird.* Ja, wird es. Leg es einfach mit hin. <<, spricht Ratch mit dem zuständigen der Crew.

Ratch stellt sich mit dem Holz unter den Armen neben den Haufen mit den anderen Holzbrettern, hockt sich hin und legt sie ab. Dann geht er zurück zu den Vögeln.

Derweil kommen die anderen immer näher auf das Gebäude zu, von welchem sie das Essen abholen möchten. >> Was ist eigentlich, wenn niemand da ist? *Ich würde sagen, dass die eher schlafen. Aber falls uns niemand bedient, dann bedienen wir uns selbst. Die ganze Situation im Moment ist sowieso komisch.* <<

Jetzt stehen sie vor einem Fenster, welches die Köchin und der Lieferant als eine Art Durchreiche benutzen. Sie klopft mit einem eigenen Rhythmus an die Scheibe, um deutlich zu machen, dass sie es ist und das sie da ist, um Essen zu holen. >> Hey. <<, sagt sie und klopft nochmal, weil keiner aufgemacht hat. Diesmal allerdings nicht mit dem selben Rhythmus, sondern trommelnd, sodass es jeden stören würde, der es hört und gerade schläft. >> Nun, ich glaube wir sollten wirklich rein gehen und uns selbst bedienen. <<

Als sie kurz davor sind, um sich ihr Essen zu holen, öffnet sich gleich danach das Fenster. >> Da bist du ja endlich. Warum hat das so lange gedauert. *Ich war nicht so schnell unten. Außerdem habe ich geschlafen.* <<, antwortet ein Mann, den man kaum erkennen kann, weil es nicht nur draußen dunkel ist, sondern auch in dem Haus selbst. >> Na ja, jetzt wo du da bist will ich eins wissen... hast du den Stoff? *Du meinst dein Essen?* Natürlich. Was denn sonst. *Ja, warte.* <<

Der Mann geht vom Fenster weg und zündet eine Kerze an. Diese stellt er auf eine Kommode, die den Raum etwas erhellt. Danach kann man ihn ein wenig erkennen. Er trägt einen dunkelblauen Schlafanzug mit einer Schlafmütze. Danach stellt er zwei Kisten auf das Fensterbrett. Bevor er die zweite Kiste dorthin stellt, nimmt die Köchin die erste Kiste ab und gibt sie Bernardo. Die Zweite nimmt sie persönlich. >> Ich hoffe, dass ihr nicht noch mehr braucht. <<, sagt der Mann. >> Sofern du an die Küchengeräte gedacht hast, sollten wir jetzt alles haben. *Ja habe ich und jetzt verschwindet von hier. Es ist schon viel zu spät.* <<

Jetzt machen sich die anderen wieder auf den Weg nach unten. Bertha geht diesmal aber nicht voran, sondern diesmal ist es Bernardo. Die Vögel fliegen neben ihm her. >> Sag mal Bernardo, ist die vorhin nicht irgendetwas komisches aufgefallen? <<, fragt ihn der Tukan. >> Was meinst du? *Während dem Gespräch mit Bertha und dem Mann, der uns die Kisten gegeben hat, habe ich in dem Raum, in dem er stand, eine ganze Menge Fracht gesehen. Aber nicht nur Kisten, sondern auch Stoff und Metall, also auch die Materialien, die wir haben.* Was ist daran komisch? *Na ja. Glaubst du, dass der Privathändler von Bertha in Wahrheit ein Betreiber eines Lagerhauses ist?* Das kann schon sein, aber was wäre daran komisch? *Als Ratch in der Taverne den Plan erklärt hat, saß sie mit am Tisch. Sie hat gewusst, was wir vorhaben. Wenn ich also richtig* *liege, dann hätten wir uns den gesamten Fluchtplan sparen können und stattdessen einfach eine Abmachung mit dem Händler hier treffen können. <<*

Tyler hat zugehört und reagiert. >> Wenn Bertha uns geholfen hätte diesen Deal zu machen, dann wären wir vielleicht sogar schneller gewesen, als wir es jetzt sind. <<

Bernardo hat eine Idee. Er flüstert leise zu den Vögeln: >> Ich kann sie mal fragen, ob das stimmt. Wenn es stimmt, dann können wir es zwar nicht mehr ändern, aber wir hätten eventuell eine Quelle, wo wir weitere Materialien her bekommen können, wenn wir welche brauchen. *Gute Idee.* <<

Bernardo läuft einen Schritt langsamer und fängt an mit Bertha zu reden. >> Darf ich sie auch Bertha nennen? *Ja.* Okay, ich habe nämlich eine Frage. *Was willst du?* Ist ihr Lieferant zufällig Besitzer eines Lagerhauses? *Du meinst, weil er soviel bei sich herumstehen hat?* Ja. <<

Die Köchin denkt einen Moment nach, als würde sie sich wie auf ein Geständnis vorbereiten. >> Also, ich sag' dir mal was. Ja, das ist er. Aber er ist kein Besitzer. Er ist Händler. Die Fracht, die bei ihm verstaut liegt kommt genauso schnell, wie sie wieder geht. Deswegen habe ich es auch nicht in Erwägung gezogen, ihn als Quelle für unsere Ressourcen zu nutzen, weil er uns niemals so viel geben würde. Wir haben kein Geld und umsonst gibt er nichts. Außerdem besitzt er nicht so viel, wie die anderen Lagerhäuser. *Wieso haben sie es dann vorhin vorgeschlagen, dass wir uns im Notfall selbst bedienen, wenn keiner aufmacht?* Nun, das ist halt so. Wenn man hungrig ist, dann labert man eben ziemlich viel. <<

Sie sind wieder zurück bei dem Wagen und beladen ihn mit den Kisten. Die Köchin rudert wieder zurück.

Ratch und die anderen Vögel warten wieder. >> Wann glaubt ihr eigentlich, wann die anderen wiederkommen? <<, fragt der Kanarienvogel. >> Keine Ahnung, aber ich hoffe bald. Nicht weil ich Hunger habe, sondern weil... na ja, einfach so halt. Damit wir halt wieder komplett sind. Gegen die Langeweile können wir ja sowieso erst mal nichts tun. <<, antwortet der Graukardinal. In diesem Moment erscheinen sie wieder. >> Ah, guck mal dort, wer wieder da ist. <<

Es dauert nicht lange und sie legen wieder an. Bernardo und Bertha tragen die Kisten von Bord und legen sie erst mal auf dem Boden ab. >> Danke mein Junge, aber überlass den Rest nur mir, denn ich glaube Kochen ist die Kunst meinerseits. *Klar doch, aber was gibt es denn?* Ich mache Eintopf. <<

Während dem Gespräch von Bertha und Bernardo, kommen Ratch, der Graukardinal und der Kanarienvogel mit dazu. >> Wie wollen sie das Feuer machen und was nutzen sie als Topf. Wie gesagt, überlass es nur mit denn das Kochen ist die Kunst meinerseits. *Okay.* <<

Das Team entfernt sich wieder von Bertha und Ratch fragt Bernardo: >> Wie ist eigentlich die Lage da draußen? *Wenn du die Taverne meinst, die liegt immer noch überall herum und brennt auch. Manche der Bewohner, stehen auch noch mit dabei und schauen zu, wie die Soldaten versuchen die Flammen zu löschen. Allerdings hat sich die Lage nicht wirklich verbessert, auch wenn wir problemlos durchgekommen sind. Und was ist in der Zeit hier passiert?* Eigentlich nichts spannendes. Ich habe nur erfahren, dass wir bald vorhaben das Schiff zu zusammen zu schieben und zwischendurch ist auch mal der Holzfahrstuhl, welcher dahinten ist, nach unten gekracht. Aber noch war niemand hier und hat sich beschwert. Und jetzt würde ich sagen, dass wir mal beobachten, wie unsere Crew die Arbeit macht und währenddessen warten wir auf das Essen von Bertha. <<

Bernardo nickt nur kurz. Das Team macht sich jetzt auf und beobachtet an unterschiedlichen Stellen, wie die Arbeit verrichtet wird. Ratch guckt von Achtern auf das Heck und bemerkt, dass das Steuerrad und das Lenksystem wieder repariert wird. Tyler und der Kanarienvogel schauen vom Mast nach unten und sehen, was mit dem Bug gemacht wird. Der Graukardinal und der Tukan sind in der Kajüte und sehen, wie sie „restauriert" wird. Bernardo steht zwischen Heck und Bug und guckt sich an, wie das Innere des Schiffes alle Lecks verliert, weil sie mit Brettern vernagelt werden. Nach einer Zeit der Beobachtung und einiger Hilfe, ist dann das Essen fertig. >> Spachtelzeit! <<, ruft Bertha. Alle Arbeiter hören sofort auf zu arbeiten und gesellen sich zu der Köchin, die in einem alten Gefäß die Suppe zubereitet und die Holzkisten zum Lagerfeuer genutzt hat. Zu den Küchengeräten, die in den Kisten waren, sind auch Schüsseln dabei. >> Es tut mir Leid Jungs, aber ich habe nicht für jeden von euch Schüsseln. Ihr müsst sie euch teilen. <<
Ratch und Bernardo nehmen sich als letztes etwas zu essen. >> Ihr habt ja schon etwas gegessen, oder? <<, fragt Ratch die Vögel. >> Ja, ich mein' Suppe ist eh nichts für uns, aber mit dem Essen haben wir keine Schwierigkeiten. <<

Nach dem Essen hören alle auf zu arbeiten. Es ist schon spät und alle werden müde. >> Was machen wir jetzt eigentlich wegen den Betten? <<, fragt Bernardo in die Gruppe. >> Wir haben zwar ein bisschen Stoff herumliegen, aber ich bin mir nicht sicher, ob das für alle reicht. Aber ich habe noch eine andere Idee. Ein Mast liegt quer auf dem Wrack darauf. Wenn wir prüfen, ob das Segel sehr kaputt ist, oder ob es noch viel aushält, können wir dieses Segel dann als große Hängematte nutzen. Ja, stimmt gute Idee. <<

Sowohl Bernardo, Ratch, Tyler, der Tukan, der Kanarienvogel und der Graukardinal, als auch die Crew, sprechen alle zusammen über die Art und Weise, wo sie heute Nacht schlafen können. Die Idee mit dem Segel kommt von Ratch.

Kapitel 7 – Der geheime Ort

Es ist der 13.05.1709, 13:42 Uhr. Die Kriegsschiffsflotte mit samt der Voiless legen gerade an der Insel Ilha de São Sebastião an. Die Voiless ist das einzige Schiff der Flotte, welches direkt an dem dort liegenden Hafen vor Anker geht. Die See ist rau. An den Stränden brechen meterhohe Wellen. Es regnet. Von der Voiless aus, werden mehrere Planken ausgelegt und auf den teils zerstörten Steg abgelegt. Viele Soldaten gehen voran. Mit Gewehren marschieren sie auf die Insel. Danach folgen Soldaten, die einige Banner nach oben halten. Hinter ihnen laufen wiederum welche, die mit Trompeten und Trommeln in einem ankündigendem Rhythmus spielen. Nach ihnen folgt der Käpt'n. Auf einer der Planken, die neben ihm liegen, bewegt sich Percéval mit auf den Steg, sodass er genau dann auf ihm steht, wenn der Käpt'n ankommt. >> AAACHTUNG! STILL GESTANDEN! <<, ruft Percéval, der die Soldaten dazu auffordert mit dieser Formation in Reihe und Glied zu stehen. >> Sir, wir wären dann so weit. <<

Der Käpt'n wartet auf die Bereitschaft aller anderen. Hinter ihnen kommen noch weitere Soldaten. Diese dienen nur zum Schutz vor Angreifern von hinten, während sie sich auf dieser Insel befinden. Nachdem Percéval sagt, dass alle soweit sind, nickt der Käpt'n kurz. >> VORWÄRTS! <<, ruft Percéval im Anschluss. Die Soldaten bewegen sich weiter nach vorne und geben Begleitschutz. Als der Steg aufhört und das Grasland der Insel beginnt laufen alle weiter nach vorne. Percéval und der Käpt'n unterhalten sich. >> Wissen sie eigentlich schon, was uns erwartet, Sir? *Es ist mir durchaus bekannt, Percéval. Doch trotzdem will ich lieber sichergehen, dass mich nichts unerwartetes trifft. Zum Beispiel Fallen. Deswegen lasse ich ja auch Soldaten vor mir laufen.* <<

Percéval schaut kurz nach vorne zu den Soldaten, weil er jetzt den genauen Grund kennt, wieso auch welche vor ihnen laufen. >> Ratch sprach davon, dass das Problem an der Reise die Aufgabe sei, die es hier zu erledigen gilt. Was genau ist zur Erfüllung dessen erforderlich? <<, fragt er den Käpt'n. >> Ratch weiß von was er spricht. Mir ist aber durchaus nicht unbekannt, was wir machen sollen. Hinter den Toren, bei denen wir in Kürze sein werden, kommt es darauf an, wie wir handeln. Jede Schritt, jedes Symbol könnte von richtiger oder von falscher Bedeutung sein. Allerdings gibt es nicht viel zu machen. Nur einmal etwas kompliziertes. Zumindest wäre es kompliziert, wenn ich nicht im Besitz von dem hier wäre. <<

Der Käpt'n hält das Tagebuch von Ratch auf Augenhöhe, als er mit Percéval spricht. >> Hat Ratch ihnen das freiwillig vermacht? *Wie ich daran gekommen bin, tut nichts zur Sache. Wichtig ist nur, dass er eine Abmachung mit mir hat. Er vollbringt die Legendenleistung und sorgt für meine Sicherheit. Im Gegenzug gebe ich ihm, was er verlangt, die Sonderregeln und den Teil des Reichtums, sowie diesen tollen Schädel. Außerdem ist es für ihn unmöglich mich zu hintergehen, solange ich sein Buch habe. Ich kann in ihm zwar nicht lesen, aber sehr wohl etwas hineinschreiben.* <<, erzählt der Käpt'n, als sie gerade vor dem Eingang stehen. Der Käpt'n nimmt das Buch in beide Hände und klappt es auf, als einige der Seiten anfangen zu leuchten. Er blättert auf diese Seiten. Auf ihnen geschrieben steht ein kurzer Text: „Hüte dich vor dem Schritt, der vor dir liegt. Manch anderer, nach begehen diesem, auch das Unheil kriegt. Torheit statt Klugheit ist hier das oberste Gebot, sieh dich um, sonst bist du gleich, oder nie, tot.“

Sowohl der Käpt'n, als auch Percéval lesen für sich die Zeilen im Kopf vor. >> Was hat das zu bedeuten, Sir? *Es bedeutet, dass unser Freund jetzt helfen wird.* <<

Der Käpt'n nimmt den Stift, welcher schon im Tagebuch ist, und schreibt den Text nach. Daraufhin fängt der Boden an zu beben. Als er damit fertig ist, leuchten die Seiten kurz ganz hell auf und gleich danach erlischt das Licht wieder und der Text verschwindet.

In der Zwischenzeit sind alle dabei das Schiffswrack wieder zusammenzusetzen. Alle schieben vom Heck aus an, weil es dort ein wenig nach unten geht. Wenn sie es also schaffen sollten, das Heck etwas anzuschieben, dann wäre es möglich, dass es weiter nach unten rutscht und auf dem Bug auftrifft. Die Vögel schieben auch mit. Auf einmal beginnt auch die Höhle zu beben. Steine bröckeln von der Decke ab und der sandige Boden beginnt ein wenig nachzugeben. Alle wundern sich, doch das Heck bewegt sich ein winzig kleines Stück. >> Was ist den jetzt los?! Ist das ein verdammtes Erdbeben, oder was? <<

Alle werden unruhig. Ratch ahnt, was los ist, weil er ein komisches Gefühl hat. >> Mein Tagebuch fehlt. <<, bemerkt er. Bei seiner Bemerkung wird er aber nicht unruhig, sondern bleibt gelassen. Plötzlich löst sich bahnbrechend eine gewaltige und schwarz leuchtende Druckwelle von ihm ab, die alles und jeden wegstößt. Ratch wird schwächer. Er fällt um, ist aber noch bei Bewusstsein. Die Druckwelle hat so viel Kraft, dass sie nicht nur jeden wegstößt, sondern auch das Heck antreibt, welches dann nach vorne rutscht und den Bug rammt. Daraufhin bewegen sich beide Teile nach vorne, allerdings bremsen sie sich ab und kommen wieder zum Stehen. Der Mast, der auf dem Heck liegt, wird durch den Schwung angetrieben und rollt nach vorn in Richtung Bug. >> Boah! Was war denn das schon wieder?! <<, fragt sich der Graukardinal. Das Beben geht weiter.

Dem Käpt'n fällt das Buch aus der Hand. An der Stelle, wo es landet, bildet sich ein Riss. Dieser bewegt sich in Richtung Eingang des geheimen Ortes fort. Der Eingang ist nur eine sonderbar aussehende Grasfläche in Form eines großen Kreises auf dem Boden. Das Erste, was der Riss macht, ist sich in dieser Kreisform entlang zu bewegen. Nachdem er das getan hat, beginnt sich etwas aus der Erde heraus zu erheben. Der Riss leuchtet mit der selben Helligkeit und der selben Farbe, wie die Schrift auf dem Schild, welches das Team vergraben hat. Das, was sich aus dem Boden erhebt, ist zylinderförmig und besteht aus Stein, welches mit Erde bedeckt und mit Pflanzen überwuchert ist. Nachdem es aufhört sich zu erheben, stoppt das Beben.

Ratch liegt immer noch am Boden. Das Beben hat aufgehört. Die anderen sehen schon nach ihm. >> Ratch, was ist los mit dir? <<, fragt Tyler. >> Das war der Käpt'n. *Du meinst das Beben?* Aye. *Das heißt aber, dass er gerade...* ja, das heißt, dass er im Besitz des Buches ist und gerade ein geheimen Ort geöffnet hat. <<

Die Crew geht zurück zu dem Schiff, um nachzusehen, ob es jetzt wieder kaputt gegangen ist, oder ob sie kurz vor der Fertigstellung, des größten Schadens stehen. Das Team kümmert sich derweil um Ratch. >> Macht dir das immer so zu schaffen, wenn so was passiert? *Nein, nur wenn es bestimmte geheime Orte sind. Deswegen sprach ich auch davon, dass wir gegen das arbeiten, was wir eigentlich unterstützen, wenn wir dem Käpt'n helfen.* <<, unterhalten sich Bernardo und Ratch. >> Na dann muss das so schnell wie möglich aufhören. Wenn der Käpt'n sein Ziel erreichen kann, wenn Ratch leidet, dann müssen wir den Vertrag auflösen. <<, schlägt der Tukan vor. >> Das geht nicht so einfach. Er hat seinen Teil zur Gegenleistung beigetragen. Aber weil er nicht alles gegeben hat, was zur Beschaffung als Gegenleistung gehört, können wir uns in unserem Handeln einschränken. Wenn er sagt, dass ich für seine Sicherheit sorgen soll und meine Legendleistung vollbringen muss, dann mache ich das. Allerdings wird das Angebot nicht beinhalten, dass ich ihn auch wieder hinausbegleite. <<

Die zylinderförmige Steinkuriosität zeichnet sich durch verschiedenste Muster aus, die auf ihr eingemeißelt und aufgemalt sind. Im nächsten Moment öffnet sie sich, in dem sich ein kleiner Eingang der Form entsprechend zur Seite schiebt. Als der Käpt'n weitergehen möchte, warnt ihn Percéval, dass es eventuell eine Falle sein könnte. >> Keine Sorge Mister Martinez. Ich bin darüber im klaren, was mich erwarten sollte. Trotzdem gestatte ich den Begleitschutz von 4 weiteren Soldaten. Sie werden hier bleiben und auf die Lage aufpassen. *Ja wohl, Sir.* <<

Der Käpt'n geht weiter. Währenddessen sucht Percéval die vier Soldaten aus, die den Käpt'n begleiten sollen. Als dieser hineingeht, folgen ihm die Soldaten. Die Tür verschließt sich nicht wieder. Aber die Steinplattform, auf denen sie stehen, fängt an sich zu bewegen. Sie gleitet langsam nach unten. Sie ist aber an nichts befestigt, weswegen man sagen könnte, dass sie magisch langsam nach unten fliegt. Als sie schon weit unten ist, kann man erkennen, wie der Raum aussieht. Der Boden ist übersät mit Silbermünzen. Diese sind so zahlreich vorhanden, dass man nicht mehr erkennen kann, aus was der Boden eigentlich besteht. In den Wänden kommt es immer mal wieder vor, dass kleinere und größere Bücherregale mit Büchern darin stehen. Meistens sind die Bücher eher dicker, weil viel darin steht. Aus den Wänden ragen aber auch vereinzelt graue und lilane Kristalle heraus. In der Mitte des Raumes führen ein paar Stufen von allen Seiten zu einer dunkelgrünen und durchsichtigen Ablage, auf dem ein großer Hammer liegt. Der Stiehl ist lang und der Kopf ist groß. Er ist komplett vergoldet und am oberen Teil des Kopfes befindet sich ein Smaragd. Der Käpt'n läuft sofort los. Als er die Treppen hoch gegangen ist, lässt er seinen Stock fallen und widmet sich ganz dem Hammer. >> Ja, endlich. Da ist es! Das Werkzeug, das ich brauche, um alles...<<

Der Käpt'n verstummt kurz, weil er sich über seine nachfolgenden Worte erst mal im Klaren sein muss, damit er fassen kann, was er gleich sagt. Währenddessen atmet er nochmal tief ein. Die restlichen Worte flüstert er, weil er es trotzdem nicht wirklich begreifen kann, was vor ihm liegt. >>... zu kontrollieren. <<

Nach seinen Worten lächelt er böse.

Ratch geht es wieder besser. Er steht wieder auf. >> Sag mal Ratch, geht es dir jetzt eigentlich wieder so gut, wie vorhin? <<, fragt der Kanarienvogel. >> Ja, gerade geht's wieder. Aber guck mal dort, das Schiff. <<

Sie alle begeben sich auch mit dorthin und gucken, in welchem Zustand es ist. >> Ist es schlimm, was mit dem Schiff passiert ist? <<, fragt Bernardo jemanden aus der Crew, der schon wieder neben dem Schiff steht und guckt, was die anderen machen. >> Was? Nein. Das ist genau das, was wir erreichen wollten. Der Aufprall sah zwar etwas brutal aus, aber im großen und ganzen ist nichts passiert. Die meisten sind jetzt im Schiff und versuchen mit viel Holz Heck und Bug zusammenzuhalten. Vielleicht könnt ihr ja auch was mit helfen. <<

Bernardo wendet sich an Ratch. >> Die scheinen sich nicht mehr darüber zu wundern, warum hier gerade alles gebebt hat. Die sind schon alle wieder bei der Arbeit. *Nun, ich würde sagen, dass sie einfach nur noch von hier weg kommen wollen. Die haben in der letzten Zeit so viel erlebt, dass sie denken, dass das nur ein einfaches Erdbeben war und bevor noch eins passiert, wollen sie lieber schnell von hier weg.* <<

Als der Käpt'n den Hammer in die Hände nehmen möchte, bemerkt er, dass ein erneutes Beben beginnt. Schnell lässt er ihn wieder los. Er überlegt, was er dagegen tun kann, damit er ihn nimmt, ohne dass etwas passiert. Er hat eine Idee. Er geht zu einem der Bücherregale und nimmt von dort ein schweres und dickes Buch heraus. >> Eure Befehle, Sir? <<, fragt einer der Soldaten. >> Eure Befehle sind, auf meine Befehle zu warten und sonst nur still zu stehen. *Ja wohl, Sir.* <<

Mit einigen Mühen trägt der Käpt'n das Buch zu dem Hammer. Als er dort ankommt, legt er es ab und versucht mit seinem Stock in das Buch zu stechen, weil er es aufspießen möchte. >> Komm schon, du verdammtes Buch. Lass... dich... schon... AUFSPIESSEN! <<

Die Soldaten gucken nur zum Käpt'n und versuchen nicht zu lachen, weil er herumhampelt. Als er es nach einigen Versuchen immer noch nicht geschafft hat, gibt er es auf. Er nimmt das Buch und schmeißt es voller Wut weg. >> Drecks Buch! <<

Jetzt können sich die Soldaten vor Lachen kaum noch halten. Wütend und gereizt guckt er zu ihnen. Kaum nachdem er das tut, stehen die Soldaten wieder still. Der Käpt'n überlegt.

Ratch und Bernardo befinden sich gerade in der Bilge und helfen zwei anderen aus der Crew mithilfe von Brettern das Schiff zu einem Teil zu verbinden. >> Hey, Ratch. Kannst du mir noch das Brett da vorne geben? *Ja, klar.* <<

Ratch gibt ihm ein längeres Brett. Nachdem er es angenagelt hat, sind sie alle in diesem Deck fertig. Die restliche Crew ist mit den übrigen Decks beschäftigt. Jetzt gehen die beiden eine kleine, neue Treppe hinauf, die aus der Bilge in das obere Deck führt. Ratch und Bernardo haben bis jetzt keine weiteren Aufgaben. Er guckt aus einer Luke, wo normalerweise eine Kanone ihren Platz hat und fragt den dort stehenden Mann: >> Können wir noch etwas tun? *Wenn du mich fragst, steht es um unsere Waffen nicht so gut. Allerdings bin ich mir auch nicht wirklich sicher, ob man auf dieser Sklaveninsel schnell und einfach an Kanonen herankommt.* <<

Ratch gibt nur eine einfaches „Hm" von sich und verschwindet wieder ins Schiff. Er macht einen denkwürdigen Gesichtsausdruck.

>> Was ist los Ratch? *Mir wurde gerade gesagt, dass wir keine Kanonen haben. Als wir hier alle zum ersten Mal erkundet haben, ist mir das gar nicht aufgefallen.* Stimmt, aber was mache wir jetzt? <<

Bernardo hat leider auch keine Idee, wie sie an Kanonen herankommen könnten. >> Moment mal. <<

Ratch eilt gemütlich aus dem Schiff zu seinen gefiederten Freunden. Das Einzige, was sie zu tun haben, ist zu kontrollieren, dass nichts unvorhersehbares passiert, was man nur rechtzeitig bemerken könnte, wenn man den Überblick von allem hat. Weil sie in der Luft sind, kann Ratch sie nicht sofort sehen, bis er nach oben schaut. >> Ah, da seid ihr. <<

Sie kommen nach unten geflogen. >> Ich habe eine Aufgabe für euch. *Oh, ja endlich wieder was zu tun! Was ist es denn?* <<, fragt der Graukardinal. >> Ihr könntet mal herausfliegen, also aus der Höhle hier, und dann erspäht ihr mal bitte das am nächstgelegene Schiff, welches sich von uns am wenigsten entfernt hält. *Wieso das denn?* Wir brauchen noch Kanonen und die bekommen wir am besten, wenn wir sie einem anderen Schiff abnehmen. *Wir haben die Kanonen anscheinend komplett vergessen. Aber hey, immerhin haben wir jetzt wieder etwas zu tun.* <<

Alle Vögel fliegen los. >> Können wir diesmal den anderen Eingang nehmen, bitte? <<, bittet der Kanarienvogel die anderen, als sie schon auf dem Weg sind. >> Ratch, was war denn? <<, fragt ihn Bernardo. >> Ich habe unsere Freunde nur etwas zu tun gegeben.

Mittlerweile hat der Käpt'n eine Idee, was er versuchen könnte. Als er den Hammer noch einmal nimmt, fängt das Beben, wieder an. Diesmal legt er ihn aber nicht mehr zurück, sondern diesmal tauscht er ihn schnell gegen seinen Stock aus. Alles andere als Gewicht zu verwenden, hätte nicht funktioniert, weil die Fläche, auf der der Hammer lag, schräg ist und nur eine schmale strichförmige

Eingravierung hat, die so dünn ist, wie der Stiehl des Hammers. Deswegen bleiben dort nur Dinge liegen, die so dünn sind, wie der Stiehl, weil sie dann feststecken. Das Beben hört nicht auf. >> Ähm, bei allem Respekt Sir, aber.... *SHH!* <<

Der Käpt'n unterbricht den Soldaten, der sich vor dem Beben fürchtet. Allerdings hört es nicht auf, als er den Stock dort platziert hat. Er beginnt sich immer weiter zu wundern und fragt sich nun auch, was passiert. >> Käpt'n?! Ist alles in Ordnung da unten? <<, ruft Percéval. Plötzlich stürmt eine große Windböe durch den gesamten Raum. Dabei entsteht ein unheimlich klingendes Pfeifen und das Beben wird sogar stärker. Die meisten Bücher fallen aus ihren Regalen. Die Plattform, die sie alle nach unten gebracht hat, beginnt sich nun wieder nach oben zu erheben. Die Soldaten bekommen das mit und versuchen sich schnell mit großer Panik auf sie zu stellen. Als der Käpt'n sich umdreht, weil er die Aktion der Soldaten mitbekommen hat, schlägt er mit dem Hammer einmal auf den Boden. Dabei entsteht keine Druckwelle, aber dafür werden die Soldaten weg geschleudert, weil man denken könnte, dass sich der Raum beim Aufprall des Hammerschlags stark nach unten und wieder nach oben bewegt hat. Größere Brocken beginnen von der Decke hinunter zu fallen. Der Raum macht den Eindruck, als stürze er gleich ein. Schnell beginnt sich der Käpt'n zu der Plattform. Die Soldaten machen es ihm gleich. Er lässt sie auch darauf. Das Beben hört immer noch nicht auf. Die Plattform erhebt sich weiter und nun stürzt der Raum in sich zusammen, als sie ihn alle geradeso wieder verlassen haben. Jetzt kommen sie wieder oben bei der steinernen Kuriosität an. Schnell springen sie aus ihr heraus. Gleich danach zerbricht sie regelrecht und versinkt gleichzeitig wieder im Boden. >> Ähh... Käpt'n? <<

Kaum nachdem Percéval versucht ihn anzusprechen, dreht er sich schnell um und befiehlt: >> Wir setzen sofort Kurs zurück. *Aber Käpt'n?* Ich will nichts anderes hören und mich jetzt zu wiederholen, liegt mir nicht. *Ja wohl, Sir.* Ihr habt ihn gehört. Wir setzen Kurs auf Waenitz Cave. <<

Schnell marschieren alle zurück an Deck der Voiless und setzen ihren Kurs. Als sie das tut, wird mithilfe von Flaggensignalen ein Zeichen an alle anderen Kriegsschiffe gegeben, dass sie der Voiless folgen sollen. Die Flotte ist jetzt auf dem Weg zurück.

Ratch und Bernardo gucken sich gerade im Schiff ein wenig um, ob sie von selbst noch irgendwem helfen könnten. Doch bis jetzt können sie keine Stelle für Hilfe entdecken. Die Vögel kommen zurück geflogen. Sie sind ziemlich schnell. >> Ratch! <<, rufen sie abwechselnd, als sie wieder zurück kommen. Er hört es zunächst nicht. Die Vögel begeben sich deswegen direkt in das Schiff, um nach den beiden Jungen persönlich zu suchen. Es dauert nicht lange, bis sie sie haben. >> Ratch. Ratch! <<, reagiert Tyler. Ratch dreht sich schnell um und wendet sich an ihn. >> Was ist denn los? *Wir haben das Schiff ausgemacht, welches uns am nächsten ist. Es bewegt sich auf uns zu.* Ist es das Schiff vom Käpt'n, also die Voiless? *Nein ist es nicht, aber wir sind trotzdem besorgt, weil es vor dem Wasserfall vor Anker ging und die Kanonen bereit machte.* Du willst sagen, dass sie vielleicht vorhaben blind auf uns zu schießen? *Ja, zumindest könnte das gut möglich sein.* <<

Bernardo möchte etwas sagen, doch bevor er dazu kommt, hören sie alle ein Kanonenschuss. >> Beim Klabautermann. Bitte nicht. <<, sagt Ratch in einem Ton, als wäre es nichts schlimmes, was er ahnt. Schnell laufen alle aus dem Schiff raus. In der Zeit kommen immer mehr Kanonenkugeln durch den Wasserfall geflogen. >> Die wissen doch gar nicht, wo die Schüsse landen. *Wenn sie sich aber trotzdem so sicher sind, dass sie lieber ihre Munition verschwenden, dann wissen sie offenbar, dass wir hier sind.* <<

Kanonenkugeln prallen am Land auf, treffen manchmal das Schiff und landen auch im Wasser. Schnell fliehen alle. >> Schnell! Wir müssen runter von diesem Schiff. <<, ruft einer von der Crew, während alle schon rennen. Alle begeben sich zu der Leiter, mit der man auf und von dem Schiff kommt. Während Ratch sich zu ihr begibt, kommt ihm eine Idee. >> Wartet. *Was ist denn, Ratch?* Ich habe noch eine Idee und zwar, wie wir sie vielleicht besiegen könnten. *Und wie?* Wo ist denn das Sprengfass gelagert, dass wir gestern gesehen haben? *Keine Ahnung.* Ich werde es kurz suchen gehen. <<

Schnell begibt er sich wieder unter Deck. >> Ratch, warte, Nein. Hach. <<

Tyler hat versucht ihn zu stoppen. Aber da war es schon wieder zu spät. >> Warte Ratch! <<, ruft Bernardo. Danach steigt er die Leiter, die er noch nicht bis zum Ende hinabgestiegen ist, wieder rauf und folgt Ratch. Die Vögel fliegen dann auch noch mit. >> Ratch, was machst du denn? *Wir brauchen das Fass. Wenn wir das bekommen, können die uns nicht in die Luft jagen. Und wir haben die Chance sie zu zerstören.* Aber wer weiß, wie viele von den Schiffen noch kommen werden? *Da reicht ein Fass niemals. Das mehrere kommen können kann schon sein, aber immerhin können wir danach den Käpt'n mal fragen, was das Wort „Sonderregeln" eigentlich für ihn bedeutet.* <<

Alle müssen sich ein wenig lauter unterhalten, weil das Aufprallen der Kanonenkugeln sie sonst übertönen würden. Sie suchen jetzt alle danach weiter, während sie sich noch unterhalten. >> Was genau hast du dann mit dem Fass vor? <<, fragt ihn der Tukan. >> Zuerst werde ich das Fass versuchen in Sicherheit zu bringen. Danach improvisiere ich mit dem Ziel unter das Schiff selbst zu kommen. *Und dann?* Dann macht das Fass seine Arbeit und lässt das Schiff sinken, wenn du weißt was ich meine? *Und was ist, wenn es dich selber trifft?* Das wird es nicht, weil ich in meiner Improvisation weit unter dem Schiff bin und das Fass nach oben steigen wird. Schon in der Zeit werde ich wieder weg schwimmen. Dann bin ich hoffentlich weit genug weg. <<

Gleich nachdem Gespräch von Ratch mit den anderen, die sich Sorgen machen, dass er sich schon wieder so sehr in Gefahr begibt, findet er das Fass. >> Da ist es ja. *Aber wie willst du das Fass unter*

Wasser entzünden? <<, fragt ihn der Kanarienvogel. >> Das muss ich mir noch ausdenken, aber vielleicht fällt mir noch etwas ein. <<

Mehrere Kanonenkugeln verfehlen sie nur knapp. >> Jetzt aber nichts wie raus hier! <<, bemerkt Tyler. Schnell begeben sie sich auf das oberste Deck. Sie sehen schon, wie einige Boote mit Soldaten durch den Wasserfall gerudert kommen. Die Crew greift zu den Waffen. Von verschiedensten Punkten aus, schießen sie auf die Soldaten. Manche verstecken sich auch im Schiff und schießen durch die Luken, wo die Kanonen sonst stehen würden. Die Soldaten erwidern das Feuer. Das Team begibt sich wieder zu der Strickleiter, die am Rumpf hängt. Bernardo geht als Erster nach unten, weil er das Fass nicht trägt. Als er unten angekommen ist, legt Ratch sich auf das Schiff und lässt das Fass mit seinen Händen am Rumpf nach unten hängen. >> Lass los. <<, sagt Bernardo. Daraufhin lässt Ratch das Fass vorsichtig nach unten fallen und Bernardo fängt es auf. Danach kommt Ratch auch mit nach unten. Jetzt verstecken sie sich am Schiff vor den Soldaten. >> Könntet ihr vielleicht nach oben fliegen und uns Bescheid geben, von wo Soldaten kommen. Dann können wir rechtzeitig zur anderen Seite fliehen. *Okay, aber was macht ihr, wenn sie von beiden Seiten kommen?* <<, fragt der Tukan. Ratch überlegt. >> Dann klettern wir wieder zurück aufs Schiff und verstecken uns dort solange, bis sie wieder weg sind. <<

Die Vögel fliegen schnell nach oben. >> Aber Ratch, was genau haben wir jetzt vor? <<, fragt ihn Bernardo. >> Du siehst doch, dass viele Soldaten hier mit ihren Booten anrücken. *Aye.* Wenn wir es schaffen bis zu einem der Boote zukommen, ohne das wir unter Beschuss stehen, dann nehmen wir schnell eines, drehen es um und gehen in den Tauchgang. <<

Bernardo reagiert mit keinen Worten. Das Einzige, was er macht, ist ein Gesichtsausdruck, als ob er den Plan erst mal wieder verarbeiten müsse. >> Passt auf, von Backbord, also euer Steuerbord, kommen welche. <<

Schnell sehen die beiden nach rechts, während sie nach links laufen. Das Schiff vor dem Wasserfall schießt weiterhin. Direkt vor den beiden fliegt eine Kanonenkugel mitten durch das Schiff und hätte sie beinahe getroffen. Daraufhin stoppen die beiden für einen Moment. Da kommt auch schon der Soldat hervor. Er rennt auf sie zu, doch rechtzeitig widmet sich ein Crewmitglied diesem Soldaten, der gerade einen anderen Soldaten überwunden hat. >> Hier Bernardo, halt mal kurz. <<

Ratch übergibt ihm das Sprengfass so, dass Bernardo gar nicht anders kann, als es zu nehmen. Dann rennt Ratch auf den Soldaten zu, der gerade gegen das Crewmitglied kämpft. Als sie Degen an Degen halten und beide Kräfte gegeneinander drücken, um den anderen wegzustoßen, ist der Soldat kampfunfähig, um Ratch etwas antun zu können. In diesem Moment entzieht er dem Soldaten seine Pistole. Danach rennt er wieder schnell zu Bernardo. >> Was war denn jetzt? *Ich habe nur eine Möglichkeit besorgt, wie wir unser Fass Funken sprühen lassen können.* Ratch, Bernardo! Passt auf! <<, warnen die Vögel. Schon im nächsten Moment erscheint ein Soldat hinter ihnen, der zum Schwerthieb ausholt. Doch mit schnellen Reflexen feuert Ratch mit der Pistole auf ihn. Der Soldat kippt um. Die beiden gucken ihm nach, danach schaut Bernardo ihn verwundert an. >> Was? War Notwehr. Allerdings ist die Waffe jetzt nicht mehr geladen. Warte kurz. <<

Ratch rennt wieder zu dem Soldaten, der immer noch gegen das Crewmitglied kämpft. Diesmal stiehlt er ihm den Munitionsbeutel. Jetzt ist er wieder zurück bei Bernardo. Er wendet sich an die Vögel. >> Könnt ihr uns bitte Bescheid geben, wenn und wann wir freie Bahn zu einem der Boote haben?! *Klar! Machen wir.* <<

Ratch lädt die Waffe wieder nach. >> Schnell! Wenn ihr jetzt zu den Booten rennt, die vom Bug des Schiffes aus, leicht zu erreichen sind, dann könnt ihr das jetzt schaffen. Die anderen sind alle beschäftigt! <<

Bernardo rennt schon mal los, ohne zu gucken. >> Nicht so schnell, Bernardo. Ich bin noch nicht fertig mit dem Nachladen. <<

Als sie bei einem Boot sind, bricht Ratch das Nachladen ab. Bernardo legt das Fass auf den Boden und anschließend heben die beiden das Boot nach oben, drehen es um. Jetzt halten sie es an den Sitzbänken über sich und laufen geradewegs ins Wasser. Das Fass rollt Bernardo vor sich her, bis sie mit dem Boot ganz unter tauchen. Ratch hält die Waffe ganz nach oben. Zwischen dem Boot, welches er mit trägt und seiner Hand selbst, hat er die Pistole und den Munitionsbeutel, damit sie nicht nass werden. Jetzt sind sie unter Wasser, aber das Boot füllt sich nicht komplett damit. Das Fass treibt direkt vor Bernardo, während die beiden nach vorne immer weiter in die Tiefe laufen. >> Würde es die etwas ausmachen, wenn du kurz weiter in die Mitte kommst und das Boot alleine trägst, damit ich die Pistole nachladen kann? *Okay, mach ich.* <<

Als Ratch die Pistole nachlädt, unterhalten sie sich. >> Was glaubst du, wie weit wir noch gehen müssen, um direkt unter dem Schiff zu sein? *Weiß ich nicht, aber ich hoffe, dass wir irgendwann mal den Anker sehen werden. Wenn nicht, dann tauche ich kurz unter und sehe mich nach ihm um. So, die Pistole ist fertig geladen.* Wie genau hast du eigentlich vor, das Fass zu entzünden? *Ich schieß ganz einfach nicht auf das Fass, sondern auf die Lunte. Aber natürlich so, dass das Fass nicht getroffen wird. Dann ist es hoffentlich für die Lunte so heiß, dass sie sich entzündet und anfängt Funken zu sprühen.* Und was machen wir dann? *Danach drehen wir das Boot schnell wieder um, schwimmen so schnell es geht nach oben und weg vom Schiff und wenn wir Glück haben, brennt die Lunte noch, wenn sie vom Wasser berührt wird.* Hoffen wir mal, dass das klappt. *Wenn, dann aber richtig. Jetzt muss ich erst mal gucken, ob das Schiff gleich hier ist, oder ob wir schon daran vorbei gelaufen sind. Kannst du kurz halten?* Aye. *Bin gleich wieder da.* <<

Bernardo nimmt Ratch die Pistole und den Munitionsbeutel ab. Ratch taucht nach unten und aus dem Boot raus. Als er sich im Wasser mit nur einem verschwommenem Blick umsieht, kann er etwas dunkles entdecken, welches wie eine Kette nach oben ragt. Als Ratch seinen Blick nach oben richtet, kann er eine dunkle Schiffsrumpf-förmige Fläche entdecken. Es ist das Schiff. Schnell begibt er sich wieder zurück ins Boot, weil die Luft langsam knapp wird. >> Bernardo, wir... sind genau unter dem Schiff. <<, berichtet er, während er noch nach Luft schnappen muss. >> Das bedeutet, dass wir das Fass jetzt zünden werden? *Genau das bedeutet es.* <<

Sie bereiten alles vor. Jetzt stehen die beiden nebeneinander. Bernardo hält das Fass ruhig auf dem Wasser und Ratch zielt geradlinig an die Lunte. Im nächsten Moment feuert er. Die Lunte entzündet sich sofort. >> Das ging schnell. *Los Ratch. Wir müssen uns beeilen.* <<

Zuerst haben die beiden Probleme, dass Boot umzudrehen. Aber dann gelingt es ihnen doch. Schnell läuft alles voll mit Wasser. Beinahe ungebremst treibt das Boot mit sehr schneller Geschwindigkeit nach oben. Als es den Rumpf des Schiffes von unten erreicht hat, bleibt es an Ort und Stelle stecken, als ob es sich dort festsaugen würde. Die beiden Jungen schwimmen so schnell sie können nach oben und gleichzeitig weg vom Schiff. Weil es erst mal keine Explosion gibt, glauben Ratch und Bernardo, dass die Lunte wieder erloschen ist. Als Ratch allerdings nach hinten sieht, gibt es dann doch eine große Explosion. Das Schiff wackelt dabei so sehr, dass die Soldaten, die die Kanonen bedienen, umfallen und das Feuer für einen kurzen Augenblick automatisch eingestellt wird. Um das Schiff herum entsteht eine große Wasserfontäne.

Mit einem riesigen Leck am Boden, kommt die Besatzung nicht mehr hinterher das Schiff in der Bilge zu reparieren. >> Was zum verdammten Henker war das! <<

Die Soldaten auf dem Schiff regen sich auf. Schnell begeben sie sich in die unteren Decks, wo sie den gewaltigen Schaden sehen. >> Beim Klabautermann! Was war das und wie sollen wir das wieder rechtzeitig hinbekommen? <<

Die ersten Soldaten versuchen das Wasser mit Eimern wieder aus dem Schiff zu bekommen. Die anderen holen Holzbretter und probieren das Leck zu reparieren.

Ratch und Bernardo bekommen einen kleinen Anschub der Druckwelle, die sich unter Wasser ausbreitet. Das hilft ihnen schneller wieder nach oben zu kommen. Als die Explosion ertönt, schauen sowohl die Soldaten, als auch die Crew zum Wasserfall hin. Während der Explosion wird für einen kleinen Moment das Wasser des Wasserfalls weg gedrückt. In dieser Zeit haben sie freie Sicht auf das Schiff. Danach kämpfen alle weiter.

Nach mehreren Versuchen das Schiff zu retten, gelingt es den Soldaten nicht und das Wasser steigt immer weiter an. >> Alle Mann von Bord! Alle Mann von Bord! <<

Alle, die in den unteren Decks sind, rennen wieder nach oben und die auf dem obersten Deck werden alle gewarnt. >> Macht die Beiboote klar! Nimmt jede Waffe mit, die ihr kriegen könnt! <<, befiehlt ein Offizier, der am Steuer steht. Es können nur noch ein paar Soldaten auf die Boote. Der Rest geht mit dem Schiff unter. Diese könnten sich an herumtreibendem Holz halten, oder anderen Dingen, die nicht unter gehen festhalten.

Ratch und Bernardo schwimmen schon lange wieder an der Oberfläche des Wassers und durchqueren gerade den Wasserfall. Als sie wieder in der Höhle sind, sehen sie noch immer alle, wie sie kämpfen. >> Dass das ewig kein Ende nimmt. <<, bemerkt Ratch. Als sie wieder an Land ankommen, dauert es nicht lange und die restlichen und letzten Boote folgen. Schnell begeben sich die Vögel wieder zu den beiden Jungen. >> Ratch, Bernardo! Ihr habt's geschafft! *Ja, mehr oder weniger.* Wieso „mehr oder weniger"? *Wir haben zwar das Schiff versenkt, aber das hält die anderen nicht davon ab, ihren letzten Kampf zu führen. Denn schon da vorne kommt die Verstärkung.* <<

Die Vögel schauen knapp am Rumpf des Schiffes vorbei auf das Wasser. >> Oh, stimmt. <<, fällt dem Graukardinal auf. >> Was machen wir jetzt? *Nun, ich bin mir sicher, dass wir ihnen jetzt deutlicher auffallen werden, weil sie mehr sind als wir. Aber wenn wir uns im Schiff verstecken, dann könnte es auch sein, dass sie uns nicht finden.* Ja, das könnte gut sein, aber nur, wenn wir uns gut verstecken. <<

Schon während der Kanarienvogel sagt, dass es wohl am besten wäre, wenn sie sich gut verstecken, gehen die anderen schon wieder zum Schiff. Schnell steigen die Jungen die Strickleiter hoch und die Vögel fliegen nach oben. Als sie auf dem oberen Deck sind, kriechen sie auf dem Boden entlang, damit sie von keinem Soldaten so schnell gesehen werden. Als sie sich unter Deck befinden, stehen sie wieder ganz normal auf und suchen sich ein passendes Versteck für sie. Während sie eins suchen, laufen sie an den Schützen vorbei, die aus dem Schiff heraus schon die Soldaten beschießen, die noch mit den Booten unterwegs sind. >> Ratch, guck mal da. <<

Der Tukan zeigt auf eine Falttür am Boden des Schiffes. Sie führt runter in die Bilge. >> Aye, gehen wir. <<

Ratch klappt sie auf und die anderen begeben sich schnell nach unten. Nachdem er selbst nach unten geht, lässt er die Falttür wieder hinter sich zufallen. Durch die Bodenbretter kann man kaum hindurchsehen, aber durch einige Schlitze kann man doch etwas erkennen. >> Wenn wir leise sind, dann kommen sie vielleicht auch gar nicht auf die Idee, hier zu suchen, wenn sie es überhaupt bis hier runter schaffen. <<, sagt Tyler. Doch noch im selben Moment werden die Schützen von ein paar Soldaten überrascht. Trotzdem können sie kämpfen, weil die Soldaten nicht sofort auf sie schießen. Es kommt zum Gefecht. Während Soldaten und Schützen sich abwechselnd niederstrecken, bereitet sich Ratch darauf vor, von unten zu kämpfen. >> Was machst du da? <<, fragt ihn der Kanarienvogel. >> Ich habe nochmal nachgeladen. Wenn sich einer der Soldaten in der Lage befindet jemanden zu töten, dann kommt die ungeahnte Überraschung von unten. << Dazu kommt es auch. Als der letzte Soldat, der sich in dem Schiff befindet, das letzte Crewmitglied zu Boden wirft, holt dieser dann zum Zustechen aus. Der Degen des Crewmitglieds ist außer Reichweite. Aber noch bevor der Soldat zustechen kann, schießt Ratch von unten auf den Soldaten. Als dieser umfällt, wundert sich das Crewmitglied, woher der Schuss kam, der ihn gerettet hat. Im nächsten Moment geht die Falltür wieder auf. Während er wieder aufsteht, holt er sein Säbel. Danach guckt er zur Falltür und sieht Ratch, welcher sein Zeigefinger vor seinem Mund hat, einen „Schh!"-Ton von sich gibt und währenddessen wieder in den Untergrund verschwindet. Das Crewmitglied wundert sich nur kurz und rennt wieder nach oben. >> Was machen wir jetzt, Ratch? <<, fragt ihn Bernardo. >> Weil ich es aufgrund unserer Lage nicht besser weiß, würde ich sagen, dass wir erst mal warten. Wir warten ab, bis dieses Geschrei draußen seine Ruhe gefunden hat und wir dann hoffentlich mit dem meisten Teil unserer Crew weitermachen können. Oder wisst ihr was? Sich hier unten zu verstecken bringt nichts. Wenn wir nur hier warten – fällt mir auf – dann sind wir nur die Angsthasen, die sich nicht trauen. Deswegen sage ich... helfen wir unseren Leuten. <<

Außerhalb des Schiffes kämpft die ganze Crew ums Überleben. Sie sind in der Unterzahl und es wirkt diesmal nicht so, als ob sie so leichtfertig mit den Soldaten fertig werden, wie in der Taverne.

Doch nicht viele Augenblicke später, erscheinen Ratch, Bernardo und die Vögel auf dem oberen Deck. Auf dem Weg nach oben, haben sie die Waffen der übrigen Soldaten und Crewmitglieder eingesammelt. Diesmal hat Bernardo auch eine eigene Schusswaffe. Als sie oben ankommen, machen sie sich erst mal ein Bild der aktuellen Lage, und wie sie am besten vorgehen könnten. Allerdings müssen sie schnell denken, weil selbst auf dem Schiff gekämpft wird. Während sie sich alle unterhalten, müssen sie immer wieder ausweichen oder Schwerthiebe kontern, weil sie selbst angegriffen werden. >> Und wie gehen wir jetzt am besten vor? *Keine Ahnung, aber am besten fände ich es erst mal, wenn wir solange überleben, bis wir uns wieder ohne kämpfen verständigen können.* <<

Sie sind umzingelt von 6 Soldaten. Die alle auf einmal auf sie zukommen. Dabei stehen Bernardo und Ratch im Mittelpunkt, weil sie nicht, wie die Vögel, in der Luft fliegen aber Waffen in den Händen halten. >> Hast du eine Idee, wie wir...? <<

Bernardo verstummt, noch bevor er seine Frage vollständig stellen kann, weil es offensichtlich ist, was er fragen möchte. Drei Soldaten kommen auf Ratch zu und drei auf Bernardo. Ratch wendet sich an Tyler. >> Tyler? *Ja.* An ihnen vorbei. <<

Als er das hört, weiß er was zu tun ist. Im nächsten Moment fliegt er deswegen so schnell nach unten und gewinnt dabei so schnell an Geschwindigkeit, dass er wie ein geölter Blitz an den Gesichtern der Soldaten, die bei Bernardo sind, vorbeifliegt. Diese Aktion betäubt sie für einige Augenblicke, weil sie von seinem Gefieder hypnotisiert wurden. Danach nimmt Ratch Bernardo, wie beim "Butterwiegen", indem die beiden Rücken an Rücken stehen, Ratch seine Arme mit denen von Bernardo verschränkt und er ihn anschließend auf seinen Rücken zieht. Dabei läuft er ein Stück nach vorne. Bernardo reagiert nicht, weil er ebenfalls von der Hypnose betroffen ist, wie die Soldaten, weil er Tyler sah, als er schnell an denen vorbeiflog. Ratch bringt ihn somit außer Gefahr. Während er nach vorne läuft, hat er seine Hände noch frei. Die nutzt er, um sich die Pistolen zu nehmen, die er sich von den Soldaten aus dem unteren Decks genommen hat. Dann zielt er so schnell er kann mit seinen Händen auf zwei der drei Soldaten, die vor ihm stehen. Ohne zu zögern, schießt er auf sie und jetzt steht nur noch der mittlere Soldat. Als dieser darüber verwundert ist, dass er so schnell der Einzige ist, der noch steht, zieht auch er seine Pistole, um auf Ratch zu feuern. Er verfehlt ihn nur knapp, weil ihn nun die anderen Vögel attackieren. Daraufhin setzt Ratch Bernardo wieder ab. Die anderen Soldaten wachen wieder aus ihrer Hypnose auf und rennen gleich weiter auf Ratch und Bernardo zu. Auch Bernardo ist wieder erwacht. Er sieht, dass einer der drei Soldaten auf ihn zurennt. Er zückt seine Waffe und erschießt ihn. Ratch läuft weiter zu dem Soldaten, der gerade von seinen flugfähigen Freunden angegriffen wird. Dieser hat noch seine Waffe in der Hand. Ratch nutzt diesen Moment, um sich den Arm des abgelenkten Soldaten zu packen, die Waffe auf den einen der anderen drei Soldaten zu richten und danach abzudrücken. Es gibt jetzt noch zwei Soldaten, um die sich Ratch und Bernardo kümmern müssen. Einer der zwei rennt auf Bernardo zu. Dieser hat gerade keine andere Waffe und ist mit dem Nachladen beschäftigt. Der Soldat steht vor ihm und holt zum Schlag aus, als Ratch ihn anfällt und durch das plötzliche Gewicht, welches den Soldaten von der Seite trifft, zu Boden wirft. Während dem Fall zieht Ratch dem Soldaten die Waffe aus seinem Gürtel und behält sie für sich. Auch das Schwert nimmt er ihm ab, aber dieses wirft er zu Bernardo.

Die Vögel, die den anderen Soldaten ablenken, lassen nun von ihm ab, weil er dem Tukan an den Schwanzfedern gezogen hat und damit drohte, ihn zu töten. Allerdings konnten die anderen ihm helfen und ihn schnell befreien.

Der andere Soldat steht schon auf, als Ratch noch am Boden liegt. Als der Soldat ihn mit seiner Waffe bedrohen wollte, merkt er, dass sie fehlt. In dem Moment richtet Ratch in aller Ruhe die Waffe auf den Soldaten und fragt: >> Suchst du das hier? <<

Der Soldat nimmt die Hände hoch.

Bernardo hebt das Schwert auf, das Ratch ihm zuwarf. Der Soldat, den die Vögel zusetzten hatte immer noch seine Waffe in der Hand und richtete sie nun auf Bernardo. Bernardo hatte keine Zeit, seine Waffe nachzuladen. Deswegen hat er jetzt nur ein Schwert, um sich zu verteidigen. Als der Soldat die Waffe abfeuern möchte, schließt Bernardo seine Augen. Im nächsten Moment drückt der Soldat ab, aber es kommt kein Schuss, weil Ratch ihn verbrauchte, als er auf einen anderen Soldaten geschossen hat. Diesen Moment nutzt Bernardo, um auf ihn zu zurennen und ihn mit seinem Schwert niederzustrecken. Allerdings kann es der Soldat rechtzeitig blocken. Ratch sieht, dass Bernardo in Schwierigkeiten steckt. >> Tyler, an ihm vorbei. <<

Diesmal fliegt er an dem Soldaten vorbei, der die Hände oben hat. Ratch schließt in diesem Moment die Augen, damit er von der Hypnose nicht betroffen ist. Die Kugel in der Pistole, welche er jetzt noch hat, nutzt er für den Soldaten bei Bernardo. Nach dem Treffer, fällt dieser Soldat über die Reling in die Tiefe. Danach steht Ratch wieder auf. Ratch lässt den hypnotisierten Soldaten so stehen. >> Was machen wir mit ihm? <<, fragt Bernardo. >> Jetzt sind wir in der Überzahl. Wir könnten in dort einfach stehen lassen, bis er wieder aufwacht, oder wir lassen ihn über die Planke gehen. <<, schlagen der Graukardinal und der Kanarienvogel vor. >> Haben wir überhaupt eine Planke? <<

Ratch schaut sich um, während er diese Frage stellt. Nirgends kann er eine Planke entdecken. Er lädt schon mal seine beiden Pistolen nach. >> Theoretisch ist es ja auch egal, oder? <<, bemerkt

Tyler. >> Ja stimmt. <<, reagiert Ratch und knallt den Soldaten im nächsten Moment einfach ab. Danach kümmert sich das Team um den Rest, indem es der Crew hilft. Immer wieder fliegen Schüsse von Pistolen durch die Gegend und das Säbelrasseln ist auch nicht zu überhören. Das einzige Geräusch, welches die Säbel immer mal wieder übertönt ist das Geschrei der Meute. Sowohl die Crew, als auch die Soldaten schreien. Ratch und Bernardo säubern das Deck des Schiffes mithilfe ihrer Pistolen, die sie dafür einsetzen, um der Crew zu helfen. Als immer mehr aus der Crew diese Unterstützung genießen, fangen auch sie an, sich Schusswaffen zu holen und von oben auf die Soldaten zu schießen. >> Das Blatt scheint sich nun noch schneller zu wenden, als es sich sowieso schon wendet. <<, fällt Ratch auf. Die Crew übernimmt überwiegend die Überhand. Sie mussten zwar auch schon einige Verluste beklagen, aber ihr Vorteil ist, dass die Soldaten nicht mit Schusswaffen kämpfen. Plötzlich beginnt der Boden unter dem Schiff nachzugeben. Das Schiff fängt an ein wenig an zu wackeln und sinkt etwas ab. Dann steht es wieder still und alle auf dem Schiff warten, was als nächstes passiert. Es dauert nicht mehr lange bis es sich wieder bewegt. Aber diesmal stärker als zuvor. Es bewegt sich nach vorne. Ungebremst rutscht es auf den Rest zu, die noch kämpfen. Sie hören auf zu fechten und weichen dem Schiff schnell aus. Das Schiff rutscht bis ganz ins Wasser hinein und treibt etwas weiter. Doch schlussendlich kommt es dann zum Stehen, bevor es hätte die Wand der Höhle berühren, oder am Grund entlang schleifen können. Alle, die sich bekämpft haben, gucken jetzt verwundert zum Schiff hin. Danach bekriegen sie sich weiter. Als sie die Lage einigermaßen wieder unter Kontrolle hatten, überlegen sich die Soldaten nacheinander, ob es noch lohnenswert ist, weiterzukämpfen. Das Endresultat ist, dass sie ihre Waffen fallen lassen. Die Crew fängt an ein wenig zu jubeln. Ratch, Bernardo, der Tukan, der Graukardinal, der Kanarienvogel und Tyler sind beruhigt, dass es jetzt hoffentlich erst mal vorbei ist. >> Endlich hat das mal ein Ende gefunden. *Aye, zum Glück. Ich mein' es sah am Ende sowieso gut für uns aus, aber wer hätte gedacht, dass es sich dann doch noch so lange ziehen würde.* <<, unterhalten sich Tyler und Ratch. >> Was machen wir jetzt mit den Soldaten, die sich ergeben haben? <<, möchte Bernardo wissen. >> Ich wäre ja sehr stark dafür, dass wir sie anheuern. *Aye, das wäre wohl das beste, jetzt, nachdem wir auf unserer Seite einige Verluste zu beklagen haben.* <<

Als sich der Kanarienvogel und der Tukan über weitere Möglichkeiten unterhalten, wie es mit den Soldaten weitergehen könnte, stellt sich Ratch auf die Reling des Schiffes und mit Blick zu den Soldaten, die ihre Hände heben. >> Meine folgenden Worte richten sich nur an die Soldaten, die ihre Hände heben und zum Teil auf ihren Knien hocken. Jener dieser Menschen haben sich für das Richtige entschieden. Ihr Leben nicht für einen sinnlosen Akt des unnötigen Kampfes zu opfern. Aye, es mag richtig sein, dass sie mit in diese Schlacht hineingezogen wurden. Aber sie haben am Ende, als Unterzahl, doch noch erkannt, dass es klug ist, nicht bis zu seinem Tode zu kämpfen, wenn der Erfolg für diese Menschen auf unabsehbarer Zeit unerreichbar bleibt. Deswegen biete ich denen jetzt die einmalige Gelegenheit sich uns anzuschließen und uns als Crew zu helfen. Wer sich in der Lage befindet diesem Ruf zu folgen, der solle jetzt aufstehen und „Aye" sagen. <<

Die Soldaten stehen nacheinander auf und rufen „Aye!". Nachdem sie sich der Crew angeschlossen haben, schmeißen einige ihre Hüte auf den Boden und verdammen den Dienst dem sie treu waren. >> Es ist ein Fehler für die Smiths zu arbeiten. *Nieder mit ihrer Herrschaft!* <<

Die Soldaten wenden ihre Stimmung abrupt von feindlich auf freundlich mit viel Motivation sich dem Käpt'n persönlich zu stellen. >> Es ist ja schön, dass wir jetzt wieder einige Gefolgsleute zu unseren zählen können, aber trotzdem frage ich mich, woher der plötzliche Sinneswandel zukommen scheint, dass sie sich auf einmal alle dem Käpt'n stellen wollen. *Vielleicht liegt das daran, dass sie in ihrem Dienst nie froh waren. Es kann ja auch sein, dass sie alle zwangsrekrutiert wurden, genau so wie die anderen vorgestern.* Das könnte stimmen. Demzufolge ist es ja nur logisch, dass sie bei der kleinsten Möglichkeit, ihre Freiheit zurückzubekommen, „ja" sagen. *Hier haben wir auch noch den Vorteil, dass wir sie nicht bezahlen müssen, weil sie gleich freiwillig mitkommen wollen.* <<

Während sich Ratch, Tyler und der Graukardinal unterhalten, redet Bernardo schon mit einem der Crew, damit er erfährt, wie sie das Schiff weiterhin reparieren können. >> Was sind denn noch weitere Dinge die zur Reparatur benötigt werden? *Nun, eigentlich müssen wir nur die Segel reparieren und die Maste aufstellen und festnageln. Der Rest sollte funktionieren. Nur haben wir jetzt nach dem Kampf wieder einige Lecks, die wir reparieren sollten. Wir können nur von Glück sprechen, dass sie nicht unter die Wasserlinie getroffen haben.* Aye, das können wir wohl. <<

Kapitel 8 – Die Reise zur legendären Insel

Die nächsten Stunden werden damit verbracht, das Schiff vollständig auf Vordermann zu bringen. Die Löcher in den Segeln werden gestopft, die Maste werden hochgezogen und befestigt, Seile werden gespannt. Nach der Restaurierung sind immer noch ein paar Holzbretter übrig. Diese werden dazu verwendet, um den Schiffsrumpf von innen noch stabiler zu machen, indem sie angenagelt werden. Grundsätzlich bleiben aber auch noch einige Bretter nach diesen Unternehmungen übrig, die man zur Beseitigung spätere Lecks im Rumpf verwenden möchte, weswegen man sie erst mal lagert. Nach den Arbeiten ist es schon wieder spät und dunkel. Jetzt versammeln sich alle vor der Kajüte. Vor dem Steuer stehen Ratch, Bernardo und seine fliegenden Begleiter. Sie weihen das Schiff ein. >> Sehr geehrte Crew. Ich freue mich euch mitteilen zu dürfen, dass das Schiff endlich seine finale Form erhalten hat. Es mag sein, dass es noch etwas eintönig aussieht, aber dass wir es erst mal wieder in Gang bringen war unser gemeinsames Ziel. Jetzt, da wir dieses Ziel erreicht haben, können wir das Schiff offiziell einweihen. Leider haben wir keine Glasflasche, die wir gegen den Rumpf werfen könnten und ein Band, welches wir zerschneiden könnten, aber immerhin können wir sagen dass wir fertig sind. <<

Bevor Ratch weiterreden kann, unterbricht ihn einer der Crew. >> Stopp! Ich hab' ne Glasflasche. <<

Ratch guckt zu ihm und sieht ihn sie hervorholen. >> Oh gut, dann sage ich, dass mit dem Zerschmettern der Flasche dieses Schiff offiziell eingeweiht ist. <<

Ratch wendet sich an Bernardo. >> Möchtest du sie vielleicht werfen? *Ich, äh natürlich.* <<

Bernardo geht los und holt die Flasche. Als er wieder zurück kommt, zählen alle von drei rückwärts auf null. Genau auf der Null beginnt Bernardo die Flasche vor sich aufs Deck zu werfen. Danach klatscht die Crew. >> Ab jetzt befinden sich alle auf einem offiziell eingeweihtem Schiff. <<, verkündet Ratch, als die Flasche zerspringt. Danach ziehen sich alle zurück und gehen wieder schlafen. In den unteren Decks wurden Hängematten gespannt. Als die Crew sich schlafen legt, bleiben die Vögel und die beiden Jungen noch kurz länger auf und unterhalten sich miteinander. >> Wisst ihr eigentlich, wie das morgen wird? <<, fragt der Tukan in die Runde. >> Ich befürchte, dass wir nicht so leicht von hier weg kommen. <<, antwortet Ratch. >> Warum? *Weil der Käpt'n das Buch hat. Solange er nicht wenigstens einmal wieder hier war, kann ich es nicht zurückbekommen. Außerdem hat er ja vor, bei seiner Ankunft die sofortige Abreise anzutreten. Wenn er also hier ist, muss ich wahrscheinlich wieder mit ihm gehen.* Was? Aber was machen wir dann mit dem Schiff und der Crew? *Ich überlege gerade.* Ich mein' das Schwierigste ist ja, das Schiff hier heil raus zu segeln, ohne dass wir von den Schiffen da draußen bombardiert werden. *Eine Möglichkeit, über die man nachdenken könnte, wäre ein Ablenkungsmanöver. Nur findet das dann eben auf einem anderen Punkt auf dieser Insel statt.* Und was genau könnte dieses Ablenkungsmanöver sein? *Ich weiß nicht, aber es müsste irgendetwas großes sein, dass jedes Schiff im Hafen anlockt.* Apropos „anlockt". Wieso ist nach der Explosion des Schiffes da draußen kein zweites als Verstärkung gekommen? *Keine Ahnung, aber ich bin froh, dass es so ist, wie es ist.* Aye, ich auch. <<

Ratch denkt noch weiter über einer Möglichkeit nach, wie sie ein Ablenkungsmanöver machen könnten. >> Wisst ihr, ich glaube ich weiß, was wir machen können. *Und was?* Ihr wisst ja, dass die Taverne explodiert ist und dass das Lagerhaus überfallen wurde... also könnten wir uns doch eine gute Geschichte ausdenken, wie wir die Schiffe weg vom Wasserfall bekommen und einfach nur sagen, was ein nächstes Ziel der Angreifer sein könnte. *Ja, stimmt.* Leider fällt mir noch keine gute Geschichte ein. <<

Im Moment denken alle über eine eventuelle Geschichte nach, bevor sie wenige Momente später musikalische Geräusche hören. >> Hört ihr das auch? *Aye, ich höre... Trommeln und... Trompeten?* <<, reagiert Bernardo verwundert. >> Na toll. Das kann ja nur eines heißen. ... *Der Käpt'n ist wieder da.* <<, schlussfolgert Ratch. >> Was machen wir jetzt? <<, fragen die Vögel gleichzeitig. >> Äh... Ich gehe schon mal hin. Weil ich sowieso mitkommen muss. Am besten auch du, Tyler... und der Rest bleibt hier und kann Wache halten, dass uns hier niemand entdeckt. Falls ihr es dann schafft hier wieder raus zukommen, dann achtet auf meinen Rat und folgt dem roten Signal am Himmel. <<

Ohne, dass alle groß darüber nachdenken, stimmen sie Ratch's Plan zu, weil es gerade um die Sicherheit und um die Freiheit vieler Leute geht. >> Warte, Ratch. Wer hat solange das Kommando? <<, fragt der Kanarienvogel. >> Ihr vier. Passt auf, dass die Crew euren Befehlen folgt. *Aye, Käpt'n.* <<, sagt der Graukardinal noch zum Abschluss. Danach machen sich Ratch und Tyler auf den Weg. >> Wie genau kommen wir jetzt vom Schiff runter, ohne nass zu werden, geschweige denn, wie kommen wir aus der ganzen Höhle raus, ohne nass zu werden? *An der Seite dort... sind Beiboote.* <<

Ratch zeigt auf eines der Beiboote, während er schon über das Deck zu einem hinläuft. >> Jetzt ziehen wir nur mal hier dran und da dran und dann... <<

Als Ratch an den Seilen zieht, mit denen das Boot befestigt wurde, lässt er es für ein paar Meter ruhig nach unten gleiten. Doch vor dem letzten Meter, fällt es dann doch plötzlich in die Tiefe und überschlägt sich einmal, kommt aber auf dem Wasser dann richtig herum auf. >> Für den Anfang, nicht schlecht. <<, bemerkt Tyler. Danach steigt Ratch eine Leiter am Schiff hinab und begibt sich anschließend in das Boot. Tyler sitzt schon drin. >> Die Ruder liegend passenderweise auch schon im Boot. So schwer wird es ja nicht sein. <<

Als Ratch los rudert, fällt ihm ein, dass er den Schädel vergessen hat, aus der Kajüte mitzunehmen. Daraufhin hört er auf zu rudern und stellt sich auf das Boot, um nach den anderen im Flüsterton zu rufen. >> Bernardo! <<

Er kommt an die Reling. >> Kannst du den Schädel, der in der Kajüte liegt, zu mir werfen? <<

Er kann Ratch akustisch nicht verstehen und fragt: >> Was? <<

Er ruft das mit dem selben Flüsterton, wie Ratch. >> Kannst du den Schädel, der in der Kajüte liegt, zu mir werfen? <<, wiederholt Ratch. >> Ich versteh' dich nicht. Du musst lauter sprechen. <<

Als Ratch vernimmt, dass er zu leise spricht, wird er ein wenig lauter. >> KANNST... <<

Schnell verstummt er wieder, weil er merkt, dass das vermutlich zu laut war und er die Crew aufwecken könnte. Jetzt spricht Ratch leiser, aber immer noch lauter als am Anfang. >> Kannst du den Schädel, der in der Kajüte liegt, zu mir werfen? *Ach so, den Schädel. Warte.* <<

Bernardo geht in die Kajüte. Es dauert nicht lange bis er wieder rauskommt und ihm Ratch zuwirft. Danach rudert er weiter. >> Für den legendären Ort brauchen wir ihn doch aber gar nicht. *Richtig.* Wieso nehmen wir ihn dann mit? *Ich möchte nur sicher gehen, dass uns der Käpt'n so empfängt, wie er uns verlassen hat, damit wir ein eventuelles Misstrauen entgehen. Außerdem ist dieser Schädel ein Unikat. Ich bin mir sicher, dass der Käpt'n darüber empört sein könnte, wenn wir ihm die Notlüge als Antwort für seine Frage, wo der Schädel ist, vorbringen, dass wir ihn verloren haben, obwohl er ihn uns theoretisch schon vermacht hat.* Gut, ich hoffe nur, dass er ihn uns nicht wieder wegnimmt, denn ich habe da so ein Gefühl. <<

Während ihrer Unterhaltung verlassen die beiden mit dem Boot die Höhle.

Bernardo und die Vögel sind noch beim Steuer. >> Wir sollen zwar aufpassen, dass die Crew unseren Befehlen folgt, aber wenn sie schläft können wir das ja auch schlafen gehen. Wenn auch nur für ein paar Minuten. <<, schlägt Bernardo vor. >> Aber dann sollte immer einer Wache halten und die anderen wecken, wenn irgendetwas ist. <<

Als der Kanarienvogel sagt, dass einer Wache halten sollte, denken alle darüber nach, wie lange die Schicht gehen soll und wer anfängt. >> Wer von euch ist am wenigsten müde? *Ich kann noch ein bisschen aufbleiben.* <<, antwortet der Tukan auf die Frage des Graukardinals. >> Gut, dann fängst du mit der Wache an und weckst uns, wenn was ist. *Okay.* <<

Bernardo geht unter Deck und sucht sich eine freie Matte aus, auf der er schlafen kann. Die Vögel machen es sich auf dem Deck bequem. Auf dem Geländer vor dem Steuer, hält der Tukan Wache.

Ratch und Tyler sind schon wieder aus der Höhle raus, als Tyler sieht, dass am Steg viele Soldaten versammelt sind. >> Ratch, halt' an, schnell. *Wieso, was ist?* <<

Während Ratch seine Frage stellt, guckt er nach hinten, wo er die ganzen Soldaten stehen sieht. >> Oh. Ich hoffe, dass die uns nicht schon entdeckt haben. <<

Sie rühren sich nicht. Sie stehen nur da und erwarten die Ankunft der Voiless. Am Rand des Steges sind reichlich Fackeln platziert wurden, die den Weg zeigen. Ratch legt das Boot vor dem Steg am Strand an, wo sie dann beide aussteigen und sich unauffällig verhalten, indem sie sich klein machen, damit sie nicht noch gesehen werden. Sie schleichen sich bis zu einem naheliegendem

Haus. Dort stehen sie dann wieder auf und gucken sich von dort aus um, weil sie sehen wollen, wie die Lage ist. Allerdings beobachten sie nicht nur den Steg, sondern auch die Taverne. Als Ratch vom Steg aus seinen Blick zur Bar hin schweifen lässt, guckt er erst daran vorbei, aber dann nochmal dorthin, weil er gesehen hat, was er genauer beobachten möchte. Die Teile und der Rest, was von der Taverne noch übrig ist, brennt nicht mehr. Es ist alles gelöscht und die Bewohner von der Insel wurden dafür zuständig gemacht, dass alles aufgeräumt wird. Daneben stehen Soldaten, die nur aufpassen, dass die Bewohner ihrer Arbeit nachgehen. Obwohl sie das tun, beschimpfen die Soldaten sie trotzdem und drohen ihnen. >> Tyler. *Ja.* Guck mal dort. <<

Ratch zeigt auf den Ort, wo die Taverne stand und die Leute jetzt arbeiten. >> Warum werden die Bewohner um diese Uhrzeit dazu verdammt, den ganzen Schrott wegzuräumen? *Keine Ahnung. Aber ich glaube, dass dem Käpt'n an seiner Insel mehr liegt, als an seinen Bewohnern.* Glaube ich auch. *Ratch, guck mal, wer dort ist.* Meinst du die Frau? *Ja.* Ach du meinst, dass das die Frau aus der Taverne ist. *Genau das meine ich.* Ich dachte sie wäre bei der Explosion umgekommen. <<

Jetzt warten sie darauf, bis die Voiless eintrifft. Als sie schon fast anlegen kann, verstecken sich die beiden hinter dem Haus, um auf den richtigen Moment zu warten, dass sie sich dem Käpt'n zeigen. Als sie anlegt werden wieder mehrere Planken ausgerichtet. Diesmal läuft der Käpt'n voran. Die Trommeln und Trompeten spielen eine empörte Musik, um die Stimmung des Käpt'ns deutlich zu untermalen. So empört, wie die Musik spielt, so empört bewegt er sich auch über den Planken zum Festland hin. >> Wo ist Ratch?! <<, fragt er die Soldaten, die auf dem Steg stehen. >> Sir, wir hatten ihm im Auge, als die Taverne noch stand. Allerdings gab es einen Aufstand von einigen Arbeitern. Dabei kam es zur Explosion und wir haben ihn verloren. Wir fangen an zu vermuten, dass er... es vielleicht nicht überlebt haben könnte. *Wie biTTE!?* <<

Die Reaktion des Käpt'ns beginnt mit einer normalen Lautstärke, endet dann aber laut, weil er es nicht fassen kann, was er da hören muss. Daraufhin erscheinen im nächsten Moment Ratch und Tyler hinter dem Haus und begeben sich zum Käpt'n. Als der Käpt'n nur im Augenwinkel erkennen kann, dass sich bei den Häusern etwas bewegt, schaut er in Richtung Ratch und kann ihn erkennen. Er ist ein wenig erleichtert. Ratch läuft nur langsam auf sie zu und Tyler sitzt ihm dabei auf seiner linken Schulter. >> Ahh, Ratch. Welch' freudiger Anblick dich lebendig vor mir zu sehen. <<, begrüßt ihn der Käpt'n. Nach den Worten steht Ratch vor ihm und antwortet: >> Die Freude ist ganz meinerseits. *Nun, Ratch. Du hast doch hoffentlich nicht vergessen, dass ich die sofortige Abreise erwünschte.* Aye, das habe ich nicht vergessen. Mir ist nur aufgefallen, dass sie viel früher zurück sind, als sie es sagten. *Auf dem Hinweg gab es eben nun einige Komplikationen, die es auf dem Rückweg nicht gab. Aber wie ich sehe, steht dein Freund gar nicht mehr neben dir. Wie kommt das?* Das kommt daher, dass die Angreifer, die sowohl für die Sprengung der Taverne, als auch die Ausbeutung des Lagerhauses, dort hinten, für den Tod von ihm verantwortlich sind. Es gab einige Verluste zu beklagen und leider müssen wir ihn dazu zählen. *Das Lagerhaus wurde ausgebeutet?* Ja, wurde es. Von den selben Leuten die auch für den Unfall mit der Taverne verantwortlich sind und eines ihrer Schiffe hier im Hafen versenkte. <<

Der Käpt'n wendet sich an die anderen Soldaten. >> Wieso habe ich so viele Wachen auf meinem Hauptsitz, wenn sie nicht mal im Stande sind, so große Unfälle zu verhindern, HÄ?! <<

Niemand reagiert. Danach spricht der Käpt'n wieder mit Ratch. >> Bedauernswert, was mit deinem Freund passiert ist. Aber ändern kann ich es auch nicht mehr und jetzt erwarte ich von dir, dass du an Bord gehst und mich sicher zu der Insel begleitest. <<

Ohne etwas zu sagen, läuft Ratch weiter und hält den Schädel unter seinem rechten Arm, während Tyler immer noch auf seiner

Schulter sitzt. Als Ratch die Voiless betritt, richtet sich der Käpt'n nochmal an die übrigen Soldaten. >> Bei der Ankunft meiner Rückreise, erwarte ich, dass jegliche Mängel, Probleme, und Sachschäden insofern behoben wurden, dass man denken könnte, hier wäre nichts passiert! Sollte ich stattdessen neue Probleme erwarten, dann können sich alle auf eine noch nie zuvor da gewesene Strafe bereit machen! Haben alle meine Worte erhört? *Jawohl, Sir!* <<

reagieren die Soldaten. Im Anschluss begibt sich der Käpt'n wieder auf die Voiless. Ratch wartet auf dem Deck. Als der Käpt'n wieder auf dem Schiff steht, befiehlt er Ratch ihm zu folgen. >> Folge mir. <<

Als er ihm nachläuft, halten zwei Soldaten den Eingang zur Kajüte offen, die den Käpt'n und Ratch passieren lassen. Percéval steht als Steuermann vor dem Steuer der Voiless und lenkt das Schiff wieder aus dem Hafen raus. Als die beiden in der Kajüte ankommen, befinden sich fünf Soldaten in ihr. >> Austreten! <<, ist der einzige Befehl, den der Käpt'n den Soldaten gibt. Daraufhin drehen sich alle zum Eingang und verlassen die Kajüte. Die Türen werden geschlossen und die beiden beginnen erneut eine Konversation. >> Also Ratch, wir erwartet haben wir nun die sofortige Weiterreise zu unserem eigentlichen Ziel begonnen. Zu einem der vier legendären Orte, richtig? *Stimmt.* Da ich mich im Rahmen des möglichen Handelns befinde, diesen Ort auch ohne dich zu finden, fragst du dich sicherlich, wieso du dann noch hier bist? *Um ehrlich zu sein, frage ich mich das nicht, weil sie noch das Buch haben und legendäre Orte nur von Legendenleistung vollbringenden Menschen geöffnet werden können. Weil sie mir das Buch noch nicht wieder zurück gegeben haben, gibt es nur zwei Möglichkeiten, wieso sie mich dahingehend noch nicht angesprochen haben. Entweder warten sie nur auf den richtigen Moment, oder sie haben es einfach vergessen.* <<

Der Käpt'n hat das Buch nicht vergessen, aber er ist überrascht, als Ratch ihn so plötzlich darauf anspricht. Er versucht das Gespräch umzuleiten. >> Sicherlich fragst du dich, wann und wo ich es dir abgenommen habe, oder? *Das ist momentan das Einzige, was mich interessiert.* <<

Der Käpt'n verstärkt seinen dominanten Gesichtsausdruck noch mehr. >> Wenn du es wirklich wissen willst, dann schaue nur mal hinter dich. <<

Ratch dreht sich um. Er vermutet, dass der Käpt'n die führende Feder meint. Danach dreht er sich wieder um und wendet sich an den Käpt'n. >> Sie haben die führende Feder genutzt, richtig? *In der Tat, Ratch. Verblüfft?* Jetzt, wo ich es weiß... nicht mehr wirklich. Nur frage ich mich, warum sie es so heimlich veranstalteten und nicht einfach mit in die Vereinbarung einbezogen haben. *Dank Mr. Martinez ist dir leider bekannt, wie ich Vereinbarungen regele.* <<, spricht der Käpt'n, während er sich immer weiter zu Ratch vorbeugt. >> Ich bekomme immer nach was es mich verlangt. Wenn ich erst einmal die Möglichkeit besitze im Inneren des legendären Ortes zu stehen, dann kann ich mit einer noch größeren Macht für Ordnung und Struktur sorgen. <<

Mittlerweile ist es dem Käpt'n egal geheim zu halten, was er wirklich vor hat. >> Ich habe es eilig Ratch. Wenn wir nicht bald an diesem Ort ankommen, dann verlange ich von dir gefälligst, dass du uns noch schneller und sicherer dahin bringst. Du bist einer der Glücklichen, die dafür verantwortlich sind, dass sie die Welt verbessern können. Wieso gehst du diesen schändlich schlechten Gaben nach. Du wirst nie erreichen, was du willst, weil es vollkommen unrealistisch ist. Nur die Starken überleben und sind erfolgreich. Jeder der sich dem System widersetzt, bekommt sein Karma zur rechten Zeit. Und weil ich stark genug bin werde ich diesen Ort dazu nutzen, um meine Vision von der Welt mit samt der Ordnung und Struktur im schnellsten Wege durchzusetzen. Ändere den Weg den du zu gehen scheinst, oder meine Macht trifft unwillkürlich auf dich und zerschmettert dich, wie ein kleines Ruderboot, welches vor dem Bug eines segelnden Schiffes treibt. *Sie wissen das sich die Drei bei ihren Flüchen und Legenden etwas gedacht haben, oder?* Du glaubst wirklich, dass ich an diese Sagen der Drei glaube. Ich befasse mich doch nur mit Geschichten der Mythologien, weil ich weiß, dass es eine Waffe gibt, die Macht kontrollieren kann. *Sie halten eines der mächtigsten Werkzeuge schon viel zu lange in ihrem Gewahrsam.* Oh, du spielst also auf die führende Feder an. Es stimmt, dass ich sie genutzt habe, um an dein Buch heranzukommen, aber die sofortige Übertragung von materiellen Dingen bringt mich auch nicht schneller an mein Ziel. Deswegen ist sie wertlos für mich, solange ich nichts weiteres brauche, dass man in den Händen halten kann. «

Ratch bleibt absichtlich still, weil er jetzt nichts falsches sagen möchte, um die weitere Macht der führenden Feder preiszugeben. Der Käpt'n atmet für einen Augenblick tief durch. » Deine Aufgabe ist mich einfach nur sicher zu diesem Ort zu bringen. Ich dulde keine weiteren Diskussionen. Wenn wir ihn erreicht haben, dann wirst du ihn für mich öffnen und danach erhältst du das, was du verdienst. Und jetzt raus. «

Auf dem Tisch steht eine kleine Glocke. Er nimmt sie in die Hand und läutet für ein Bruchteil einer Sekunde. Gleich danach schreiten Soldaten durch den Eingang der Kajüte. » Ratch, es ist dir freigestellt dich auf der Voiless zu bewegen. Meine Herren. Begleitet ihn nach draußen. «

Ohne Widerworte und sich zu widersetzen, folgt Ratch den Soldaten aus der Kajüte und aufs Deck. Als die Soldaten Ratch und Tyler verlassen, unterhalten sich die beiden miteinander. » Warum hast du den Käpt'n nicht gefragt, ob wir jetzt wieder das Buch zurückbekommen? *Ich habe da so eine Ahnung, eine Gedanke. Wenn er stimmt, dann fällt uns das schneller in die Hände, als es das würde, wenn wir jetzt darum bitten oder kämpfen. Allerdings sind die Absichten des Käpt'ns schlimmer Natur. Er möchte*

Ordnung durchsetzen. Dafür gibt er natürlich alles. Aber er hat gesagt, dass er die führende Feder nicht als gebräuchlich ansieht, weil er nur materielle Dinge übertragen lassen kann. *Das wiederum verschafft uns den Vorteil, dass wir fürs Erste von Seemonstern und anderen Kreaturen fern sind, solange sie niemand falsch einsetzt.* <<

Für einige Momente schauen sie mitten auf dem Deck in Richtung des legendären Ortes auf die See.

Der nächste Tag bricht an. Als die Sonne langsam über dem Horizont des Ozeans auftaucht und durch das Wasser des Wasserfalls scheint, wachen zunächst die Vögel auf, weil sie auf dem obersten Deck geschlafen haben und demnach zuerst von der Sonne beschienen werden. Als sie aufwachen, bemerken sie, dass Ratch und Tyler immer noch nicht da sind. Daraufhin überkommt ihnen das Gefühl von Sorgen so plötzlich und rasch, dass sie sehr schnell munter werden und anfangen sich gegenseitig zu fragen, ob sie seit gestern Abend etwas neues wüssten. Bernardo ist zu dieser Zeit noch nicht auf. >> Wieso sind die noch nicht da? *Der Käpt'n scheint sie vielleicht mitgenommen zu haben. Also das, was Ratch befürchtet hat.* Aber wäre dann Tyler nicht schon mal wieder hier gewesen, um uns zu sagen, was jetzt passiert? <<

Die Vögel gucken zur Schiffsmitte, als sie sehen, dass einige Crewmitglieder aufstehen und erst mal realisieren müssen, wo sie gerade sind. >> Wir könnten aber raus fliegen und mal gucken, ob das große Schiff noch im Hafen steht. *Du meinst die Voiless?* Ja, dann eben so. <<, unterhalten sich der Kanarienvogel und der Graukardinal. Als sie sich dafür entschieden haben, fliegend die drei Vögel los, um nachzusehen. In der Zeit steht auch Bernardo auf und wundert sich, dass nicht nur Ratch und Tyler fehlen, sondern auch der Graukardinal, der Tukan und der Kanarienvogel. Er ist im Moment alleine mit der Crew auf dem Schiff. Im Anschluss wendet sie sich an ihn, weil alle wissen möchten, wie es weitergeht. >> Ich würde sagen, dass wir erst mal versuchen etwas zu essen. <<

Kaum nachdem er den Satz ausgesprochen hat, wendet sich Bertha an ihn. >> Das ist nicht das Problem. Wir haben immer noch etwas. *Dann würde ich sagen, dass wir erst was essen und uns dann zur Beratung zurückziehen.* <<

Ohne große Reaktion der Crew, wenden sich nun alle Bertha. >> Ich habe aber nichts mehr, um das Zeug warm zu machen. Kalt muss es diesmal gegessen werden. <<

Die Crew guckt sich nur kurz gegenseitig an und stimmt dann ein, dass es ihnen egal ist. Weil es immer noch nicht mehr Schüsseln gibt, als gestern, müssen sich wieder alle so bedienen, wie gestern. Jetzt isst die ganze Crew und währenddessen kommen die drei Vögel wieder zurück.

Auch Ratch und Tyler werden wieder wach. Sie haben über die Nacht unter Deck ein Bett bekommen. Allerdings stehen sie nicht gemütlich auf, als sie wach werden, sondern werden von einem Soldaten aus der Hängematte geworfen. Tyler lag in der Nacht auf Ratch und deshalb musste Ratch während dem Fall darauf achten, dass er nicht auf Tyler landen würde, wenn er aufkommt. Doch bevor er das machen kann, fliegt Tyler rechtzeitig weg und landet neben ihm. >> Ich glaube du verlierst immer mehr an Wert für den Käpt'n, Ratch. *Das glaube ich auch. Ich wette, dass er einer der Sorte Kinder war, die ihre Mama nur dann gelobt und gesagt haben, dass sie die beste der Welt ist, wenn sie ihm das gekauft hatte, was er wollte.* <<

Ratch steht wieder auf. Kaum nachdem er wieder auf den Beinen steht, kann er eine laute Stimme hören, die schreit: >> LAND IN SICHT! <<

Als Ratch und Tyler das hören, nimmt Ratch den Schädel auf, und beide begeben sich anschließend auf das oberste Deck. Als sie oben ankommen sehen sie nicht nur die Insel, sondern auch den Käpt'n, welcher statt seinen Stock, den Hammer in den Händen hält.

Leise spricht Ratch mit Tyler über den Hammer. >> Tyler, guck mal da. Siehst du das? *Ja. Das ist der Kristallhammer.* Der Käpt'n braucht aber noch einen Totenschädel. Also einen anderen. *Welchen haben wir nochmal?* Wir haben den Schädel der Totenwächter. Wenn man die Absichten betrachtet, die der Käpt'n hat, dann bräuchte er den... *Schädel der rauen Fluchmacht.* Aye. <<

Tyler beendet wieder den Satz von Ratch. Als sie der Insel immer näher kommen, wendet sich der Käpt'n an Ratch. >> Also dann. Jetzt bist du dran, Ratch. Bist du bereit mir das Tor zu öffnen? *Aye. Das bin ich.* Gut, hehehe. <<

Die Insel ist wie ein Vulkan geformt. Von unten an ist sie breit und wird weiter oben immer schmaler und spitzer. Sie ist überwuchert mit lauter Pflanzen und Gräsern. Die Spitze der Insel leuchtet in einem hellem rot und kennzeichnet einen legendären Ort. Es gibt keinen Hafen, an dem die Voiless wieder anlegen könnte. Also segelt sie um die Insel, bis sie eine Stelle finden, bei der die Insel kahl ist. >> Das ist sie. <<, sagt der Käpt'n. >> Nehmt Kurs auf diese Stelle. Haltet das Schiff ruhig und sorgt dafür, dass wir nicht auf überschüssiges Land am Rand der Stelle treffen. <<

Die kahle Stelle zeichnet sich dadurch aus, dass sie sehr breit ist. Außerdem ist sie nicht trocken, sondern auf ihr fließt eine Flüssigkeit, die so ähnlich aussieht wie Wasser, nur ein wenig roter. Allerdings fließt sie nicht in den Ozean hinein, sondern nach oben zur Spitze hin. Die Voiless wird zu dieser Stelle hingelenkt und fängt an sich von dort an nach oben tragen zu lassen. Der Boden unter dieser tragenden Flüssigkeit ist sehr rutschig und glitschig. Der Rest der Flotte wartet unten und verteilt sich um die Insel herum. Während die Voiless nach oben gezogen wird, erscheinen langsam durchsichtige Gestalten auf dem Schiff, welche nichts tun. Sie laufen nur ganz langsam auf dem Schiff herum und beachten niemanden. >> Was sind das für Geister? <<, fragt einer der Soldaten. Ratch antwortet und jeder auf dem Schiff hört zu. >> Das sind keine Geister. Es sind nur zweiseelige Menschen, nachdem sie auch ihr

Leben nach der zweiten Seele ließen. Sie tun einem solange nichts, wie sie die Gegenwart meinerseits spüren. Es ist eine Sicherheit, dass sich niemand anderweitig Zugang zu den legendären Orten versucht zu verschaffen. Sie sind die Wächter dieser Insel. Allerdings gibt es auch zweiseelige Menschen auf dieser Insel, die noch am Leben sind. Diese greifen so oder so an. Egal, wer man ist oder wie man sich verhält. «

Als Bernardo und die Crew mit dem Essen fertig sind, schließen sie sich zusammen, um zu beraten, wie sie am besten und schnellsten von der Insel wegkommen, ohne dass sie von den anderen Schiffen bekriegt werden. » Wenn wir es nicht schaffen sollten, friedlich von hier zu entkommen, dann müssen wir kämpfen. Wir müssen uns wehren. Leider fehlen dem Schiff noch die Kanonen. Aber das Schiff, welches vor dem Wasserfall untergegangen ist, hat mit Sicherheit alles am Grund des Wassers liegen gelassen. Wenn wir uns überlegen, wie wir die Kanonen mit den Kugeln an Land bekommen, dann können wir das Schiff mit diesen dann bestücken. Hat jemand eine Idee, wie wir sie hierher kriegen? «

Bernardo guckt die Crew an, weil er auf eine Reaktion wartet. In der Zeit überlegt die Crew über einige Möglichkeiten nach. Währenddessen schaut sie in verschiedenste Richtungen. Manche gucken nach oben, andere wiederum schauen auf den Boden und andere zur Seite. Als niemand eine Idee hat, fällt Bernardo etwas ein. Als er die Idee gerade verkünden wollte, unterbrach ihn eine aus der Crew, die auch etwas wusste. » Wie w... *Wir könnten uns doch mit den Booten nach unten schleichen. Genauso wie du und der andere das gemacht habt.* Sein Name ist zwar Ratch und er ist euer Käpt'n, aber ja, so könnten wir das machen. Am besten nehmen wir noch lange Seile mit, die wir an den Kanonen befestigen und danach ziehen sie genug Leute an Land. Um so mehr mithelfen, desto schneller werden wir fertig. *Aye, gehen wir es an.* «

Ohne eine klare Aufteilung, wer was macht, setzen sich alle aus der Crew in Bewegung und suchen nach übrigen Seilen, die sie nutzen können. Andere, inklusive Bernardo selbst, gehen schon einmal nach unten und begeben sich zu den Booten. Als die Crew einige Seile mitbringen kann machen sich mehrere Dreierteams pro Boot auf, um ins kalte Wasser zu tauchen und die Seile an den Kanonen festzubinden. Einige bleiben beim Schiff, weil sie Wache halten, damit nichts negativ überraschendes kommt. So auch Bertha. Vom Land aus kann man nur noch beobachten, wie mehrere umgedrehte Boote im Wasser verschwinden. Als sie unten sind, suchen sie nach den Kanonen. Bernardo macht es wie Ratch. Als er Bedenken hat, dass sie die Kanonen verpassen, taucht er nach unten, um zu sehen, wo sie liegen. Das Erste, was er nur verschwommen zu Gesicht bekommt, ist das Wrack, welches mittlerweile schon ganz unten liegt. Bernardo taucht wieder in das Boot und gibt Bescheid, dass sie weiter nach vorne laufen sollen. Die Crewmitglieder in den anderen Booten, können Bernardo's Order nicht wahrnehmen. Allerdings denkt von den anderen auch niemand daran, dass sie mal schauen müssten, wohin sie traben. Deswegen kommt es vor, dass ein Boot an ein anderes stößt. Einige stolpern auch über die Dinge, die am Grund des Meeres liegen.

Kapitel 9 – Der legendäre Ort

Die Voiless wird nur langsam nach oben gezogen, aber dennoch kommt sie voran, ohne dass sie wieder nach unten rutscht, weil der Weg immer steiler wird. Als sie schon soweit oben ist, dass sie fast nicht weiter könnte, stoppt sie plötzlich. Die zweiseeligen Toten verschwinden genauso, wie sie erschienen sind. Danach beginnt sich ein großer Fels unter dem Heck der Voiless empor zu ragen, der das Schiff wieder gerade stehen lässt. Auf dem Felsen darauf ist ein gemaltes Zeichen mit drei Kreisen zusehen. Der Käpt'n läuft samt dem Hammer nach vorne zum Bug und bestaunt für einen kurzen Moment den Weg, der vor ihnen liegt. Danach dreht er sich wieder zu seinen Leuten um und spricht zu ihnen. >> Meine Damen und Herren, wenn ich um ihr Aufmerksamkeit bitten dürfte. Wir sind soeben an unserem Hauptziel angelangt. Ich möchte, dass die meisten auf dem Schiff bleiben. Die anderen, die mir folgen, verteilen sich bitte während unserer kurzen Wanderung durch diesen pfadgezogenen Dschungel und halten Wache. Ausgewählte Wachen meinerseits folgen mir mit bis ich ihnen sage, dass sie anhalten sollen. Percéval Martinez wird sich persönlich um die Einteilung der Soldaten kümmern, die hier bleiben und die mitkommen. <<
Während er die Aufgabe von Percéval bekannt gibt, läuft dieser mit einem elegantem Schritt und edlem Gesichtsausdruck die Treppe, die vom Steuer auf das eigentliche Deck führt nach unten.
Die Trompeten und Trommeln spielen in einem Rhythmus, sodass es alle an Bord, außer Ratch und Tyler, ermutigt, weiter voranzuschreiten. Es ist eine böse Melodie, die allerdings einen gewissen Ton von Hoffnung beinhaltet. Deswegen fühlen sich bei dieser Stimmung alle motiviert. Als Percéval vor einem großen Teil der Besatzung auf dem Schiff steht, nimmt er sich die Einteilung vor. >> Bevor ich den Prozess des Einteilens starte, möchte ich gerne

von euren Persönlichkeiten erfahren, ob es jemanden gelüstet, Stellung zu etwas unbekanntem zu nehmen? Um es mit anderen Worten zu beschreiben, möchte ich gerne erfahren, ob noch Fragen eurerseits existent sind? «

Niemand der Besatzung reagiert. Der Käpt'n wendet sich an Ratch und Tyler, während Percéval im Hintergrund weiterredet. » Ihr kommt logischerweise mit mir. Ihr habt sogar die Ehre, voran zu gehen und uns zu führen. *Aye, Käpt'n. Allerdings sollten sie gewarnt sein, dass jeder Schritt eine verheerende Konsequenz mit sich ziehen könnte. Dieser Ort ist nichts für Leute wie sie. Deswegen sollten sie auch den Rat beherzigen, dass sie mich und mein Freund hier alleine gehen lassen.* Ratch, ich habe mich genug belesen, sodass ich mit absoluter Sicherheit sagen kann, dass es ein leichtes für mich wird, mir die Angst von dem Weg, vor mir, wegzuwischen und als nicht existent zu erachten. Also wolltest du mit dieser Aussage nur erreichen, dass ich dich alleine gehen lasse, damit du einfach entkommen kannst, oder damit ich genug Angst bekomme und alles abbreche. Netter Versuch, aber ich bin kurz davor mein größtes Werk zu vollenden. «

Jetzt wendet sich der Käpt'n von den beiden ab und spricht mit Ratch. » Mr. Martinez!? *Ja, Sir.* Wären wir dann soweit, um aufzubrechen? *Jawohl, Sir. Es sind nur noch geringfügige Notwendigkeiten zu treffen, die den einen oder anderen aufklären.* «

Percéval muss noch die übrigen irgendwo unterbringen, damit sie auch wissen, was sie zu tun haben. Als er allerdings alle Soldaten gewählt hat, die den Käpt'n begleiten, beginnt er dieser seine Expedition bereits. » Ich hätte da noch eine Sache, Mr. Martinez. «

Ohne eine Antwort von sich zu geben, hört Percéval dem Käpt'n bereits zu, als er ihm noch etwas sagen wollte. » Ich möchte, dass auch sie hier bleiben und alles und jeden im Lot halten, der es zu brechen vermag. Ich übergebe ihnen hiermit das Kommando der

Voiless, bis ich wieder zurück bin. *Vielen Dank, Sir. Ich werde sie nicht enttäuschen.* <<

Kaum nachdem er das Kommando erlangt, fängt er an alle herumzukommandieren. Wieder einmal wurden Planken ausgelegt, damit alle vom Schiff konnten, die mitkommen sollen. Ratch und Tyler gehen voran. Dabei sitzt Tyler wieder auf der rechten Schulter von Ratch. Die Trommeln und Trompeten begleiten sie auch.

Das Wrack, vor dem die Boote mit Bernardo und ein paar anderen der Crew stehen, liegt auf der Seite. Deswegen befinden sich die meisten Kanonen auch auf dem Grund des Meeres selbst. Sie zu erkennen und vom Rest der anderen Dinge, die dort ebenfalls liegen, zu unterscheiden ist schwer, weil sie durch das Wasser nicht klar blicken können. Doch durch den ungefähren Blick und durch das Tasten und das Erfühlen, um was es sich wahrscheinlich handelt, können sie es leichter erahnen. Nun suchen auch einige andere aus anderen Booten mit am Meeresgrund nach Kanonen. Zuerst kümmert sich die Crew pro Boot um eine Kanone. Immer, wenn sie eine mit einem Seil festgeschnürt haben, gingen sie wieder zurück in Richtung Land. Wenn das Seil schon auf dem Weg dorthin zu kurz wird, dann ziehen schon zwei von drei Crewmitglieder an ihm, damit sie weitergehen können. Der Dritte in dem Boot, welcher dabei nicht mitzieht, ist für das Tragen des Bootes zuständig. Jeder hat jetzt eine Kanone an einem Seil. Als sie alle wieder an Land zurück sind, helfen die anderen auf dem Schiff beim Ziehen der Kanonen. Keine ist auf dem Weg irgendwo stecken geblieben und alle sind jetzt an Land. Die, die nicht mit unter Wasser gehen, überlegen gerade, wie sie die Kanonen am besten auf das Schiff bekommen. >> Und wie machen wir das jetzt am besten? *Na ganz einfach. Wir hängen die Leine über die Reling des Schiffes und dann ziehen die da oben die Kanonen aufs Deck.* <<

An der Reling stehen schon einige der Crew und halten die Hände offen, damit sie das Seil fangen können, welches die unteren

Crewmitglieder ihnen zuwerfen. Als sie es nach zwei Versuchen immer noch nicht schaffen zu fangen, kriegen sie es aber beim dritten Mal erfolgreich in die Hände. Jetzt ziehen sie. Sie haben einige Schwierigkeiten sie nach oben zu bekommen, weil die Kanonen ein wenig hin und her schaukeln. Die erste Kanone befindet sich nun an Deck. Während sie von einigen aufgestellt und positioniert wird kümmern sich die anderen um die nächste Kanone. Als sie das mit allen Kanonen gemacht haben, die sie zuerst mitgebracht hatten, schlüpft die Crew wieder unter die Boote und holt weitere Kanonen.

Während sie dem Pfad entlang gehen, verstummen die Instrumente im Hintergrund. Man kann flüsternde Stimmen hören, die aus den Gebüschen zu dringen scheinen. Allerdings kann man sie nur sehr schwer verstehen. >> Hörst du, was sie sagen, Ratch? *Ich höre nur, dass sie was sagen, aber verstehen, kann ich es nicht. Vielleicht hat es ja irgendetwas mit uns zu tun.* Das glaube ich auf jeden Fall, weil wir beide uns ja sicher sein können, wer das hier spricht. <<

Der Käpt'n lauscht den beiden und fällt ihnen dann ins Gespräch. >> Und wer sind diese Flüsterstimmen? <<

Ratch konfrontiert den Käpt'n nicht damit, dass er ihnen gelauscht hat, um nicht unhöflich zu sein. Stattdessen beantwortet er ihm einfach seine Frage. >> Wandelnde Wächter. <<, sagt er. >> Es sind genau die Wesen, die sich auf der Voiless herumgetrieben haben. Ich habe sie zu diesem Zeitpunkt nur nicht beim Namen genannt. Aber ja, es sind Wandelnde Wächter, die irgendwo neben uns herlaufen und beklagenswerte Reden halten. *Interessant.* <<

Der Käpt'n wendet sich wieder von ihnen ab und hört weiterhin auf die Stimmen, die nie verstummen. Im Gegenteil, je näher sie zum Eingang vordringen, desto lauter scheinen sie zu werden. >> Weißt du, was ich schon immer interessant an legendären Orten fand, Tyler? *Nö, was denn?* Dass die Räume immer erst dann erscheinen, wenn man sie öffnet. *Stimmt eigentlich, ist wirklich ganz interessant.* <<

Als sie vor dem Eingang stehenbleiben, berührt Ratch den Eingang mit seinem Zeigefinger. Daraufhin verschwinden die Wandelnden Wächter, die sich kurz zuvor wieder zu erkennen gaben. Bevor er anfängt den Eingang zu öffnen, hat er eine Frage an seinen Freund. >> Willst du mitmachen? Dann geht es schneller. *Klar, mach' ich.* <<

Ratch und Tyler legen ihre Hände beziehungsweise ihre Flügel auf zwei kleine Druckflächen, die eigentlich so gut von Pflanzen überwuchert sind, dass man sie schnell und einfach übersehen könnte. Zuerst legt Ratch seine Hände auf die Druckfläche und dann beginnt die Felswand vor ihnen Risse zu bilden, die sich langsam fortsetzen. Als Tyler seine Flügel auf die Druckfläche legt, setzen sich die Risse schneller in Bewegung. Aus den Ritzen, zwischen den Steinen, dringt ein immer heller werdendes Licht hervor. Die Spitze der Insel, welche immer noch rot leuchtete, wird ebenfalls immer heller bis ein, in der selben Farbe leuchtender, Lichtstrahl nach oben bis in den Himmel schießt. Von der Insel ausgesehen, könnte man denken, dass sich am Himmel der Lichtstrahl mit den Wolken vermischt. Alle die auf der Voiless sind, können es sehen und bestaunen es zunächst. Plötzlich schießt ein großer hellroter Punkt entlang des Strahls wieder nach unten, während der Lichtstrahl an sich noch da ist. Als er auf der Insel aufkommt, leuchten die Risse am hellsten, bis sie schließlich beim Aufkommen des Punktes auf die Insel zu Ratch und Tyler entgegengeschleudert werden. Sie kommen zu schnell geflogen, damit man hätte ausweichen können. Doch, wie instinktiv gewusst, breiten Ratch und Tyler ihre Arme ,beziehungsweise Flügel, mit einer noch schnelleren Bewegung zur Seite, was die Steine allesamt zur Seite schleudern lässt. Manche fliegen nach rechts und manche fliegen nach links. Während sie das machen, öffnen sie ihre Augen, die in diesem Moment mit dem selben Licht strahlen, wie einst die

Risse zwischen den Steinen. Als die Steine dann aber zur Seite fallen, erlischt das strahlende Licht in ihren Augen wieder. Sie sehen wieder wie vorhin aus.

Percéval, welche zuerst nicht mitbekommen hat, was vor sich geht, befiehlt den anderen wieder an ihre Arbeit zu gehen. Als ihn dann aber einer der Arbeiter auf dem Schiff, welcher kein Soldat ist, sondern ein Küchengehilfe zu sein scheint, darauf aufmerksam macht, was man am Himmel beobachten kann, ist auch er dann gezwungen hinzuschauen und sich darüber zu wundern.

Vor ihnen liegt nun der Raum, welcher erschien, als der Punkt wieder auf die Insel auftraf. Dieser gleicht dem anderen auf der Insel, wo der Käpt'n den Hammer geholt hat. Auf dem Boden liegen wieder Unmengen an Münzen. Nur diesmal sind es Goldmünzen. Im Vergleich zu dem anderen Raum, ist dieser zehn mal so groß. Allerdings unterscheidet er sich auch in anderen Punkten. Zum Beispiel gibt es neben den Büchern in den Bücherregalen, - welche hier auch wieder vorhanden sind – auch Bücher, die in der Luft und auf der einen und der selben Stelle schweben. Allerdings gibt es auch hier wieder einige Kristalle. Diese sind nur viel größer und leuchten in einem dunklen grün. Aus den Wänden regnet es genau diese Goldmünzen, die auch auf dem Boden liegen. Das letzte große Merkmal, durch das er sich auszeichnet, ist das er aus mehreren Etagen besteht. Oben sind riesige Löcher. Diese sind nicht in der Decke, sondern befinden sich nur wie große „O's" über ihnen und bilden somit drei kurze Tunnel. Es sind zwar nur drei, aber dennoch liegen auch auf dem Boden dieser Löcher Goldmünzen.

Auf dem Schiff befinden sich jetzt acht Kanonen. Vier auf der einen Seite auf dem obersten Deck und vier auf der anderen Seite. Die Munition für diese wurden Teils in Fässer gelagert, aber Teils auch neben den Kanonen platziert, damit sie gleich bereit waren schnell nachzuladen. Alle Beiboote, die sie verwendet haben, werden von der Crew unter Deck gebracht und dort gelagert. Das

Schild mit der goldenen Schrift darauf, welches von allen vergraben wurde, hängt nun über dem Eingang der Kajüte. Darauf steht noch immer „grata retro". Bernardo wendet sich jetzt noch einmal an die Crew. >> Hört mir bitte mal kurz zu. <<, spricht er zu ihnen. Er hat es nicht nötig alle noch lauter um ihr Ohr zu bitten, weil schon alle beim ersten Mal hinhören. >> Wenn wir jetzt gleich in See stechen, dann müssen wir uns darauf vorbereiten, dass wir kämpfen müssen. Ich weiß zwar nicht, wie wir damit zurechtkommen werden, aber wir müssen trotzdem durch. Also, Männer... und Frauen. Stechen wir in See! *AYE!* <<

Bernardo weiß zwar nicht, wie er ein Schiff steuern soll, aber trotzdem weiß er, dass man am Steuerrad drehen muss, um das Schiff zu lenken, und dass man Wind in den Segeln benötigt, um vorwärts zukommen. Allerdings kennt er die Befehle nicht, weswegen er einfach den Befehl: >> Vorwärts! Bringt das Schiff zum laufen! <<, anordnet. Die Crew versteht seinen Befehl. Neben ihm steht einer der Crew, der ihn korrigiert und sagt, dass es: >> Segel setzen <<, bedeutet. Obwohl die Crew schon dabei ist die Segel zu setzen, korrigiert er seinen Befehl und spricht ihn nochmal aus. >> Segel setzen! <<

Das Crewmitglied, welches neben ihm steht, lobt ihn dafür ein wenig. >> Genau so. <<

Bernardo wendet das Schiff in Richtung des Wasserfalls und steuert anschließend direkt darauf zu.

Der Käpt'n rempelt Ratch und Tyler zur Seite und bestaunt den Raum erst mal von innen. Mit offenem Mund, kann man ihm seine Fassungslosigkeit nur ansehen. An den Wänden des Raumes befindet sich mit geringem Abstand viel Gras und andere Pflanzen, die alles ein wenig natürlicher wirken lassen. Selbst Nester sind an manchen Stellen angebracht und Vögel fliegen herum. Es hängen auch Lianen von der Decke. Manche von ihnen hängen nur mit einem Teil an der Decke, manche aber auch mit beiden Teilen. Als sie näher hereintreten, fallen ihnen die Löcher in dem Raum erst mal auf. Plattformen, die einen wieder in eine Richtung tragen, befinden sich ebenfalls auf dem Boden. >> Wer hätte nur solch eine Schönheit von Natur erwartet, wenn man so etwas noch nie von innen gesehen hat? <<, bestaunt der Käpt'n, während er sich mit ausgestreckten Armen im Kreis dreht und sich weiter auf die Mitte des Raumes zubewegt. Ratch dreht sich wieder in Richtung Ausgang und redet dabei mit dem Käpt'n. >> Nun, da ich meinen Teil erfüllt habe, brauchen sie mich nicht mehr und ich kann ganz behutsam gehen. <<

Plötzlich hört er einen Schuss, dessen Projektil ihn nur knapp verfehlt hat und einige der Goldmünzen traf. Er hält an. Soldaten versperren ihn den Weg, indem sie ihre Gewehre kreuzen. Langsam und gelassen dreht er sich wieder zum Käpt'n um. Dieser steht noch immer mit der Pistole in seiner Hand da und warnt Ratch. >> Du gehst nirgendwo hin. VERSTANDEN! Du und dein Freund, ihr bleibt schön hier und bietet mir freiwillig die Möglichkeit den Hammer für das einzusetzen, wofür er in diesem Raum angedacht ist. *Wissen sie, ihnen fehlt noch immer etwas, dass sie zum draufschlagen brauchen. Sie brauchen noch einen Schädel.* Klasse, da nehm' ich doch glatt den, welchen du in der Hand hast. *Das ist der Falsche.* Händige ihn mir aus. *Sie verstehen nicht...* JETZT! <<

Ratch bleibt still auf einer Stelle stehen und denkt gar nicht daran den Schädel dem Käpt'n freiwillig zu übergeben. Daraufhin kommt ein Soldat von hinten und nimmt ihm den Schädel ab Allerdings wehrt sich Ratch nicht dagegen. >> Warum hast du dich nicht dagegen gewehrt? <<, flüstert Tyler zu Ratch. >> Er wird schon sehen, was er davon hat. <<

Als der Käpt'n den Schädel wieder erhält, bedankt er sich ironisch bei Ratch und Tyler. Reaktionslos bleiben die beiden ruhig. Der Käpt'n dreht sich um und geht in die Mitte des Raumes, wo wieder solch ein Ablage steht, wie die auf Ilha de São Sebastião.

Auch führen wieder kleine Treppen zu dieser Ablage. Als er dort ankommt ist auf der Ablage diesmal eine kleine schalenförmige Eingravierung, anstatt eine dünne und längliche Linie. Bevor der Käpt'n den Schädel in die Schale legt, sieht er neben sich am Boden ein kleines Hammersymbol. Ohne darüber nachzudenken, haut er mit dem Stil des Hammers auf das Symbol. Darauffolgend fallen kleine Bröckchen von oben herab. Eines landet auch in der Schale. Der Käpt'n sieht, dass es besonders auffällig ist. Deswegen nimmt er es auf und ohne dass er es eigentlich wollte, öffnet sich dieser kleine Stein. Daraus fällt ein kleiner Zettel, auf dem was geschrieben steht. Der Käpt'n liest es nicht in Gedanken, aber mit leiser Stimme für sich vor. >> Schädel der rauen Fluchmacht. <<

Bevor er den Text richtig lesen konnte, musste er erst mal erscheinen nachdem er ihn in die Hand genommen hatte. Als er gelesen hatte, was auf dem Zettel steht, schaute er kurz von ihm weg und gerade aus. Allerdings schaute er nicht in die Richtung von Ratch, Tyler und den anderen, sondern in die genau andere Richtung, wo ihm eine steinerne Figur auffällt, welche wie ein Wächter aussieht. Ohne Begeisterung ließ er den Zettel fallen und platzierte den Schädel auf der Ablage. Danach geht er einen Schritt zurück und holt mit dem Hammer weit aus. Als er dann auf den Schädel haut, verformt sich dieser, der Kopf des Hammers zerspringt und gleichzeitig sinkt der Schädel näher in die Ablage ein, weil beim Aufprall des Hammers auch sie ein wenig zerstört wird. Nach dem Aufprall hat der Käpt'n nur noch den Stiehl des Hammers in der Hand und durch den vielen Schwung, den er noch damit hat, fällt er fast nach hinten. Als alle wieder ruhig stehen, merkt der Käpt'n, dass irgendetwas nicht stimmt, wie er sich belesen hatte. Aus dem Schädel dringt ein verzerrtes Gesicht, welches aus einer Nebelschwarte besteht, heraus. Nachdem es verpufft, geht von dem Schädel aus eine große unsichtbare Druckwelle aus, die jeden in dem Raum, außer Ratch und Tyler, ein wenig wegschleudert. Die beiden bleiben ohne große Mühe stehen. Ratch hebt nur seine rechte Hand und dreht seine Handfläche so, als würde er gerade Geld von jemandem erwarten. Kurze Zeit später landet sein Tagebuch auf seiner Handfläche. Er nimmt es und bindet es sich wieder um. Danach begibt sich Ratch zum Käpt'n, welcher immer noch auf dem Boden liegt und versucht wieder aufzustehen. Sowohl den Stiehl, als auch den Käpt'n lässt er liegen. Er geht auch entspannt an der Ablage vorbei. Sein Ziel ist die hintere Wand. >> Du... du wusstest, dass das passiert, Ratch! <<, beschwert sich der Käpt'n, während er wieder aufsteht und den Stiehl in die Hand nimmt. >> Natürlich wusste ich das. Ich habe sie sogar gewarnt. <<, sagt er und geht weiter. An der Wand, die Ratch erreichen möchte, befindet sich die steinerne Figur. Als er an der Wand ankommt, bleibt er vor ihr stehen, schaut sie sich an und wendet sich dabei wieder an den Käpt'n. >> Trotz ihrer Änderungen an unserer Vereinbarung haben sie es nicht geschafft alles so zu regeln, dass sie auch sicher wieder von hier weg kommen... Käpt'n. *Was soll das heißt?* Das heißt, dass sie sich hier auf Territorium befinden, welches ich wohl am besten kenne. <<, sagt Ratch, während er sich wieder zum Käpt'n dreht. >> Sehen sie das hier? <<, fragt er den Käpt'n, als er einen Schritt zur Seite macht und auf die steinerne Figur zeigt. >> Es mag für sie nur wie eine gewöhnliche Statue aussehen, aber glauben sie mir eins, dass ist sie nicht. Auf Befehl hin erkennt sie Eindringlinge sofort und... kümmert sich um sie. *Soll ich das etwa als eine Art hinterlistigen Versuch gelten, meinen Plan zu vereiteln, Ratch?* Sehen sie es besser so, denn sonst könnte man durchaus denken, dass ich auf ihrer Seite stehe, auf der Seite des Bösen. *Verstehe, verstehe. WACHEN!* <<

Kaum nachdem der Käpt'n wieder nach seinen Soldaten gerufen hatte, kamen sie näher an ihn herangetreten. >> Ratch's Dienste werden für uns nicht länger von Nöten sein. Bitte entfernt ihn. Ein für allemal! <<

Nachdem die Soldaten diesen Befehl vernommen haben, wollen sie ihn ausführen, indem sie sich langsam auf Ratch zubewegen. Doch dieser weiß, was nun zu tun ist. Androhend greift er zu der Statue. Ohne, dass überhaupt irgendjemand, außer Ratch und Tyler, weiß was passieren könnte, bleiben sie alle stehen. >> Ich verstehe. Du bist der, der diesen Befehl geben kann. <<

Ratch antwortet nicht, sondern bringt seinen Kopf nur in eine leicht schräge Position, um den Käpt'n mit seiner Aussage alleine stehen zu lassen. >> Nun wenn das so ist, dann... erkläre ich Ratch zum Tode wegen Verrat der Krone. Aber nicht durch den Strick, nein. Durch die schnell auf ihn zufliegende und unaufhaltsame kleine Kugel aus dem Lauf eines Gewehres von einem Soldaten in nicht mehr als zehn Sekunden. <<

Schnell richten alle Soldaten ihre Gewehre auf ihn. >> Oh, und legt die Taube gleich mit ins Grab. <<, spricht der Käpt'n noch aus, als die Soldaten schon auf Ratch zielen und meint dabei Tyler. Mit einem Blick, welcher weder ernst noch verärgert aussieht, berührt Ratch mit dem selben monotonem Blick, welchen er machte, als er dem Käpt'n nur mit einer Kopfbewegung geantwortet hat, die Statue. Ihre Augen blitzten so schnell auf, dass die Soldaten und der Käpt'n für einen kurzen Augenblick geblendet werden und die Orientierung verlieren. Danach fällt der Eingang des Raumes mit einem großen Fels zu. Dabei entsteht ein solch großer Aufprall, dass die Soldaten und der Käpt'n ein wenig nach oben fliegen und wieder auf den harten Münzen landen.

Auf der Voiless erscheinen wieder die Wandelnden Wächter. Diesmal laufen sie nicht nur auf dem Schiff herum, sondern greifen auch die Besatzung an. Die tragende Flüssigkeit ändert plötzlich ihre Richtung und ihre Farbe zu blau. Der Strom fließt jetzt zum Meer hin. Percéval kommt aus der Kajüte nach draußen, weil er nur Geschrei vernimmt. Kaum nachdem er die Türen öffnet, sieht er, wie die Besatzung gegen die Wandelnden Wächter kämpft und schreit. Wenn die Wächter angreifen, stoßen sie meist nur einen eigenartig klingenden Ton aus, welcher wie verzerrtes Geschrei klingt.

Die Soldaten, die sich auf dem Weg zum Eingang des legendären Ortes positioniert haben, um Wache zuhalten, werden jetzt von Händen, die aus den Gebüschen hinter ihnen kommen weggezogen.

Ratch steht vor der Statue und beobachtet zusammen mit Tyler, wie die anderen wieder aufstehen wollen. Als er merkt, dass sie ihn angucken, hebt er beide Hände und macht das genau selbe Symbol mit den Kreisen, die auch auf dem Fels zu beobachten sind, welches das Heck der Voiless trägt, mit seinen Händen nach. Dabei synchronisiert er seine Hände mit dem Symbol. Jede Bewegung, die er jetzt macht, macht ihm das Symbol nach. Danach hebt er seine rechte Hand und schnipst einmal. Das Symbol macht es ihm gleich.

Kurz nachdem Ratch das getan hat, zerbricht der Fels, der das Heck der Voiless trägt. In der Art, wie er zerstört wird, sieht es schon fast nach einer Explosion aus. Im nächsten Moment kippt die Voiless nach hinten. Weil es sehr steil nach oben geht, geht es auch sehr steil wieder nach unten. Deswegen kann sich auf dem Schiff auch keiner mehr halten. Alle fallen nicht nur auf den Boden, sondern auch zur Kajüte hin, bevor das Schiff überhaupt nach unten rutscht. So auch Percéval. Als die Voiless plötzlich steil nach hinten kippt, fällt er ungebremst zurück in die Kajüte. Die Tische rutschen alle aneinander. Immer mehr Druck lastet nun auf dem großen Glasfenster, welches alle Tische aushalten muss. Unter den Tischen befindet sich noch der lange Teppich. Weil manche Tische zur Seite fallen, ist der Teppich ein Stück weit nicht unter den Tischen und genau dieser Teil klappt nach oben und über die Tische. Der Teil, welcher nicht von den Tischen belastet ist, ist sogar so lang, dass er weit aus dem Fenster heraushängen könnte. Als Percéval dann als letztes starkes Gewicht gegen das Fenster kracht, zerbricht es. Obwohl es noch immer sehr steil nach unten geht und die Voiless sehr schnell nach unten rutscht, kann er sich noch rechtzeitig an dem Teppichstück festhalten, welches aus der Kajüte hängt. Jetzt baumelt Percéval außerhalb des Hecks der Voiless, während sie in Richtung Meer rast. Die gesamte Besatzung ist immer noch am

Boden und kann die Angriffe der Wandelnden Wächter im besten Falle nur mit ihren Degen blocken.

Als sie aus dem Wasserfall segeln, dauert es nicht lange, bis die anderen Schiffe sie bemerken. Die Crew ist besorgt. Zu ihrem Glück steht nur ein Schiff so, dass es sie direkt angreifen könnte. Leider nutzt es diese Gelegenheit auch. >> Käpt'n! Was nun!? <<, fragt einer der Crew ratlos. Bernardo überlegt zwischen „volle Fahrt voraus" und „beladet die Kanonen" beziehungsweise „in Angriffsformation". >> Beladet die Kanonen. Wir geben uns nicht kampflos geschlagen. Wenn sie einen Kampf haben wollen, dann müssen sie uns nur folgen. Allerdings segeln wir unseren Kurs weiter. *Aye... Sir.* <<

Das Crewmitglied gibt den Befehl an die restlich Crew weiter. >> Beladet die Kanonen! In Angriffsformation! <<

Auf dem Deck herrscht völlige Unruhe. Überall werden Kanonen nachgeladen und herumgerannt. Bernardo versucht den Kurs so gut wie möglich zu halten, auch wenn er den Weg zum legendären Ort nicht kennt, folgt er dem Rat von Ratch, dass er dem roten Signal folgen solle. Währenddessen beschießt ihn eines der Schiffe, welches größer ist, als das, auf dem sie sich befinden. Außerdem folgt es ihnen an Backbord. >> Macht euch bereit zu feuern! <<, ruft das Crewmitglied, welches den Befehl geben kann, als die restliche Crew abwartend an den Kanonen hockt und sofort auf Befehl hin feuern würde. Das Crewmitglied dreht sich zu Bernardo um und wartet auf seinen Befehl des Feuerns. Das Schiff holt immer weiter auf. Auf zehn und zwei Uhr haben sich zwei weiter Schiffe in Bewegung gesetzt, die allerdings nicht in die selbe Richtung segeln sondern aufeinander zu, sodass sie eine Blockade für Bernardo und die Crew errichten könnten. Unsicher und hektisch schaut Bernardo abwechselnd zu dem immer weiter aufholendem Schiff und den anderen zwei, die tatsächlich versuchen eine Blockade zu erschaffen. >> Soll die Crew feuern? Sir? <<, fragt das Crewmitglied, welches genauso unsicher ist, wie Bernardo. >> Feuer! <<, ruft Bernardo. Als das Crewmitglied diesen Befehl gerade weitergeben wollte, feuert die Crew bereits, weil sie den Befehl auch so verstanden hat. Zu Bernardo's Überraschung trifft jeder Schuss. Vier Kanonenkugeln treffen auf den Rumpf des gegnerischen Schiffes. Die zwei anderen Schiffe werden schneller. Kaum nachdem Bernardo sich ein wenig gefreut hat, dass sie getroffen haben, wird er wieder besorgt. >> Mehr Segel setzen! <<, ist der Befehl. >> Sir? *Schnell! Wenn wir durch die Blockade durchkommen wollen, dann müssen wir schneller werden.* Aye! MEHR SEGEL SETZEN, MÄNNER! <<

Die überschüssige Crew, welche sich nicht notwendigerweise um die Beladung der Kanonen kümmern muss, setzt noch mehr segel, sodass sie dann mit allen Segeln segeln, die sie haben. Zu Bernardo kommt ein anderer aus der Crew gerannt. >> Wir haben alle Segel gesetzt. *Es könnte sein, dass wir es schaffen durchzukommen, weil wir mit dem Wind segeln. Aber es wird knapp.* <<, berichtet er Bernardo, während beide auf die Schiffe gucken und die immer kleiner werdende Lücke zwischen ihnen bemerken. >> Wir müssen es versuchen. <<, sagt Bernardo. Das Schiff an Bockbord dreht bei, weil sie merken, dass sie sonst auf eines der zwei Schiffe auftreffen würden. >> Sehr schön, die wären wir schon mal los. <<, redet Bernardo mit sich selbst und spricht deshalb leiser als sonst.

Der legendäre Ort beginnt plötzlich zu beben. Sowohl der Käpt'n, als auch die Soldaten gucken nach unten, als auf einmal eine große Wasserfontäne aus dem Boden schießt und die Goldmünzen weg fliegen. Das Beben wird stärker. Die Münzen, die auf den Böden der Löcher liegen, fallen alle nach unten. Die Goldmünzen, die aus den Wänden fallen, werden plötzlich mit einem größeren Druck aus den Wänden gestoßen. Genau wie in dem anderen Raum, zieht auch hier wieder eine Windböe auf, die durch den gesamten Raum zieht. Immer mehr Wasserfontänen schießen aus dem Boden.

Der Boden wird so sehr rissig, dass einige Teile von ihm sich abspalten und in die Tiefe fallen. >> Was in Gottesnamen passiert hier!? <<, wundert sich der Käpt'n lautstark und wendet sich dabei an Ratch. >> Ich vergaß vielleicht zu erwähnen, dass sich unter uns nichts als völlige Tiefe befindet. Wenn sie nun also fallen, dann fallen sie lange. <<

Als immer mehr Bodenteile neben dem Käpt'n in die Tiefe fallen, steht er anschließend auf nur noch einem kleinen Teil, welches durch andere noch ein wenig gehalten wird. Kurz darauf gibt der Käpt'n Ratch noch einen letzten Blick und ein paar letzte Worte. >> Verflucht sollst du sein. <<

Gleich danach bricht sein Boden unter seinen Füßen weg, woraufhin der Käpt'n in die Tiefe fällt. Trotzdem versuch er auf den Teilen noch zu Ratch zu rennen, bevor er regelrecht den Boden unter den Füßen verliert. Er schreit: >> Ahhhh! <<

Ratch und Tyler gucken noch von der Kante aus, wo sie geradeso stehen können, weil eine kleine Kante an den Wänden in dem Raum nicht wegbricht, zu, wie er nach unten fällt, bis sie ihn vor lauter Dunkelheit nicht mehr erkennen können. Neben der Kante, die erhalten bleibt, ist auch noch die Mitte mit der Ablage vorhanden. Der Stiehl des Hammers ist mit in die Tiefe gefallen, aber der Schädel ist auf der Ablage, wo sie ihn immer noch erreichen können. >> Tyler? *Ja.* Könntest du vielleicht den Schädel holen, während ich versuche an der Kante bis zum Eingang zu kommen? *Ja, mach' ich.* <<

Die Windböe wird stärker und das Zischen wird lauter. Während er losfliegt, schleicht Ratch sich an der Wand entlang bis zum Eingang.

Die Voiless trifft auf die Wasseroberfläche. Weil sie so schnell ist und mit dem Heck, welches das zerbrochene Fenster hat, zuerst ins Wasser trifft, wird Percéval nicht nur nass, sondern die Kajüte wird auch mit Wasser geflutet, was dazu führt, dass einige Objekte aus der Kajüte herausgeschwemmt werden und andere zwar in ihr bleiben, aber umfallen und verrückt werden. Ohne, dass das Schiff gesteuert wird, treibt die Voiless nach hinten. Die Wandelnden Wächter greifen nun auch die anderen Schiffe an, die sich zur Sicherheit um die Insel verteilt haben.

>> Ich weiß nicht, ob wir das schaffen können?! <<, fällt dem Graukardinal besorgt auf. >> Wir haben nur eine Chance. Wenn wir versagen, dann sind wir alle so gut wie tot und Ratch fängt wieder von vorne an. <<, antwortet Bernardo. >> Jetzt wird es ernst! <<, ruft die Crew. >> Alle gut festhalten! <<

Die Crew macht sich auf einen Aufprall gefasst und fängt an leise zu schreien, wird dabei aber immer lauter, je näher alle Schiffe sich gegenseitig zukommen. >> aaahhAAAHHHH! <<

Als sie durch die Lücke segeln, die kaum noch kleiner für dieses Schiff hätte sein können, glauben sie zunächst, dass sie heil durchkommen. >> Es ist noch nicht vorbei! <<, ruft der Tukan lautstark. Gleich danach guckt Bernardo hinter sich und sieht, wie die beiden Schiffe schon zu nah sind. Kurz darauf brechen beide Schiffe ein Teil des Hecks weg, was aber das Schiff nicht zum Sinken bringt. Sie sind durchgekommen. Die Crew ist schon halb am Jubeln, als die Schiffe noch ein letztes Manöver versuchen. Weil sie nur ein Heck des Schiffes mitreisen konnten, segeln sie immer noch so, dass sie sich gegenseitig treffen würden. Schnell versuchen sie auszuweichen. Allerdings sind sie schon zu nahe. Die Schiffe drehen zwar noch ein wenig, aber sie schaffen es nicht mehr, sich gar nicht zu treffen. Selbst die Galionsfiguren werden vom jeweils anderen Schiff heruntergerissen. Beim Aufprall schleift der eine Rumpf gegen den anderen. Aber nicht lange. Dadurch, dass sie früh angefangen haben beizudrehen, damit sie nicht noch größere Schäden erleiden, schaben die Rümpfe nicht für lange Zeit gegeneinander. In der Zeit segelt Bernardo mit samt der ganzen

Crew weiter zum legendären Ort, indem sie dem roten Signal am Himmel folgen.

Ratch hat es nun bis zum Eingang geschafft. Er bleibt kurz neben ihm stehen, dreht sich um und guckt in Richtung Mitte, wo sich Tyler befindet, der auf den geöffneten Ausgang wartet, und ballt mit seiner rechten Hand eine Faust. Danach zieht er sie nach vorne und öffnet sie dabei wieder. Schon während seiner Handbewegung bricht der Fels, der ihnen den Ausgang versperrt hat, wieder und fällt in lauter Einzelteile hinunter in die Tiefe. Kurz darauf begeben sich Ratch und Tyler so schnell sie können, aus dem Raum heraus. Kaum nachdem sie draußen ankommen, stürzt hinter ihnen der gesamte Raum zusammen. Er fällt nicht in sich zusammen, weil er instabil ist, sondern, weil er sich wieder verschließt. Ratch liegt und Tyler sitzt auf dem Boden. Beide gucken hinter sich, wie sich der Raum wieder verschließt, weil es in ihren Meinungen episch aussieht, wenn das passiert. Als es vorbei ist, gucken sich die beiden wieder an, bevor sie aufstehen und weitergehen. Während sie sich anschauen, machen sie eine Art Faustgruß, aber nicht um sich zu begrüßen, sondern um ein wenig zu feiern, dass sie es geschafft haben und am Leben sind. Gleich danach stehen sie wieder auf und Ratch nimmt den Schädel wieder in die Hand. Tyler fliegt auf seine linke Schulter und beide gucken in Richtung der anderen Schiffe, weil sie sehen können, dass sie von den Wandelnden Wächtern angegriffen werden. >> Ohh, ihr Schicksal hat ihr Ende geplant. Nun, wenn sie dem Bösen dienen, dann kann man wohl damit rechnen, dass Karma der Gleichgültigkeit ihnen zur Gute kommt. *Was machen wir jetzt mit dem Schädel?* Er ist noch nicht vollständig zerstört. Der Kristallhammer hat lediglich seinen Kristall aus ihm rausgehauen. Wenn wir den bekommen, dann ist der Schädel der Totenwächter wie neu. Leider befindet sich dieser immer noch dort drinnen, aber wir können ihn ja jetzt nicht mehr öffnen. *Fürs Erste, wohl gemerkt.* Stimmt, wenn wir einhundert Jahre warten, dann können wir den Raum wieder öffnen und dann können wir ihn holen. Es gibt aber noch einen anderen Weg. *Du meinst etwa...* Aye, das mein' ich. <<

Kurz nach ihrem Gespräch, entschließen sich die beiden nach unten zu gehen und dort auf Bernardo und die anderen zu warten. Auf dem Weg dorthin führen sie wieder ein Gespräch. >> Glaubst du, dass sie es geschafft haben, weg von dieser Insel zu segeln? Ich weiß nicht, aber irgendwie habe ich da so ein Gefühl, das mir gewisse Sicherheit gibt. <<

Als sie den Pfad entlang gehen, verabschieden sich verschiedenste Stimmen von Ratch und Tyler. Jetzt kommen sie unten beim Strand an. >> Jetzt müssen wir nur noch ein paar Stunden warten, bis die hier eintreffen. Aber ich habe ihm ja gesagt, wie er uns finden kann.

Kapitel 10 – Ratch, Tyler und seine treuen Weggefährten

Nachdem Ratch und Tyler lange genug am Strand waren und Wetten abgeschlossen haben, wer wohl wen auf welchem Schiff besiegt, kommen Bernardo, die Vögel und die Crew mit dem Schiff an. >> Ahh, da seid ihr ja! <<, ruft Ratch allen auf dem Schiff zu. Die Crew winkt ihm und Ratch, als auch Tyler winken ihm zurück. Sie gehen direkt vor der Insel vor Anker und warten dort auf die beiden, um weiter zu segeln. Bernardo hat einige Schwierigkeiten, weil er nicht weiß, was mit ihm und dem Schiff passiert, da überall andere Kriegsschiffe stehen, die allerdings alle überfallen werden. >> Keine Sorge, weder die Wandelnden Wächter, noch die Kriegsschiffe können euch etwas antun! <<, ruft Ratch, als er noch nicht auf dem Schiff ist.

Als die beiden dann endlich an Bord sind, werden sie erst mal von allen empfangen. >> Ratch, Tyler, da seid ihr ja endlich. <<, begrüßen ihn die Vögel an Bord. >> Was ist da drin eigentlich passiert? <<, möchte Bernardo wissen, während alle um Ratch und Tyler herumstehen und gespannt zuhören. Kurz bevor Ratch und Tyler etwas sagen, gucken sie sich wieder ganz kurz an. >> Wir sind gerne bereit euch alles zu erzählen, nur glaube ich, dass es besser ist, wenn wir erst einmal von hier weg segeln. Also, nur um dann irgendwo zu sein, wo wir uns heimisch fühlen können. *Aber wo soll das sein? Bei der anderen Insel wimmelt es nur so von Soldaten, die gerne bereit sind uns zu holen. Wir sind nur knapp aus den Fängen der Schiffe im Hafen entkommen.* Nun, glücklicherweise kenne ich einen menschenleeren Ort, an dem wir uns fürs Erste niederlassen könnten. Natürlich setzt das voraus, dass wir genug dabei haben, um uns in aller Ruhe niederlassen zu können. <<

Den Vögeln fällt gerade nicht ein, welchen Ort Ratch meint. >> Welchen Ort meinst du? <<, fragt der Kanarienvogel. >> Von der Insel an dem wir das hier hätten hinbringen sollen. <<, antwortet Ratch und zeigt dabei auf den Totenschädel, welcher noch komplett zertrümmert aussieht. Für einen Moment schauen sich wieder alle an und denken darüber nach. >> Wo liegt diese Insel? <<, fragt der Graukardinal. >> Sie ist nicht sehr weit von hier. Ich kenne den Weg und wenn wir jetzt los schiffen, dann sind wir noch heute Abend dort. <<

Nach Ratch's Antwort herrscht wieder einen Moment Stille auf dem Schiff, bis Bernardo schließlich etwas sagt. >> Dann stechen wir in See. <<

Sofort folgen zwei Reaktionen auf Bernardo's Aussage. >> AYE! <<, brüllt die Crew. Sie alle bewegen sich auf dem Schiff herum und setzen die Segel. >> Ihr kennt doch noch gar nicht unseren Kurs. *Wenn du uns leitest, dann geht das theoretisch auch unterwegs, nicht?* Aye, stimmt schon. <<

Das Schiff segelt los. Sie segeln in Richtung der Insel, zu der der Schädel gebracht werden sollte. Mit Leichtigkeit segeln sie ganz entspannt vom legendären Ort wieder weg. Die Schiffe greifen sie nicht an, weil sie immer noch alle gegen die Wandelnden Wächter kämpfen. Der rote Strahl, der noch immer bis zum Himmel ragt, verflüchtigt sich langsam.

Percéval hängt immer noch am den Stück Teppich der Voiless und beobachtet, wie Ratch, Tyler, Bernardo, der Graukardinal, der Kanarienvogel und die restliche Crew mit dem Schiff davon segeln. Sein Gesichtsausdruck beschreibt, dass er nur schwer die Niederlage akzeptieren kann. Doch plötzlich ändert er es zu einem rachsüchtigem Gesichtsausdruck und ruft nach oben: >> FOLGT DIESEM SCHIFF! SIE DÜRFEN NICHT INS LAND DES VON UNS UNBEKANNTEM ENTKOMMEN! DAS IST EIN BEFEHL!

<<, ruft er, ohne zu wissen, ob ihn jemand hören kann, weil die Besatzung noch kämpft.

Auf dem Weg zur Insel unterhält sich das Team. >> Ratch? *Ja.* Das Schiff steht dir jetzt zur vollständigen Verfügung. Wenn du willst, kannst du jetzt gerne das Amt des Käpt'ns antreten. <<, erzählt ihm Bernardo. >> Du hast das Schiff mit der Crew hierher gesegelt. Obwohl du vielleicht nicht jeden Befehl genau kennst, glaube ich dennoch, dass du im Moment besser als ich weißt, wie man ein Schiff segelt und wir man die Crew beordert. *Was machst du solange?* <<, fragt der Tukan.

Ratch sitzt auf dem Boden. Er guckt in Richtung Bug. Jetzt steht er auf. >> Ich leite euch per Richtungsangabe zur Insel und begebe mich in die Kajüte, um... <<

Als Ratch sich mit den anderen unterhält, geht er in Richtung Kajüte, wo er auf einmal verstummt, weil er sieht, dass ein Teil der Kajüte fehlt. >> Was ist da passiert? <<, fragt er alle. >> Ich sag' ja. Wir sind nur knapp entkommen. *Sind auf euch Schiffe zu gesegelt, oder wie ist diese einzigartig wirkende Form des Hecks entstanden?* Wenn du mit „zu gesegelt" von links und rechts kommende Schiffe meinst, die unser Schiff rammen wollten, nachdem sie es nicht mehr rechtzeitig geschafft haben eine Sperre zu errichten, um uns aufzuhalten, zu entkommen, dann ja. <<, gibt der Kanarienvogel zur Auskunft. >> So in der Art meine ich das. <<

Ratch schließt die Türen der Kajüte wieder. Er läuft die Treppen hoch, um sich neben das Steuer zu stellen, wo Bernardo gerade steuert. Die Vögel fliegen zu ihm. >> Was ist eigentlich mit dem Teil des Reichtums, den dir der Käpt'n versprochen hat? <<, fragt ihn Bernardo. >> Kommt noch. Die Frage ist nur... wann. <<

Aus der mittlerweile schon weiten Ferne, kann Ratch noch das Geschrei der Wandelnden Wächter hören. Deshalb dreht er sich um und geht weiter in Richtung Heck, wo er noch ein wenig zusehen kann, was dort geschieht. >> Wie lange wird das dort jetzt eigentlich noch so weiter gehen? <<, fragt der Kanarienvogel. >> Du meinst, wann sie alle aufhören die Besatzung anzugreifen? *Ja.* Wenn wir uns weit genug entfernt haben, verschwinden sie dann... irgendwann. Fragt sich nur, wer bis dahin noch am Leben ist. *Werden sie uns dann noch finden?* Unwahrscheinlich.

Der rote Strahl erblasst jetzt vollständig. Kurz darauf, bildet sich an der Spitze der Insel eine große Nebelschwarte. Dieses bewegt sich nun die gesamte Insel nach unten und wird dabei immer schneller. Auf ihrem Weg hinterlässt sie das, woraus sie besteht, Nebel. Als sie unten ankommt, breitet sie sich noch ein wenig über dem Meer aus. Das betrifft auch die Schiffe. Sie werden in den dichten Nebel eingehüllt. Die Besatzung verliert ihre vollständige Orientierung, aber die Wandelnden Wächter verschwinden und die Schlacht kommt zum Erliegen. Für einige Stunden sind sie im Nebel gefangen und können nur ahnen, wo es zurück geht.

Das Schiff segelt derweil in aller Ruhe zu der Insel. Bernardo steht am Steuer und führt das Schiff, Ratch steht neben ihm und lässt die gesamte Situation des ersten Erfolges auf sich wirken, der Graukardinal, der Kanarienvogel und der Tukan versammeln sich um die beiden herum, um den Zusammenhalt des Teams visuell darzustellen und klarzustellen und Tyler setzt sich wieder auf Ratch's Schulter und lässt im Anschluss die beiden so wirken, als ob Ratch der Käpt'n ist, der immer seinen Papageien bei sich hat. Die restliche Crew kümmert sich noch ein wenig um den Zustand des Schiffes. Sie putzen die Kanonen, halten die Segel im Blick, schrubben das Deck und trinken Rum. Die Köchin ist derweil unter Deck und bereitet das Essen vor. Auch andere aus der Crew sind unter Deck und kümmern sich um die Lagerung verschiedenster Dinge in Fässern und anderen Behältern. Im Anschluss fängt die gesamte Crew an ein Shanty zu singen, was nicht nur sehr rhythmisch klingt, sondern welches Bernardo noch nie gehört hat. >> Ich kenne viele Shantys, aber das hier habe ich noch nie gehört. Ich wusste auch gar nicht, dass man mit so vielen Instrumenten gleichzeitig spielen kann und es trotzdem nicht komisch klingt. <<, sagt Bernardo zu den anderen, während die Crew spielt. Tyler unterhält sich mit Ratch, während die anderen Vögel zuhören. >> Wann erwartet uns unser nächstes Abenteuer? <<, fragt Tyler Ratch. >> Wir haben unser jetziges noch nicht beendet. Das hier ist eines der größeren und uns erwarten noch viele mehr...

12.04.2021, 12:25 Uhr

Zeitfracht Medien GmbH
Ferdinand-Jühlke-Straße 7
99095 Erfurt, Deutschland
produktsicherheit@kolibri360.de